HEYNE

ZUM BUCH

Seit ihrer Fremdknutscherei auf einer Betriebsfeier trägt Pastorentochter Evi das Büßerhemd. Mit allen Mitteln versucht sie, ihre Beziehung zu Alex zu retten – selbst wenn das bedeutet, sich seinem Wunsch nach ländlicher Idylle zu beugen und in ein Kuhdorf vor den Toren Hamburgs zu ziehen. Hier sagen sich Fuchs und Hase Gute Nacht und die Männer sind entweder vergeben oder hässlich oder beides. Soweit die Theorie. Doch ausgerechnet Nachbar Joshua ist ein Bild von einem Mann und stellt Evis Treueschwur erneut auf eine harte Probe. Jetzt ist guter Rat teuer und den sucht Evi an einem Ort, wo man sich mit Versuchungen bestens auskennt: Dem Paradies.

Urkomisch und clever: Was haben uns Adam und Eva wirklich zu sagen?

ZUR AUTORIN

Jana Voosen, Jahrgang 1976, studierte Schauspiel in Hamburg und New York. Es folgten Engagements an Hamburger Theatern. Seitdem war sie in zahlreichen TV-Produktionen (»Tatort«, »Marienhof«, »Hochzeitsreise zu viert« u. a.) zu sehen. Jana Voosen lebt und arbeitet in Hamburg.

LIEFERBARE TITEL

Er liebt mich …
Zauberküsse
Mit freundlichen Küssen
Allein auf Wolke Sieben
Zauberküsse
Prinzessin oder Erbse?
Liebe mit beschränkter Haftung
Pantoffel oder Held?

JANA VOOSEN

UND EVA SPRACH ...

ROMAN

WILHELM HEYNE VERLAG
MÜNCHEN

Verlagsgruppe Random House FSC® N001967
Das für dieses Buch verwendete
FSC®-zertifizierte Papier *Holmen Book Cream* liefert
Holmen Paper, Hallstavik, Schweden.

Originalausgabe 11/2014
Copyright © 2014 by Jana Voosen
Copyright © 2014 by Wilhelm Heyne Verlag, München
in der Verlagsgruppe Random House GmbH
Redaktion: Anne Tente
Printed in Germany 2014
Umschlaggestaltung: © Eisele Grafik-Design, München
Satz: KompetenzCenter, Mönchengladbach
Druck und Bindung: GGP Media GmbH, Pößneck
ISBN: 978-3-453-41789-2

www.heyne.de

*»Bedenkt dabei vor allem dies:
Keine Weissagung der Schrift darf
eigenmächtig ausgelegt werden;
denn niemals wurde eine Weissagung
ausgesprochen, weil ein Mensch es
wollte, sondern vom Heiligen Geist
getrieben haben Menschen im
Auftrag Gottes geredet.«*

2. PETRUS 1, VERS 20-21

1.

Schon als kleines Kind war ich leicht zu beeindrucken.

»Evi ist sehr begeisterungsfähig und geht offen auf ihre Mitschüler zu«, stand in meinem ersten Zeugnis. Aber auch: »Manchmal leidet darunter ihre Konzentrationsfähigkeit und der Wille, ein begonnenes Projekt auch zu Ende zu führen. Sie lässt sich leicht ablenken und neigt zu Sprunghaftigkeit.« Wenn meine Grundschullehrerin Frau Kupfer wüsste, wie sehr sie mit dieser Beschreibung den Nagel auf den Kopf getroffen hat. Auch heute, fast dreißig Jahre später, bin ich noch leicht entflammbar. Dazu braucht es nicht viel. Ein markantes, von einem leichten Bartschatten überzogenes Kinn und ein Blick aus vorzugsweise hellen Augen mit dichten Wimpern, so, wie mein Gegenüber in der U-Bahn ihn mir gerade zuwirft, und schon ist es um mich geschehen. Meine Freundin Corinna behauptet, ich sei in dieser Beziehung geradezu männlich. Mein Sexualtrieb scheint unmittelbar mit meinem Sehnerv verbunden zu sein. Was jetzt nicht bedeutet, dass ich mit jedem Mann, der mir gefällt, sofort durchbrennen möchte. Auch nicht mit meinem Gegenüber. Er trägt eine Umhängetasche mit der Aufschrift *Hamburg-Kurier* und ist mit viel gutem Willen Mitte zwanzig. Mit ziemlicher Wahrscheinlichkeit ein Student, der sein Bafög als Fahrradkurier aufbessert. Aus welchem Grund auch immer so einer U-Bahn fährt. Ganz sicher jedenfalls ist er nicht der zukünftige Vater meiner Kinder. Trotzdem pumpert mein Herz schneller, als er mir jetzt ein verschmitztes Lächeln zuwirft. Ich grinse zurück und umklammere meinen Kaffeebecher, der unter dem Druck meiner plötzlich nervös verkrampften Finger nachgibt. Ein Schwall Latte Macchiato ergießt sich über meine Hand.

»Scheiße«, sage ich inbrünstig, während die heiße Flüssigkeit auf meinen hellen Trenchcoat tropft und meine Sitznachbarin empört aufschreit. Dabei habe ich sie überhaupt nicht getroffen. Mit Argusaugen inspiziert sie ihre Kleidung, muss aber dann zugeben, dass nicht der kleinste Spritzer darauf gelandet ist. Trotzdem wirft sie mir noch einen vorwurfsvollen Blick zu, bevor sie sich demonstrativ abwendet. Wie ein begossener Pudel sitze ich da, als plötzlich ein altmodisches, kariertes Taschentuch in meinem Blickfeld auftaucht.

»Hier.« Der Fahrradkurier ohne Fahrrad trocknet meine Hand. »Haben Sie sich wehgetan?« Ich schüttele den Kopf, obwohl meine Haut sich jetzt tatsächlich leicht zu röten beginnt. Damit passt sie sich ganz hervorragend meiner Gesichtsfarbe an, die wahrscheinlich mittlerweile ins Purpur übergeht. Das war nämlich mal wieder typisch für mich. Sobald ein hübscher Mann auftaucht, lasse ich garantiert etwas fallen, stolpere über meine Füße, falle eine Treppe hinunter. Je nachdem, was sich gerade so anbietet.

Das ist auch etwas, das Frau Kupfer schon damals erkannt hat: »In ihrem Übereifer schießt Evi so manches Mal über das Ziel hinaus und ist daher anfälliger für Unfälle und Missgeschicke als andere Kinder. Um sich und andere zu schützen, muss sie lernen, sich ihres eigenen Körpers bewusster zu werden.« Zehn Jahre Ballettunterricht verdanke ich dieser Einschätzung. Genützt hat es, wie man gerade einmal wieder sieht, herzlich wenig. Ich bin immer noch ein Tollpatsch.

»Wie schade um Ihren schönen Mantel«, unterbricht der Kurier meine Gedanken und beginnt damit, eben diesen

trocken zu tupfen. Und zwar am oberen Ende meiner Oberschenkel. Dabei wirft er mir einen, wie ich finde, flammenden
Blick zu. Das Herz schlägt mir nun bis zum Hals und meine
Kehle wird ganz trocken. Die Frau neben mir wirft uns einen
scheelen Blick zu, was mich dazu veranlasst, nach seiner Hand
zu greifen, die in gefährlicher Nähe zu meinem Schritt tup-
fende und kreisende Bewegungen vollführt. Vielleicht geht das
doch ein bisschen zu weit. In einem öffentlichen Verkehrs-
mittel. Seine Hand ist warm.

»Ähm, danke, ich mach das schon.« Er reicht mir das Opa-
Taschentuch.

»Behalten Sie es. Ich muss hier raus.« Ein letztes Zwinkern
seiner schönen Augen.

»Zu Ihrem Fahrrad?«, rufe ich ihm hinterher. Er hebt fragend eine Augenbraue. »Ich meine, danke«, schiebe ich schnell
hinterher.

»Keine Ursache.« Weg ist er. Ich wische noch ein wenig an
meinem Trench herum, dann gebe ich meine Bemühungen
auf, weil der schrille Alarmton meines Telefons erklingt. Erneut trifft mich ein vorwurfsvoller Seitenblick und ich krame
hektisch in meiner Tasche nach dem Handy.

»Alert! Ovulation expected tomorrow!«, verkündet mir das
Display. Prompt erfasst mich das schlechte Gewissen, dass ich
mich von dem Fahrradkurier habe ablenken lassen. Und das,
obwohl ich doch seit fünf Jahren in einer festen Beziehung
mit Alex bin. Und ich meine *richtig fest*, mit Zusammenwoh-
nen und Kinderwunsch und allem. Aber wie Frau Kupfer es
damals so treffend beschrieben hat: »Manchmal vergisst Evi
ein bereits begonnenes Projekt.« Natürlich nicht wirklich.
Wenn ich in eine kurzzeitige Schwärmerei verfalle, ist Alex
nicht vollständig vergessen – er rückt nur in den Hintergrund.

Aber nicht so weit, dass ich mich zu einer wirklichen Dummheit hinreißen lassen würde. Meistens beruhigen sich meine Hormone schon nach kurzer Zeit wieder. Zudem habe ich ja, wie gesagt, ein ziemlich zuverlässiges Männer-Abwehrsystem entwickelt. Wahrscheinlich tut mir mein Körper sogar einen Gefallen mit seiner Tollpatschigkeit. Die wirkt nämlich auf die meisten Männer nicht gerade anregend.

»Könnten Sie das abstellen?«, fragt meine Nachbarin gereizt und deutet auf mein noch immer in kurzen Abständen schrillendes Telefon.

Auf dem kurzen Fußweg von der U-Bahn-Station zur Arbeit rufe ich Alex an. Schon nach dem ersten Klingeln hebt er ab.

»Ja?«

»Hey! Du hast doch gesagt, dass du heute mit den Jungs Fußball gucken willst, oder?«

»Ja. Bayern gegen Dortmund! Das wird der Hammer!« Oh, Mist. Ausgerechnet Bayern spielt? Das ist wirklich schlechtes Timing.

»Könnte ich dich vielleicht dazu überreden, erst zur zweiten Halbzeit hinzugehen?« Genauso gut könnte ich den Papst bitten, sein Morgengebet zu verschieben.

»Warum solltest du so etwas tun?« Er klingt ehrlich betroffen.

»Du musst erst noch mit mir Sex haben«, erkläre ich ihm sanft.

»Schon wieder Eisprung?«, stöhnt er und ich bin ein bisschen beleidigt.

»Was heißt hier schon wieder? Er kommt alle 28 Tage, das solltest du in den letzten drei Jahren inzwischen mitbekommen haben.«

»Kommt mir vor, als wäre es erst letzte Woche gewesen.«

»Tut mir sehr leid, wenn du die Vorstellung von Sex mit mir als Pflicht empfindest.«

»Tu ich doch gar nicht. Evi, jetzt sei nicht albern!«

»Dann geh halt zu deinem doofen Fußballspiel!« Ich schiebe die Unterlippe vor, obwohl er das gar nicht sehen kann.

»Ehrlich? Darf ich?«, erklingt es hoffnungsfroh aus dem Hörer.

»Nein«, sage ich empört. »Ich dachte, du willst auch ein Kind.«

»Das will ich doch auch.«

»Und es muss nun endlich klappen.« Wie so oft bei dem Thema schießen mir die Tränen in die Augen. »Ich werde immer älter, Monat für Monat. Bald komme ich in die Wechseljahre und dann ist es zu spät.«

»Süße, du bist fünfunddreißig.«

»Und damit sowieso schon eine Spätgebärende.« Ich weiß selber, dass wir das schon tausend Mal durchgekaut haben, jetzt auf dem Weg zur Arbeit der falsche Zeitpunkt ist und dass die Rumjammerei mich einem Kind auch nicht näher bringt.

»Schon gut. Heute Abend. Ich werde da sein.«

»Danke.«

»Du musst dich nicht bedanken. Ich wünsche es mir genau so sehr wie du.« Mir wird warm ums Herz.

»Wann fängt denn das Fußballspiel an?«

»Um viertel vor neun.«

»Erst? Aber du gehst doch immer schon um sieben aus dem Haus.«

»Ich muss mich mental vorbereiten«, verteidigt er sich. »Und ein bisschen vorglühen.« Der Vater meines zukünftigen Kindes ist vierzig Jahre alt und benutzt trotzdem das Wort

Vorglühen. Ich kann mir gerade noch verkneifen zu sagen, dass übermäßiger Bierkonsum nicht gerade förderlich für die Zeugungsfähigkeit ist. Mit meinen ständigen Gesundheitstipps gehe ich Alex sowieso schon auf die Nerven.

»Dann schaffst du es ja locker zum Anpfiff«, sage ich stattdessen. »Ich mache um sechs Schluss und komme ganz schnell nach Hause.«

»Super. Also, bis nachher. Ich muss jetzt mal loslegen.«

»Ich auch. Tschüß!«

Bevor ich ins Büro gehe, mache ich noch einen Abstecher zum Blumengeschäft an der Ecke, das, wie jeden Mittwoch, gerade mit einer neuen Ladung aus Holland beliefert wurde. Schon auf zehn Meter Entfernung kann ich den intensiven Duft nach Tulpen, Rosen und Amaryllis wahrnehmen. Durch die schmale Schneise inmitten des Blumenmeers gehe ich zum Kassentresen, an dem ich von der Besitzerin wie eine alte Bekannte begrüßt werde. Kein Wunder, schließlich bin ich hier seit Jahren Stammkundin. Ich bin mir ziemlich sicher, dass der Mini-Cooper, den sie sich vor ein paar Monaten gekauft hat und der samt Werbeslogan »Flower Power – weil Blumen das Lächeln der Erde sind« direkt vor dem Laden geparkt ist, komplett von mir finanziert worden ist. Aber das ist schon in Ordnung so. Denn Blumen *sind* das Lächeln der Erde. Sie machen glücklich. Mich zumindest machen sie glücklicher als Schuhe. Und sie sind im Vergleich ja sogar äußerst preisgünstig. Auch wenn die Lebensdauer von Blumen natürlich etwas begrenzter ist.

»Hallo Evi!«

»Guten Morgen, Rita!« Ich lasse meine Augen über die bunte Pracht gleiten und erwäge kurz, meinen ursprünglichen

Vorsatz über Bord zu werfen und einen riesigen Strauß wei-
ßer Rosen zu kaufen. Dann entscheide ich mich aber doch für
die Orchideen, die in mit Wasser gefüllten Plastikröhrchen auf
Käufer warten. Sie sind nämlich die Blumen der Lust und
Fruchtbarkeit. Nach jahrelangem Versuchen nehme ich jede
Hilfe, die ich bekommen kann. »Ich hätte gerne Orchideen.
Zweimal gelb und zweimal rosa bitte.« Rita grinst mich breit
an.

»Verstehe. Es ist wieder soweit, hm?« Damit wendet sie sich
ab, um mir ein paar besonders schöne Exemplare herauszu-
suchen und mir gleichzeitig Gelegenheit zu geben, meine
Gesichtsfarbe wieder unter Kontrolle zu bekommen. Vielleicht sollte ich nicht jedem Menschen, dem ich begegne,
meinen Kinderwunsch und die noch so winzigen Details dieser Problematik auf die Nase binden. Halb Hamburg weiß
mittlerweile davon, und wenn Alex das mitbekommt, ist er
immer ein wenig verstimmt, weil er sich dadurch vor anderen
irgendwie kastriert vorkommt. Was mich dazu veranlasst hat,
meine ohnehin schon ausführlichen Erläuterungen zum Thema noch auszuweiten und jedem zu erzählen, dass mit Alex'
Sperma laut ärztlichem Befund alles in bester Ordnung ist.
Dann sagt er, ich soll endlich aufhören, mit fremden Leuten
über sein Sperma zu reden. Versteh einer die Männer. An meinen Eizellen liegt es übrigens ebenfalls nicht. Auch da ist alles
so, wie es sein soll.

Mit geübtem Griff schlägt Rita die Blumen in braunes
Packpapier ein. »Übrigens, meine Schwägerin meint, Männer
sollen ihr Handy keinesfalls in der Hosentasche tragen«, sagt
sie mit einem verschwörerischen Unterton in der Stimme,
»wegen der Strahlung. Ganz schlecht für die kleinen Kerle da
unten, sagt sie.«

»Äh, okay.« Ich muss Alex Recht geben. Vielleicht ist das in aller Öffentlichkeit wirklich kein so gutes Gesprächsthema. Schon gar nicht, wenn sich hinter einem eine weitere Kundin deutlich älteren Jahrgangs angestellt hat, die etwas irritiert schaut.

»Toitoitoi!«, sagt Rita aufmunternd.

»Danke!« Ich schnappe mir die Blumen und verlasse eiligst den Laden, um dem nun entrüsteten Blick der Dame zu entfliehen. Außerdem bin ich sowieso schon zu spät dran. Aber vielleicht lässt sich mein Chef ja durch eine schöne gelbe Orchidee auf seinem Schreibtisch besänftigen. Auch wenn er die als Vater von vier Söhnen nicht wirklich nötig hat.

Ein bisschen abgehetzt betrete ich das »Steuerberatungsbüro Michael Hybel«, in dem ich als Steuerfachangestellte arbeite. Ja, ich weiß: Das klingt sterbenslangweilig. Mir ist schon klar, dass die meisten Leute allein von dem Begriff Steuererklärung Nesselsucht bekommen. Aber ich nicht. Ich finde Steuerrecht interessant. Ich liebe Zahlen, und für die Klienten eine möglichst hohe Ersparnis herauszuschlagen, dabei den Rahmen der Legalität zu dehnen ohne ihn zu sprengen, das ist meine Form von Sudoku.

Als Kind wollte ich noch Pastorin werden, denn mein Vater war Pfarrer. Wenn er sonntags in seiner schwarzen Robe von der Kanzel aus zur Gemeinde sprach, war ich jedes Mal schwer beeindruckt. In meinen Augen passte zwischen ihn und den lieben Gott kein Blatt. Frau Kupfer war damals hellauf begeistert, dass ich im Religionsunterricht sämtliche Geschichten aus der Kinderbibel auswendig vortragen konnte. Von *Schneewittchen* oder *Tischlein deck dich* hatte ich dagegen noch nie etwas gehört. Leider ließen sich meine Eltern kurz darauf scheiden, meinen Vater sah ich nach meinem achten Lebensjahr nur noch sporadisch, und mein Interesse an Religion im Allgemeinen und dem Pastorenberuf im Speziellen war erschüttert, wenn mich auch der Glauben, die Bibel und alles, was mit der Kirche zusammenhängt, nie ganz losgelassen haben, inklusive eines quasi permanenten schlechten Gewissens. Pastorentochter bleibt Pastorentochter. Aber wie konnte ich damals noch glauben, wenn Gott es zuließ, dass meine Eltern sich trennten? Und wie weit war es mit Papas Nächstenliebe her, wenn er mir, seiner einzigen Tochter, von da an die kalte Schulter zeigte?

Du sollst deinen Vater und deine Mutter ehren, auf dass du lange lebest in dem Lande, das dir der HERR, dein Gott, gibt.«

2. MOSE 20, VERS 12

Ich bemühe mich redlich, das fünfte Gebot einzuhalten, aber manchmal frage ich mich, warum Gott bei Zehn so einfach Schluss gemacht hat. Er hätte ruhig noch erwähnen können, dass Väter ihren Kindern ein Mindestmaß an Aufmerksamkeit schulden.

Wie immer schlägt mir schon im Eingangsbereich der vertraute, leicht muffige Geruch nach altem Teppichboden und abgestandener Luft entgegen. Außer mir kommt hier nie mal jemand auf die Idee, freiwillig zu lüften. Ich reiße das Fenster

auf und durchquere den großen Raum mit den sechs Schreib-
tischen, an denen meine Kollegen schon fleißig auf ihre Com-
putertastaturen einhacken. Bei näherem Hinsehen aktua-
lisieren die meisten von ihnen jedoch lediglich ihren
Facebook-Status, sodass sich mein schlechtes Gewissen über
das Zu-Spät-Kommen in Grenzen hält. Ein Blick durch die
offene Tür von Herrn Hybels Büro sagt mir, dass der Chef
auch noch nicht am Platz ist. Dafür aber meine Freundin
Corinna, deren Schreibtisch direkt neben meinem steht.
Schon während wir Wangenküsschen tauschen, schaut sie be-
gehrlich auf die Blumen in meiner Hand. Auch auf ihrem
Gesicht macht sich ein wissendes Lächeln breit, als ich die
Orchideen aus ihrer Papierhülle befreie.

»Ah, die Blume für gewisse Stunden!« Ich überhöre ihren
Kommentar, halte den Atem an und eile in die immer ein
bisschen nach Schimmel riechende Gemeinschaftsküche, um
zwei Vasen mit Wasser zu füllen. Nach Luft schnappend komme ich zurück und platziere die gelben Blumen auf Corinnas
Schreibtisch. »Das ist so lieb von dir, Süße. Danke! Ich hoffe
nur, bei mir haben sie nicht den gewünschten Effekt. Wenn
ich von Mike schwanger werden würde, das wäre eine echte
Katastrophe. Dann sehe ich ihn nie wieder.«

»Ich verstehe sowieso nicht, warum du immer noch mit
ihm zusammen bist.« Kopfschüttelnd schäle ich mich aus
meinem Mantel und begutachte unglücklich die Kaffee-Be-
scherung darauf.

»Wir sind doch gar nicht zusammen. Mit einem Rockstar
ist man nicht zusammen. Mit dem vögelt man bloß.«

»Rockstar?« Ich hebe ironisch eine Augenbraue. »Dass
er sich zweimal in der Woche mit ein paar anderen Möchte-
gern-Musikern in einer Garage trifft und dort auf ein

Schlagzeug einprügelt, macht ihn noch nicht zu einem Rock-star.«

»Sie haben auch Gigs!«

»Erinnere mich nicht daran.« Vor ein paar Wochen bin ich Corinna in einen verqualmten Bunker gefolgt, in dem Mikes Band vor fünfzehn Leuten einen solchen Höllenlärm veranstaltet hat, dass meine Ohren Tage brauchten, um sich davon zu erholen.

»Du bist wirklich sehr spießig.« Sie grinst mich gutmütig an. »Aber ich mag dich trotzdem.«

»Danke. Ich mag dich auch.« Aus der untersten Schublade meines Schreibtisches krame ich einen Ovulationstest hervor. »Bin gleich wieder da.«

Zufrieden kehre ich fünf Minuten später an meinen Arbeitsplatz zurück. Der Test hat bestätigt, was die App bereits angekündigt hat: Mein Eisprung steht kurz bevor. Dieses Mal muss es einfach klappen. Es muss. Ich merke schon wieder, wie ich innerlich verkrampfe, und bemühe mich, tief in den Bauch zu atmen. Es zu sehr wollen wirkt nämlich laut meiner Frauenärztin auch nicht gerade Empfängnis fördernd. Also bemühe ich mich, es nicht so sehr zu wollen. Ich wünschte, ich wäre so lässig wie Corinna, die neben mir gerade mit Mike chattet. Ich fahre meinen Rechner hoch und will selber nur mal ganz kurz auf Facebook vorbeischauen, als sich ein Schatten über meine Tastatur legt.

»Hallo«, sagt eine mir wohlbekannte Stimme und ich bekomme augenblicklich Schwitzehändchen. Mich innerlich wappnend blicke ich hoch, mitten hinein in Benjamin Hybels strahlend blaue Augen.

>> *Ich aber sage euch: Wer eine Frau
(oder einen Mann? Anmerkung von
Evi Blum) auch nur lüstern ansieht,
hat in seinem Herzen schon Ehebruch mit
ihr (oder ihm? Anmerkung von Evi Blum)
begangen.«*

MATTHÄUS 5, VERS 28

»Hallo«, sage ich knapp, während ich Corinnas Grinsen neben
mir förmlich spüren kann.

»Schön, dich zu sehen.« Jetzt setzt er sich auch noch halb
auf meinen Schreibtisch und schaut lächelnd auf mich runter.
Hilfe! Kann mich bitte mal jemand retten? Benjamin Hybel
sitzt auf meinem Schreibtisch. Vielleicht muss ich da kurz mal
ausholen. Benjamin ist der jüngere, viel besser aussehende
Bruder unseres Chefs und taucht öfters unangemeldet bei uns
auf. Es gibt also nie die Gelegenheit, mich darauf vorzuberei-
ten. Plötzlich ist er da, und dann ist es so wie in der Cola-
Light-Werbung, wenn dieser superheiße Typ aus dem Aufzug
steigt und alle Frauen lang hinschlagen.

»Ja, dich auch. Darf ich mal?« Ich greife nach dem Blatt
Papier, auf das er sich gesetzt hat. Leider steht er nicht auf,
sondern hebt nur leicht seine Pobacke an.

»Natürlich. Tschuldigung.«

»Danke.« Ich werfe Corinna einen flehenden Blick zu.

»Hallo Benjamin. Willst du zu deinem Bruder?« Er nickt.
»Tja, der ist leider noch gar nicht da.«

»Macht doch nichts.« Benjamin strahlt jetzt regelrecht. »Ich
bleibe einfach so lange hier.«

»Nein!« Ich sage es so laut, dass er zurückzuckt und beinahe von meinem Schreibtisch purzelt. Unwillkürlich greife ich nach seinem Arm, um das zu verhindern. Blöder Fehler. Wie kann ein Mann so weiche Haut haben? Ich lasse los, als hätte ich mich verbrannt. Er fällt glücklicherweise nicht. In diesem Moment beneide ich Corinna brennend um ihre Freiheit. Und ihren Vorsatz, die Familienplanung frühestens mit vierzig zu beginnen. Beruhigend tätschelt sie Benjamin den anderen Unterarm.

»Evi meint damit nur, dass sie noch wahnsinnig viel aufzuarbeiten hat, weil sie heute mal wieder zu spät dran war. Komm, du kannst hier bei mir sitzen.« Mit einer Handbewegung lädt sie ihn ein, sich auf ihrer Arbeitsplatte niederzulassen. Benjamin wechselt den Platz, nicht ohne mir vorher noch einen traurigen Blick zuzuwerfen. Vielleicht bilde ich mir das aber auch nur ein. Ich habe eine blühende Fantasie und hatte mein Leben lang eine Schwäche für Star-Crossed-Lover-Geschichten, in denen brutalste äußere Umstände die füreinander bestimmten Liebenden nie, nie, nie oder wahlweise nur nach herzzerreißenden Opfern zueinander kommen lassen. In der elften Klasse war ich unsterblich in meinen Mathe-Lehrer verliebt und habe ihm so lange nachgestellt, bis seine Ehefrau sich genötigt fühlte, mit mir ein Gespräch zu führen. Von Frau zu Teenager sozusagen. Nicht gerade mein rühmlichster Moment. Aber ich habe mich davon erholt, meine Einbildungskraft blüht trotzdem weiter bunt vor sich hin. Es ist also durchaus möglich, dass ich mir Benjamins Zuneigung, nein, seine glühende Verehrung, nur einbilde. Und tatsächlich, er plaudert angeregt mit Corinna und scheint nicht gerade am Boden zerstört. Gut so. Gut so? Und ich? Ich tue beschäftigt.

2.

Um kurz vor halb sieben erklimme ich die Stufen zu unserer Wohnung und muss kurz verschnaufen, bevor ich den Schlüssel ins Schloss stecke. Eigentlich sollte man meinen, nach drei Jahren im sechsten Stock ohne Fahrstuhl müsste ich gut im Training sein. Trotzdem schnappe ich nach jedem Aufstieg nach Luft wie ein Fisch auf dem Trockenen. Macht aber nichts. Ich liebe unseren Altbau im Schanzenviertel mitten in Hamburg. Man muss nur aus der Haustür treten und schon ist man im Leben. Rund um die Uhr kann man sich an jeder Ecke Falafel, Kaffee, Asia-Food oder Alkohol besorgen. Sicher, am Wochenende kommt man in dem Gedrängel manchmal kaum vorwärts, und das Gegröle der Betrunkenen bis nachts um fünf kann einem schon mal auf die Nerven gehen, aber ich fühle mich hier pudelwohl. Wozu gibt es schließlich Ohropax? Alex dagegen träumt vom Landleben. Ja, er träumt nicht nur davon, sondern besitzt seit fast zwei Jahren sogar einen verträumten, kleinen Bauernhof in Heven. Man muss sich nicht schlecht fühlen, wenn man das nicht kennt. Das ist ein winziges Dorf vor den Toren Hamburgs. Fünfhundert Einwohner, eine Kirche, ein Gasthof. Der Bauernhof gehörte Alex' Großmutter, und er hat dort als Kind seine sämtlichen Ferien verbracht. Da ist es kein Wunder, dass er die Sache ein bisschen verklärt sieht. Und sich seit seiner Erbschaft zu jedem Geburtstag und Weihnachten von mir nur eins wünscht: Dass ich mit ihm nach Heven ziehe. Offensichtlich ist eine 200-Euro-Uhr zu Weihnachten (letztes Jahr) nichts im Vergleich zu einem Umzug in das ödeste Kaff der Welt. Zu seinem Vierzigsten vor ein paar Wochen hat er Stadionkarten für das Spiel Bayern gegen HSV bekommen. Das war, auch wenn es nicht Heven war, das erste Mal seit zwei Jahren, dass er nicht wie ein trauriger Dackel auf ein Geschenk von mir geguckt hat. Dabei ist es gar nicht so, dass ich es grundsätzlich ausschließe, mit ihm dahin zu ziehen. Irgendwann. Vielleicht, wenn ich endlich schwanger bin. Aber eben noch nicht jetzt.

»Ich bin zu Hause«, brülle ich und öffne mit Schwung die Tür zum Arbeitszimmer. Wie immer kauert Alex in Jeans und Sweatshirt vor seinem Rechner und haut in einem unbeschreiblichen Tempo in die Tasten. Alex ist nämlich von Beruf Spiele-Programmierer. Das heißt, er entwickelt Computerspiele. Dafür muss man sehr schlau sein. Und auch ein bisschen komisch. Mit leicht verschleiertem Blick sieht Alex zu mir hoch.

»Du? Ist schon Abend?« Er hat wieder die Zeit vergessen, das passiert ihm dauernd.

»Allerdings!« Ich gehe um seinen riesigen, penibel aufgeräumten Schreibtisch herum und gebe ihm einen Kuss. »Wollen wir?«

»Sofort«, verspricht er, »nur noch ein paar Minuten. Ich habe in XCode drei Targets eingetragen, geht nicht, obwohl in C++ und SFML geschrieben. Mit nem kleinen cmake script krieg ich's aber bestimmt kompiliert.«

»Ganz bestimmt.« Ich nicke ernsthaft. »Ich geh schon mal vor.«

»Okay.« Er ist wieder in seine Programmierung versunken.

»Aber wirklich nur ein paar Minuten«, schärfe ich ihm ein. Er nickt abwesend, und ich spiele meinen letzten Trumpf aus. »Um viertel vor neun fängt das Spiel an.«

Die Lösung des Programmierungsdebakels nimmt noch über eine Stunde in Anspruch. Die unserer Familienplanung meistert Alex dagegen in knapp zehn Minuten. Was ich aber in Ordnung finde. Diese ganze Sex-nach-Kalender-Nummer ist sowieso alles andere als erotisch. Warum also so tun als ob? Im ersten Jahr habe ich zu meinem Eisprung noch Duftkerzen angezündet und Rosenblätter auf der Decke verteilt. Nachdem man sie durch wildes Herumgewälze so richtig schön eingearbeitet hat, gehen die Flecken nie wieder raus. Schmückendes Beiwerk ist also mittlerweile passé, stattdessen konzentrieren wir uns auf das Wesentliche. Wie kommt das Spermium zum Ei? Dank Internetrecherche weiß ich darüber genauestens Bescheid. Am besten in der Missionarstellung, und danach eine halbe Stunde liegen bleiben oder noch besser, einen Kopfstand machen. Ich natürlich. Nicht Alex. Nachdem sein Part erledigt ist, springt er aus dem Bett und unter die Dusche, während ich mir ein Kissen vor der Wand zurechtlege, die Beine in die Höhe schwinge und meine allmonatliche Turnübung vollführe. Um viertel nach acht, auch das Duschen dauert bei Alex länger als der Beischlaf, kommt er noch einmal ins Schlafzimmer. Kopfschüttelnd sieht er zu mir runter.

»Evi, das kann für den Rücken nicht gesund sein.«

»Was so ein echter Yogi ist, dem macht das nichts aus«, ächze ich, obwohl es in meinem Nacken gerade tatsächlich bedrohlich geknirscht hat. Und ich von einem Yogi in etwa soweit entfernt bin wie davon, Computerspiele zu programmieren.

»Süße, es reicht jetzt. Ein bisschen Strecke musst du den Jungs auch alleine zutrauen. Sonst sind sie beleidigt.« Mit einem hörbaren Rumms falle ich aus meiner Position und krabbele ins Bett.

»Viel Spaß!«

»Wenn Bayern heute gewinnt, dann klappt's auch mit dem Baby.« Er gibt mir einen Kuss auf den Bauch.

»Steht Oliver Kahn bei denen immer noch im Tor?«, frage ich mit einem unschuldigen Augenaufschlag. Alex verschlägt es kurzzeitig die Sprache. »War doch nur ein Scherz!«

»Dann bin ich ja beruhigt!«

»Das kannst du auch sein!«, rufe ich ihm hinterher. »Michael Ballack schafft das schon!« Alex erstarrt eine Sekunde lang im Türrahmen, bevor er mit einem übertriebenen Seufzer das Schlafzimmer verlässt.

Aber die Jungs, die haben es leider nicht geschafft. Nicht mal einer. Unter mehreren Hundert Millionen. Nicht einer! Frustriert sehe ich zwei Wochen später auf den Schwangerschaftstest herunter. Es ist einer von denen, die man schon vor dem Ausbleiben der Regel machen kann. Er zeigt eine rosa Linie. Ich war nur ganz am Anfang so naiv zu glauben, dass die möglicherweise für *Sie bekommen ein Mädchen* steht. Mittlerweile weiß ich, was sie mir wirklich sagen will: *Ätsch, du unfruchtbare Kuh. Wieder nix!* Auch wenn ein Stück Plastik zu so viel Boshaftigkeit wahrscheinlich gar nicht in der Lage ist. Ein stechender Schmerz durchfährt meinen Unterleib und kündigt meine Periode an. Kein Wunder, dass ich so schlechte Laune habe.

»Und?«, fragt Corinna aufgeregt, als ich zu meinem Schreibtisch zurückkehre, schickt aber angesichts meines grimmigen Gesichtsausdrucks sogleich ein betretenes »Oh« hinterher.

»Ja. Oh. Das bringt es auf den Punkt.«

»Ach, Süße, das tut mir leid.«

»Ja, schon gut.« Um nicht loszuheulen, starre ich konzentriert auf den Computerbildschirm. Zum Glück lässt sich

Corinna zu Floskeln wie »Wird schon« oder »Beim nächsten Mal klappt es bestimmt« schon lange nicht mehr hinreißen. Stattdessen zieht sie wortlos eine Familienpackung After Eight aus ihrer Schreibtischschublade hervor.

Als ich gerade mein zehntes Pfefferminztäfelchen verspeise, öffnet sich mit einem leisen Pling das Chat-Fenster am unteren Bildschirmrand.

ALEX: Und?

EVI: Wieder nix.

ALEX: Tut mir leid.

EVI: Wieso tut's dir leid? Es liegt ja nicht an dir.

ALEX: So meinte ich das ja nicht.

EVI: Wie denn dann?

ALEX: Ich meinte nicht, tut mir leid im Sinne von meine Schuld. Sondern tut mir leid, dass es dir schlecht geht.

EVI: Ach? Und dir etwa nicht?

ALEX: Doch. Klar.

EVI: Kann dir ja auch egal sein. Du kannst ja mit achtzig noch Kinder zeugen.

ALEX: Kann ich ja offensichtlich nicht mal mit vierzig.

EVI: Tja. Jedenfalls nicht mit mir.

ALEX: Was soll das denn bitte heißen?

EVI: DANN SUCH DIR DOCH EINE ANDERE!

Ehe ich die Return-Taste drücken kann, greift Corinna, die mir offensichtlich schon eine ganze Weile über die Schulter gesehen hat, nach meiner Hand.

»Okay, das schicken wir vielleicht besser nicht ab«, sagt sie im Tonfall einer dieser gönnerhaften Krankenschwestern, wie man sie hasst. »Weil wir das nämlich garantiert später bereuen würden. Hier, nimm noch ein After Eight.« Auffordernd hält sie mir die Packung entgegen. »Eins für jede Hand.« Gehorsam nehme ich mir zwei Stück und sehe ihr dabei zu, wie sie meine Antwort an Alex löscht und stattdessen schreibt:

EVI: Sorry, bin traurig. Ich komme heute erst spät nach Hause. Betriebsfeier!

Sie drückt auf Senden.

»Das kannst du gleich wieder rückgängig machen«, sage ich bockig. »Wenn ich auf eins heute keine Lust habe, dann auf die blöde Betriebsfeier.«

»Natürlich kommst du mit.«

»Nein!«

»Keine Widerrede. Zu Hause schlagt ihr euch doch nur die Köpfe ein. Ein bisschen Ablenkung wird dir gut tun!«

ALEX: Okay. Viel Spaß!
EVI: Danke!

»Kannst du mal damit aufhören, meine Unterhaltungen zu führen?«, frage ich gereizt. Corinna lässt sich nicht aus der Ruhe bringen, sondern schreibt, ehe ich es verhindern kann, weiter.

EVI: PS: Ich liebe dich!

»Manchmal weiß ich einfach besser, was gut für dich ist.«

ALEX: Ich dich auch!

Triumphierend sieht Corinna mich an, bevor sie sich wieder an ihrem Platz niederlässt. »Siehst du?«

Am Abend hat sich meine Laune noch nicht gravierend gebessert und die stärker werdenden Unterleibschmerzen wirken auch nicht gerade stimmungsaufhellend. Mir wäre jetzt wirklich danach, mich mit einer Wärmflasche ins Bett zu kuscheln und richtig schön leidend meinem Weltschmerz zu frönen. Aber Corinna kennt keine Gnade. Nachdem sie mich den ganzen Tag mit Samthandschuhen angefasst hat, schlägt sie jetzt einen härteren Ton an.

»Dein Rumgejammere ist echt schwer zu ertragen.«

»Dann lass mich nach Hause gehen, dann kriegst du es nicht mehr mit«, sage ich weinerlich.

»Aber der arme Alex, und das möchte ich ihm wirklich gerne ersparen.« Sie hält mir eine Ibuprofen 600 und ein Wasserglas hin. »Die nimmst du jetzt.« Unter ihrem strengen Blick würge ich die Tablette herunter. »Und jetzt gehen wir uns amüsieren.« Damit hakt sie mich unter und schleift mich aus dem Büro.

Eins muss man ihm lassen: Für die Feier des siebenjährigen Bestehens seiner Firma hat Herr Hybel sich nicht lumpen lassen und einen Teil der Tower Bar des Hotels Hafen Hamburg für uns reserviert. Nach allen Seiten hin verglast, hat man in dieser Cocktailbar in über sechzig Metern Höhe einen phänomenalen Ausblick über Hamburg und seinen Hafen. Nach der Begrüßungsansprache unseres Chefs, in der die unvermeidlichen Witze über das verflixte siebente Jahr natürlich nicht fehlen und über die wir, die sechsköpfige Belegschaft, pflichtschuldigst lachen, beginnen Corinna und ich, uns

durch die Cocktailkarte zu trinken. Während ich an einer sü-
ßen Köstlichkeit namens »Coco loco« nuckele, merke ich,
wie die Schmerztablette in Kombination mit dem Alkohol
endlich ihre Wirkung tut und die Krämpfe in meinem Unterleib vollkommen verschwinden. Mein Kopf wird mit jedem
Schluck ein wenig leichter und meine Enttäuschung über
einen weiteren missglückten Versuch rückt merklich in den
Hintergrund.

»Ach, sieh mal, wer da kommt!« Corinna rammt mir ihren
Ellenbogen in die Seite.

»Aua!«

»Guck doch!« Ich wende mich in die Richtung, in die sie
zeigt, und sehe Benjamin Hybel auf mich zukommen.

»Bin ich zu spät? Hab ich was verpasst?« Als sei es das Normalste von der Welt, was es für ihn vermutlich auch ist, lässt er
sich auf dem Barhocker neben mir nieder.

»Nur die Rede von deinem Bruder. Es war fast die Gleiche
wie in den Jahren vorher«, antwortet Corinna achselzuckend.
»Ach so, allerdings hat er gesagt, dass er in Zukunft die Steuer-
erklärungen für seine Familie nicht mehr umsonst machen
wird.«

»Wie bitte?«

»War nur ein Scherz.« Ein dummer Scherz, wie ich finde.
Warum ärgert sie ihn? Er hat sich, glaube ich, ganz schön erschrocken. Vielleicht aber auch nicht. Er grinst und ich muss
mal wieder feststellen, dass mein Blick auf ihn reichlich verne-
belt zu sein scheint. In diesem Moment erscheint der Barkeeper und Benjamin vertieft sich in die Karte.

»Einen Ladykiller bitte.« Corinna tarnt ihren Lachanfall
mehr schlecht als recht durch eine Hustenattacke. Ich haue ihr
fester als nötig auf den Rücken.

27

»Na, geht's wieder?«

»Aua! Ich meine, ja, danke! Ich glaub, ich gehe mal da hinten rüber.« Sie deutet in die gegenüberliegende Ecke der Bar. »Ich muss unbedingt … deinen Bruder fragen, wo er seine Strickwesten kauft. Hab ein bisschen Spaß. Lass dich ablenken«, raunt sie mir ins Ohr, während sie von ihrem Barhocker rutscht.

»Warum geht sie denn?« Benjamin schaut ihr fragend hinterher und ich bin ein bisschen beleidigt.

»Wieso? Ist es so schlimm, mit mir alleine zu sein?«

»Im Gegenteil.« Seine himmelblauen Augen fixieren mich. »Aber normalerweise wirft sie sich doch dazwischen, sobald ich drei Worte mit dir gesprochen habe.«

»Tut sie das?«, frage ich unschuldig und nuckele an meinem Strohhalm herum.

»Das weißt du doch selber.«

»Ich habe nicht die leiseste Ahnung, wovon du sprichst.« Mit einem schlürfenden Geräusch leere ich meinen Cocktail und stelle das Glas auf dem Tresen ab, als der Barkeeper mit Benjamins Getränk zurückkommt.

»Einmal der Ladykiller!« Das kann ich selbst sehen, dankeschön.

»Ich möchte auch so einen, bitte!«

»Hier, nimm meinen.« Er reicht mir sein Glas. Mitsamt des grünen Strohhalms, der eben noch zwischen seinen Lippen steckte. Ich sauge daran und bilde mir allen Ernstes ein, seinen Mund schmecken zu können. Das ist jetzt ein bisschen so, als würde ich Benjamin Hybel küssen. Wahnsinn. Ja, was für ein wahnsinniger Quatsch. Wie alt bin ich eigentlich? Dreizehn? »Und? Wie geht's dir, Evi?«

»Gut«, antworte ich und merke selbst, dass diese Antwort

nicht unbedingt geeignet ist, um ein ausführliches Gespräch zu beginnen. Aber was soll ich sonst sagen? Etwa die Wahrheit? Es geht mir beschissen. Das Sperma meines Freundes und meine Eizellen wollen einfach nicht zusammenkommen und das schon seit drei Jahren nicht. Ich fühle mich alt und unfruchtbar und unglücklich. Als Benjamins Oberschenkel leicht und mit Sicherheit vollkommen unabsichtlich meinen streift, fühle ich eine prickelnde Welle der Erregung. Dadurch geht es mir natürlich noch schlechter. »Und dir?«

»Auch gut.« Ein paar Sekunden herrscht Schweigen, bevor er sagt: »Tolle Bar, oder?«

»Ja. Sehr schön.« Ich nicke. »Ein super Ausblick.«

»Vor allem bei dem Wetter.«

»Ja, wir haben richtig schönes Wetter.«

»Die ganze Woche schon.« Ich seufze und nehme einen tiefen Schluck von dem Getränk, das nach Kokosnuss und Ananas und Alkohol schmeckt. Unsere Unterhaltung verdient nicht einmal diese Bezeichnung. Vielleicht war es ganz gut, dass Corinna sich jedes Mal dazwischen geworfen hat. »Und die nächsten Tage soll es sogar noch wärmer werden.«

»Was du nicht sagst, Herr Wetterexperte?« Ich werfe ihm einen Blick von der Seite zu.

»Huh, kannst du böse gucken.« Er lacht und ich kapiere erst in diesem Moment, dass die Laberei über das Wetter wohl als Flirt gemeint ist. Was ja eigentlich schon wieder ganz originell ist. Außerdem sieht er einfach unfassbar süß aus, wenn er lacht. »Wusstest du eigentlich, dass der vergangene April im Durchschnitt fast zwei Grad wärmer war als der im letzten Jahr?« Ich verdrehe übertrieben die Augen.

»Was kann ich tun, damit du aufhörst, übers Wetter zu reden?«

»Knutschen wäre gut«, sagt er.

»Okay«, sage ich. »Aber nicht hier.«

3.

Hand in Hand verlassen Benjamin und ich die Tower Bar. Ich sehe mich nach Corinna um und entdecke sie auf der anderen Seite des Raumes, wo sie sich tatsächlich gerade mit Herrn Hybel unterhält. Sie wird ihn doch nicht allen Ernstes über seine Strickwesten befragen, über die wir uns ständig lustig machen? Als sie meinen Blick auffängt, klappt ihr der Unterkiefer runter. Ich winke ihr zu und schon stehe ich mit Benjamin vor dem Fahrstuhl. Das Herz klopft mir bis zum Hals. Seine warme Hand in meiner fühlt sich gut an. Jetzt allerdings löst er sich von mir und legt mir stattdessen den Arm um die Schultern. Ich passe haargenau darunter. Als wären wir zwei Puzzlestücke. Eine der drei Fahrstuhltüren öffnet sich mit einem Pling, wir steigen ein und drücken auf den Knopf mit dem E für Erdgeschoß.

»Evi! Was wird denn das?« Durch den sich schließenden Spalt kann ich gerade noch Corinnas vorwurfsvolles Gesicht sehen. Benjamin wendet sich mir zu, drängt mich gegen die kühle Wand des Fahrstuhls und legt die Hände auf meine Hüften. Ich sehe zu ihm hoch und weiß, dass ich morgen zutiefst bereuen werde, was jetzt gleich passieren wird.

»Ich war betrunken«, werde ich sagen, wie schon so viele Sünder vor mir, aber ich spüre, dass das nur eine faule Ausrede ist. Weil der Alkohol nämlich nicht dazu führt, dass man etwas tut, was man eigentlich nicht tun will. Im Gegenteil! Er bringt einen dazu, genau das zu tun, was man will. Was ich schon wollte, seit ich Benjamin Hybel zum ersten Mal gesehen habe.

Verdammt, der Typ sieht aus wie ein Model. Diese Augen, diese Nase, dieser Körper. Und diese Lippen.

»Das derzeitige Hoch ist übrigens von Spanien zu uns rüber gekommen und heißt Rainer.«

»Halt die Klappe!« Beinahe mit Gewalt ziehe ich seinen Kopf zu mir heran und küsse ihn.

Mein Körper übernimmt das Kommando. Nur am Rande bekomme ich mit, wie Benjamin den Stopp-Knopf des Aufzuges drückt. Das schrille Piepsen des Alarmsignals ertönt. Ich fühle mich wild und gefährlich. Ich spüre nur noch seine Haut und rieche seinen Duft, bin ganz in diesem Moment, und alles andere ist mir egal. Meine Bluse und BH fallen zu Boden, sein T-Shirt hinterher. Er kniet sich vor mich, küsst meinen Bauch und nestelt an meinem Hosenknopf herum. Ich wuschele durch seine Haare, als mir plötzlich meine Periode einfällt. Meine Hände werden zum Schraubstock.

»Stopp!«

»Wieso denn?« Ich schiebe seine Hände weg.

»Darum. Ich kann nicht.«

»Klar kannst du.«

»Nein. Ich habe meine Tage.«

»Stört mich nicht.«

»Und einen Freund.«

»Stört mich ebenfalls nicht.«

»Aber mich.« Ah, da kommt sie, die Schuld. Und ihre Kumpels Scham und Wut hat sie gleich mitgebracht. Eigentlich hatte ich die drei erst morgen früh erwartet. Ich breche in Tränen aus. Benjamin sieht mich bestürzt an und rappelt sich vom Boden auf.

»He, was ist denn plötzlich los mit dir? Warum denn die Tränen?« Er streichelt mir sanft über die Wange und legt den Kopf ein wenig schief: »Und das bei dem schönen Wetter ...«

»Sehr witzig. Lass mich in Ruhe.« Unsanft schiebe ich ihn weg. »Ich weiß nicht, wie ich auf diese Idee gekommen bin. Ich habe eine Beziehung. Wir versuchen, schwanger zu werden. Ich liebe Alex«, sprudelt es aus mir heraus.

»Hey, das ist doch okay.« Benjamin zuckt unbekümmert die Achseln. »Ich will dich ihm ja nicht ausspannen.«

»Das könntest du auch gar nicht.« Noch mehr Tränen. »Ich will mich in meinem Leben noch über ein paar andere Sachen unterhalten als bloß übers Wetter.«

»Hey, Süße, das mit dem Wetter war doch nur ein Spaß. Hast du das nicht kapiert?«

»Natürlich habe ich das kapiert. Aber darum geht's doch gar nicht.« Hastig klaube ich meine Klamotten vom Boden auf.

»Das zwischen uns ist nur körperlich. Ist doch in Ordnung.«

»Ist nicht in Ordnung«, fahre ich ihn an. »Wie konnte ich nur?« Das Fiepen des Alarms hört plötzlich auf und mit einem Ruck setzt sich der Aufzug wieder in Bewegung. Und zwar nach oben.

»Reg dich ab. Es ist ja nichts passiert. Und keiner hat etwas mitbekommen.« Hektisch versuche ich, meinen verdrehten BH zu entwirren, als die Fahrstuhltüren sich öffnen. Alle meine Kollegen starren uns an. Ganz vorne steht Corinna neben einem Mann im dunklen Anzug, der ein ziemlich böses Gesicht macht.

»Der Notfallknopf ist für Notfälle da«, schnarrt er. »Dafür ist eine saftige Geldbuße fällig. Und wenn Sie sich nicht schleunigst bedecken, kommt eine Anzeige wegen Erregung öffentlichen Ärgernisses obendrauf.«

»Ich habe gesagt: Ablenken. Nicht Abschleppen! Jetzt warte doch mal.« Nur mit Mühe kann Corinna mit mir Schritt halten. Ich habe nämlich die Beine in die Hand genommen und laufe, meine Bluse zuknöpfend, über die Treppe die dreizehn Stockwerke nach unten. Keine Ahnung, wie ich am Montag irgendjemandem aus der Firma wieder unter die Augen treten soll. Alle haben meine Brüste gesehen. Sogar der Boss. Ich kündige. Das wird das Beste sein. Wir sind unten angekommen. »Evi, bleib stehen. So schlimm ist es ja nun auch wieder nicht.«

»Nicht schlimm?« Ich fahre zu ihr herum. »Natürlich ist es schlimm. Ich habe mich dem Bruder meines Chefs an den Hals geworfen und alle haben es mitbekommen.«

»Du hast halt ein bisschen viel getrunken.«

»Ich bin stocknüchtern.« Damit stolpere ich über einen nicht vorhandenen Hubbel auf dem Bürgersteig. »Na schön, vielleicht nicht stocknüchtern, aber immer noch Herr oder Frau oder was auch immer meiner Sinne. Ich wusste die ganze Zeit genau, was ich da mache. Und es ist mir nicht mal schwer gefallen. Es war, als hätte ich die ganze Zeit nur darauf gewartet, Alex endlich betrügen zu können.«

»Na na, betrügen ist ein hartes Wort«, will Corinna mich besänftigen. »Was kann denn schon passiert sein, in den drei Minuten, bis sie den Fahrstuhl nach oben geholt haben?«

»Nicht viel«, gebe ich zu, und sie will schon zufrieden lächeln, als ich fortfahre: »Aber das war ganz sicher nicht mein Verdienst. Eigentlich lag es nur daran, dass ich meine Tage habe. Sonst hättet ihr uns in einer weitaus kompromittierenderen Lage erwischt. Ganz sicher.« Jetzt sieht meine Freundin doch ein bisschen schockiert aus.

»Ach Quatsch …«

»Doch. Ehrlich. Ich bin ein schlechter Mensch.« Die Heftigkeit der auf mich einprasselnden Schuldgefühle nimmt mir den Atem. Vielleicht sollte ich zum katholischen Glauben konvertieren. Die nennen das Kind wenigstens beim Namen.

» *Quia peccavi nimis cogitatione, verbo et ópere: mea culpa, mea culpa, mea maxima culpa.«*
»*Ich habe gesündigt in Gedanken, Worten und Werken: durch meine Schuld, durch meine Schuld, durch meine große Schuld.«*

Sündenbekenntnis der katholischen Kirche

»Jetzt übertreib mal nicht. Nur, weil du auf Benjamin abfährst? Der ist doch auch eine Zuckerschnecke.«

»Hast du irgendeine andere Frau gesehen, die für einen Quickie mit ihm in den Aufzug gestiegen ist?«, kasteie ich mich selbst.

»Da bist du garantiert nicht die erste gewesen.«

»Danke. Ich fühle mich viel besser!«

Wie betäubt sitze ich in der U-Bahn auf dem Weg nach Hause. Wie soll ich Alex bloß unter die Augen treten? Und vor allem: Wie soll ich das vor ihm verheimlichen? Ich bin eine schlechte Lügnerin. Mich muss man nur scharf ansehen, und schon gestehe ich alles. Wahrscheinlich ist es das, was mich bisher davor gerettet hat, zu einer notorischen Fremdgängerin zu werden. Denn was da heute Abend passiert ist, also, ich erkenne mich selbst nicht wieder. Die ständigen Schwärmereien für irgendwelche hübschen Männer sind eine Sache, aber das eben ging eindeutig zu weit. Offenbar hat mein Verstand kurzzeitig ausgesetzt. Ich mache so etwas nicht. Ich habe mich im Griff. Jedenfalls normalerweise. Ich starre vor mich hin, als mir plötzlich auffällt, worauf ich da eigentlich die ganze Zeit schaue. Von einem Plakat sehen die traurigen Augen einer Frau auf mich herunter.

»Viele Ärzte hörten nur meine Lunge ab. Bis einer wirklich in mich hinein horchte.« Ist es das? Brauche ich einen Arzt?

Mit einem mulmigen Gefühl im Bauch öffne ich die Tür zu Doktor Schäfers Gemeinschaftspraxis, die sich in einem schönen Altbau mit hohen Wänden und Stuck an der Decke befindet. Der Flur ist menschenleer, ich gehe hindurch, bis ich an einer der vielen geschlossenen Türen das Schild *Wartezimmer* entdecke. Ich drücke die Klinke herunter und trete ein. Ein dunkler Lockenkopf hebt sich.

»Äh, hallo!« Ich lasse mich auf den nächstbesten Stuhl fallen und beobachte meinen Mitpatienten verstohlen. Eigentlich sieht er ganz normal aus. Er kann kaum älter sein als ich, hat dunkles, volles Haar, braune Augen und einen Dreitagebart. Vollkommen entspannt sitzt er da und scheint damit in einem Zustand zu sein, der auf einer imaginären Skala auf dem genau anderen Ende von meinem liegt. Seine langen, in verwaschenen Jeans steckenden Beine hat er von sich gestreckt und blättert gemächlich in einer Zeitung. Nein, Mist. Ertappt zucke ich zurück, als sein Blick meinen trifft. Bestimmt hat er gemerkt, dass ich ihn anstarre. Wie peinlich. Ich spüre, wie mir das Blut in den Kopf schießt und sehe schnell woanders hin. Angelegentlich beschäftige ich mich damit, mein Halstuch neu zu richten.

»Hatschi!«, niest mein Gegenüber.

»Gesundheit«, rutscht es mir heraus. Aber das wird ja wohl erlaubt sein. Ich finde einfach, dass es die Höflichkeit gebietet, einem Niesenden Gesundheit zu wünschen.

»Danke, ich … hatschi …«

»Gesundheit.«

»Hatschi, hatschi!«

»Heuschnupfen?«, frage ich mitfühlend. Er schüttelt den Kopf und niest immer weiter.

»Hatschi, nein, eigentlich … Hatschi, hatschi, eigentlich nicht.« Er ist mittlerweile hochrot im Gesicht. Ich krame in meiner Handtasche nach einem Taschentuch und halte es ihm hin. Nach fünf weiteren Niesern scheint der Anfall vorbei zu sein. Mit tränenfeuchten Augen lächelt er mich an und greift nach dem Tempo. »Das ist nett. Danke.« Mir fällt auf, dass seine Wimpern ewig lang sind und seine Augen von einem ganz tiefen, warmen Braun. Auch wenn sie gerade einen etwas irritierten Ausdruck annehmen. »Äh, darf ich?«

»Hm, was?« Erst jetzt fällt mir auf, dass er versucht, mir das Taschentuch aus der Hand zu nehmen. Ich lasse los.

»Klar. Und Sie brauchen es auch nicht wieder zurückzugeben.« Ich lache albern und laufe knallrot an, als ich seine Gesichtszüge entgleisen sehe. Wahrscheinlich hat er gerade das gleiche innere Bild vor Augen wie ich, nämlich ein triefendes, vollgerotztes Taschentuch. Das war ja mal wieder typisch ich. Tolles Gesprächsthema. Vielleicht sollte ich ihm noch ein Stück Toilettenpapier für den Weg anbieten? Ich starre auf meine Fußspitzen. Erstens ist mir die Sache peinlich und zweitens habe ich ein schlechtes Gewissen. Schon wieder. Warum sind mir seine langen Wimpern überhaupt aufgefallen? Seine schönen Augen und schlanken Beine? Warum verhalte ich mich, als sei ich auf Bräutigamschau, obwohl ich einen fantastischen, liebevollen, intelligenten und zärtlichen Mann zu Hause habe? Aber um das herauszufinden, bin ich schließlich hergekommen. Obwohl ich bisher immer einen weiten Bogen um das Thema Therapie gemacht habe. Wahrscheinlich ein Kindheitstrauma. Nach der Scheidung meiner Eltern hat mich meine Mutter zu einem Kinderpsychologen geschleppt, der von mir verlangt hat, meiner Wut auf meinen Vater Ausdruck zu verleihen, indem ich auf einen Boxsack eindresche. Dabei war ich gar nicht wütend auf ihn.

»Frau Blum?« Eine tiefe Stimme reißt mich aus meinen Gedanken. Ich hebe den Kopf und sehe ein kleines Männlein mit Halbglatze und Spitzbauch vor mir stehen.

»Ja, das bin ich.«

»Schäfer mein Name, kommen Sie doch bitte mit.« Ich stehe auf, schüttele ihm die Hand und verlasse das Wartezimmer.

Die Wände von Herrn Doktor Schäfers Praxisraum sind in einem sanften Beigeton gestrichen. Das soll sich wahrscheinlich beruhigend auf die Patienten auswirken, ebenso wie die üppige Zimmerpalme, deren lange, schmale Blätter sich über die gemütlich aussehende, mit Decken und Kissen ausstaffierte Couch biegen. Ein wenig unsicher bleibe ich mitten im Zimmer stehen und diktiere dem Therapeuten meine Daten. Nachdem die Formalitäten erledigt sind, lädt er mich mit einer Handbewegung dazu ein, auf der Couch Platz zu nehmen, während er selbst es sich auf dem dahinter stehenden Ohrensessel aus dunklem Leder bequem macht. Zögernd lasse ich mich auf der äußersten Kante nieder.

»Legen Sie sich hin. Machen Sie es sich bequem!«

»Aber dann sehe ich Sie doch gar nicht.«

»Das ist der Sinn der Sache. Sie müssen mich nicht sehen. Es reicht, wenn Sie wissen, dass ich da bin.«

»Na gut.« Folgsam lege ich mich auf den Rücken. Die Palme steht genau in meinem Blickfeld und mit ein bisschen Fantasie könnte man glauben, sich im Urlaub auf einer Südseeinsel zu befinden.

»Dann erzählen Sie doch mal.«

Nachdem ich mit meinem Bericht geendet habe, herrscht absolute Stille. Wahrscheinlich sind es nur ein paar Sekunden, aber für mich fühlt es sich an wie eine halbe Ewigkeit. Unruhig rutsche ich auf der Couch hin und her, verdrehe die Augen und versuche, hinter mich zu schielen, um zu sehen, ob Herr Doktor Schäfer überhaupt noch da ist. Das gelingt mir natürlich nicht. Aber mich demonstrativ nach ihm umzudrehen, traue ich mich irgendwie auch nicht.

»Sind sie noch da?«, frage ich schließlich.

»Ja, ich bin noch da«, kommt es ruhig zurück.

»Ah, ja. Gut.« Ich komme mir ein bisschen albern vor.

»Wie kommen Sie darauf, dass ich nicht mehr da sein könnte?«

»Ich kann Sie ja schließlich nicht sehen«, verteidige ich mich. »Und gesagt haben Sie auch nichts.«

»Ich habe gerade überlegt«, erklärt er. »Aber es ist sehr interessant, dass Sie glauben, ich könnte Sie verlassen haben, nachdem Sie mir Ihre Geschichte erzählt haben.«

»Verlassen? Also, ich weiß nicht.«

»Sind Sie mit dem Wort nicht einverstanden?«

»Naja.« Ich überlege. »Es ist ein ziemlich großes Wort.«

»Welches Wort wäre Ihnen denn lieber?«

»Ich weiß es nicht. Ich habe doch nur so gefragt.«

»Nach meiner Erfahrung passiert hier nichts einfach nur so.« Der Mann ist die Ruhe in Person. »Es plagen Sie also Schuldgefühle wegen Ihrer Affäre mit diesem Benjamin.«

»Ich habe keine Affäre mit ihm«, stelle ich das richtig. »Es war ein Ausrutscher. Ein einmaliger Ausrutscher. Und ein Moment geistiger Umnachtung.«

»Es wird also nicht wieder vorkommen?«

»Auf keinen Fall«, blaffe ich die arme Zimmerpflanze an, die nun wirklich nichts dafür kann.

»Ich verstehe.« Er schweigt einen Moment. »Und warum sind Sie dann hier?« Mir verschlägt es kurzzeitig die Sprache. Dann schießen mir unvermittelt Tränen in die Augen.

»Weil, na, weil ich …«, ich versuche, die Worte an dem Kloß in meinem Hals vorbeizuwürgen, »Angst habe, dass ich meine Beziehung zerstöre.«

»Weil Sie auch andere Männer interessant finden?«

»Weil ich mich nicht unter Kontrolle habe«, schluchze ich.

»Aber Sie hatten doch die Kontrolle. Sie haben nicht mit Benjamin geschlafen.«

»Aber nur, weil ich meine Tage hatte.«

»Ist das so entscheidend?«

»Allerdings.«

»Es gibt also einen Teil in Ihnen, der mehr von diesen anderen Männern will als einen harmlosen Flirt? Nämlich Sex?« Ich beiße mir auf die Unterlippe und schweige. »Irre ich mich?«, hakt Doktor Schäfer nach und ich zucke mit den Schultern. »Darauf wollen Sie lieber nicht antworten?«

»Ich wollte nichts mit Benjamin anfangen. Ich verstehe mich selbst nicht. Und jetzt sitze ich Alex jeden Morgen beim Frühstück gegenüber und komme mir vor wie der schlechteste

Mensch der Welt. Und trotzdem sitze ich in Ihrem Wartezimmer und finde den Mann mir gegenüber irgendwie ... »

»Sexy?« Erneutes Schulterzucken meinerseits. »Ist denn das ein Verbrechen? Jemanden attraktiv zu finden?«

»Nein. Das wohl nicht«, gebe ich zögernd zu.

»Aber Ihnen wäre es anders eigentlich lieber?«

»Dann wäre ich jedenfalls nicht versucht, mit jemand anderem als Alex in einem Fahrstuhl rumzumachen«, sage ich mit belegter Stimme.

»Wissen Sie, was mir auffällt? Sie gehen wirklich sehr hart mit sich selber ins Gericht. Verstehen Sie mich nicht falsch, wir alle haben unser eigenes Wertesystem, aber für eine junge Frau in der heutigen Zeit ist es schon eher ... ungewöhnlich, sich wegen einer vergleichsweise harmlosen Knutscherei so schuldig zu fühlen. Und einen Therapeuten aufzusuchen.«

»Sie denken also, ich gehöre nicht hierher?«

»Das denke ich ganz und gar nicht.«

»Ich glaube, ich kann Ihnen nicht folgen«, seufze ich.

»Ich stelle jetzt mal eine gewagte These auf. Okay?«

»Wenn Sie meinen.«

»Ich denke, Sie haben sich in Ihre derzeitige Lage gebracht, um etwas zu fühlen, das Sie schon lange begleitet.«

»Häh?«

»Es ist möglich, dass Ihre Schuldgefühle nicht allzu viel mit diesem Benjamin zu tun haben. Dass er nur als Auslöser fungiert. Anstatt als Ursache.«

»Es fühlt sich aber so an, als sei er die Ursache.« Vor meinem inneren Auge erscheint wieder das Bild, er und ich, halbnackt im Fahrstuhl, und Übelkeit überschwemmt mich.

»Weil der wahre Grund in Ihrem Unterbewusstsein verschüttet liegt.«

»Sie wollen jetzt aber nicht in meiner Kindheit herumstochern, oder? Ich dachte, Sie sind Hypnosetherapeut.« Das stand jedenfalls auf seiner Webseite.

»Ganz recht. In der Hypnosesitzung geleite ich Sie in einen tranceähnlichen Zustand der Entspannung. Dabei steigen Bilder aus ihrem Unterbewusstsein auf, die uns Hinweise geben, was es mit Ihrem Problem auf sich hat.«

»Wie in einem Traum?«

»Ja. So ähnlich.«

»Hmm.«

»Wir müssen mit der Arbeit nicht sofort beginnen, wenn Sie sich damit unwohl fühlen.« Ich überlege einen Moment lang.

»Versprechen Sie mir, mich nicht wie ein Huhn gackernd auf einem Bein durch Ihre Praxis hüpfen zu lassen?«

»Warum sollte ich so etwas tun?«, fragt Doktor Schäfer unbeeindruckt.

»Schon gut«, seufze ich, »das sollte nur ein Scherz sein. Dann fangen Sie mal an.«

»Legen Sie sich ganz entspannt hin.« Doktor Schäfers Stimme ist noch eine Terz tiefer als sowieso schon, und er spricht auch langsamer. Plötzlich habe ich Zweifel.

»Was ist denn, wenn es bei mir nicht funktioniert?«

»Wir gehen davon aus, dass etwa neunzig Prozent aller Menschen hypnotisierbar sind.«

»Aber wenn ich zu den anderen zehn Prozent gehöre?«

»Wir werden es einfach ausprobieren.«

»Ich sag es ja nur. Könnte sein, dass Sie sich umsonst bemühen.«

»Würden Sie sich dann schuldig fühlen? Weil Sie mich enttäuschen könnten?« Ertappt zucke ich zusammen. »Sie brauchen nichts zu leisten. Seien sie ganz locker und hören Sie einfach nur zu.« Na gut, einen Versuch ist es alle Mal wert. Ich rutsche auf der Couch herum, bis ich eine bequeme Haltung gefunden habe und richte den Blick auf das grüne Blätterdach über mir. »Konzentrieren Sie sich ganz auf Ihren Atem. Fühlen Sie, wie die Luft in Ihre Lungen strömt und bis in Ihren Bauch gelangt. Spüren Sie, wie er sich hebt und senkt. Stellen Sie sich vor, wie sich mit jedem Einatmen die Entspannung in Ihnen ausbreitet. Und wie mit jedem Ausatmen die Anspannung von Ihnen abfällt. Konzentrieren Sie sich jetzt ganz auf Ihre Augenlider. Spüren Sie hinein, wie Sie schwerer und immer schwerer werden. Widerstehen Sie der Versuchung, die Augen zu schließen. Aber Sie werden schwerer und immer schwerer und jetzt sind Ihre Augen geschlossen. Vor Ihnen erscheint eine Treppe. Jetzt sehen Sie diese Treppe. Es ist Ihre ganz eigene Treppe, die zu Ihrem Unterbewusstsein führt. Betrachten Sie sie genau. Hat sie ein Geländer? Aus welchem Material ist diese Treppe? Sie stehen jetzt oben auf der ersten Stufe dieser Treppe und ...«

4.

Unbestimmte Zeit später schlage ich die Augen wieder auf und sehe in die grünen Blätter der Zimmerpalme. Ich bin wohl während der Hypnose eingeschlafen. Wie peinlich. Hoffentlich habe ich nicht geschnarcht. Und wie lange habe ich eigentlich geschlafen?

»Ich habe Ihnen ja gleich gesagt, dass es bei mir nicht funktioniert«, sage ich zu meiner Verteidigung. Doktor Schäfer antwortet nicht. Wahrscheinlich überlegt er gerade wieder und unterstellt mir nochmal Verlassensängste, wenn ich nachfrage. Also warte ich. Sehr geduldig warte ich. Nach einem Zeitraum, der sich zumindest nach meinem Empfinden wie mehrere Minuten anfühlt, beginne ich, mit den Fingern auf der Couch herumzutrommeln, bis ich mitten in der Bewegung erstarre. Das fühlt sich irgendwie komisch an. Eher nach Gras als nach Stoff. Langsam senke ich den Blick und halte den Atem an. Das gibt es doch gar nicht. Ich liege nicht mehr auf Doktor Schäfers Couch. Ja, noch nicht einmal mehr in seinem Praxisraum. Vielmehr befinde ich mich in dem schönsten und prächtigsten Garten, den ich je gesehen habe. Ein Blumenmeer in leuchtenden Farben umgibt mich, die verschiedensten Obstbäume und -sträucher biegen sich unter der Last ihrer saftigen, duftenden Früchte, untermalt von einem gedämpften Summen, Brummen und Zirpen. Ich selber liege auf einem Stück saftig grünen Rasens im Schatten einer Palme. Für einen Augenblick bin ich höchst beunruhigt, bis mir klar wird, was hier läuft. Ich bin eben doch eingeschlafen. Und das hier ist ein Traum. Erleichtert, dass ich eine plausible Erklärung für meinen neuen Aufenthaltsort gefunden habe, lehne ich mich entspannt zurück und schaue durch das Blätterdach in den strahlend blauen Himmel. Was für ein herrliches Wetter! Auf so schönen Sonnenschein warten wir ja in diesem Frühling leider bislang vergeblich. Es spricht also nichts dagegen, jetzt und hier ein bisschen Wärme zu tanken. Gerade will ich genüsslich die Augen schließen, als mir einfällt, dass ich mich ja immer noch auf Doktor Schäfers Couch befinde. Den ich immerhin teuer für diese Sitzung bezahle. Entschlossen richte ich mich auf. Schlafen kann ich auch zu Hause. Und zwar für umsonst. Deshalb beschließe ich, dass es an der Zeit ist aufzuwachen. Nur wie?

»Aufwachen«, befehle ich mir selbst. Nichts passiert. Auch das oft zitierte Kneifen in den eigenen Arm bleibt ohne Wirkung. Ratlos sehe ich mich um, als mich etwas Hartes am Hinterkopf trifft. Eine Kokosnuss kullert zu Boden. »Aua!« Ein keckerndes Geräusch ist die Antwort. Ich luge hinauf in das Blattwerk und entdecke einen kleinen, dunkelbraunen Affen, der jetzt in einem Affenzahn, wie auch sonst, vom Baum klettert und auf mich zustürmt. Erschrocken springe ich auf und renne los. Der Affe immer hinter mir her. Im Zickzack laufe ich durch den Garten, der sich mit der Zeit eher als weitläufiger Park entpuppt. Es könnte sich auch um eine Art Zoo handeln. Aus dem Augenwinkel nehme ich nicht nur die vielfältige Pflanzenwelt wahr, sondern auch massenhaft Tiere aller Art. Die quiekenden Geräusche hinter mir deuten darauf hin, dass der Affe die Verfolgung noch immer nicht aufgegeben hat, und als ich einen Blick über die Schulter riskiere, muss ich zu meinem Schrecken feststellen, dass sich ihm weitere Tiere angeschlossen haben: Zwei Kaninchen, ein Papagei, diverse andere Vögel, die ich Großstadtpflanze nicht zuordnen kann, und ein riesengroßer Wolf mit zotteligem, grauen Fell. Dieser lässt das Äffchen, vor dem ich eben noch so viel Angst hatte, plötzlich sehr viel harmloser erscheinen. Ohne Anzeichen von Ermüdung zu zeigen, folgt mir die Truppe. »Ich würde jetzt wirklich gerne aufwachen«, melde ich schnaufend gen Himmel. Wen auch immer ich da gerade anrufe, er tut mir den Gefallen nicht. Ich erreiche einen See, dessen tiefblaues Wasser in der Sonne funkelt. Das könnte meine Rettung sein. Auch wenn ich mir nicht sicher bin, ob Wölfe und Affen möglicherweise nicht doch schwimmen können, einen Versuch ist es wert. Gerade will ich mich kopfüber in die Fluten stürzen, als ich Stimmen vernehme, die menschlichen Ursprungs zu sein scheinen. Und tatsächlich, etwa fünfzig Meter weiter entdecke ich im seichten Wasser ein Pärchen. Splitterfasernackt. Unter normalen Umständen würde ich mich diskret zurückziehen. Stattdessen ändere ich meinen Kurs und sprinte um Hilfe rufend auf die beiden zu. Wenigstens scheine ich sie nicht gerade beim Sex zu stören. Sie planschen vielmehr ein wenig unmotiviert im Wasser herum. Als ich jetzt wie eine Wahnsinnige auf sie zugerannt komme, hebt die Frau erstaunt ihr Gesicht. Nein. Moment. Genau genommen hebt sie *mein* Gesicht. Ich bin so überrumpelt, dass ich abrupt abbremse und um ein Haar auf die Nase falle. Diesen Moment nutzt das Äffchen, um mich anzuspringen. Ich zucke nicht einmal zusammen. Nur am Rande nehme ich wahr, dass es mir die Arme um den Hals legt und mich nicht etwa zu strangulieren versucht, sondern den Kopf friedlich gegen meinen lehnt. Auch spüre ich keinen Wolfsbiss in der Wade, dafür eine stupsende Wolfsschnauze an meinem Oberschenkel und das aufgeregte Flattern von Flügeln um meinen Kopf herum. Die Todesgefahr ist also erstmal gebannt, worüber ich mich eigentlich freuen sollte, wäre ich nicht so fasziniert von meinem eigenen Anblick. Die nackte Frau ähnelt mir wie ein Ei dem anderen! Doch während ich angesichts dieser unerwarteten Begegnung der Schnapp-atmung nahe bin, zieht sie nur milde erstaunt die Augenbrau-en in die Höhe. Auch auf die Gefahr hin, mich zu wiederho-len: *Meine* Augenbrauen! Die Frau erhebt sich aus dem Wasser und kommt, nackt wie sie ist, auf mich zu, die ich noch im-mer, von der Tierschar umkreist, wie angewurzelt am Ufer stehe. Sofort setzt mein Schamgefühl ein, denn schließlich ist es ja irgendwie auch mein nackter Körper, den sie hier so öffentlich zur Schau stellt. Andererseits zeigt sie mir damit ja nun wirklich nichts Neues, und der Mann, die einzig andere anwesende Person, spielt im Wasser auf dem Rücken liegend »Seestern« und sieht nicht einmal in unsere Richtung. Was ich eigentlich, so ganz nebenbei gesagt, eine ziemliche Frech-heit finde. Einen Meter vor mir bleibt sie stehen. Ein paar kleine Unterschiede zu mir selbst kann ich jetzt doch aus-machen. Das rotblonde Haar reicht ihr bis zu den Hüften, während ich meines kinnlang und mit Pony trage, ihre vom Wasser glänzende Haut ist von unzähligen Sommersprossen übersät. Wow, so könnte ich also aussehen, wenn Alex und ich endlich mal unseren Traumurlaub auf den Malediven ver-wirklichen würden. Statt immer nur davon zu reden. Mein Blick gleitet tiefer und bleibt an ihrer Schambehaarung hän-gen. Du meine Güte! Marke Wildwuchs nennt man das wohl. So würde ich zwischen den Beinen aussehen, wenn ich kei-nen Ladyshaver besäße? Jetzt hebt mein Gegenüber einen Arm, um sich die Haarmähne über die Schulter zu werfen. Dabei sehe ich, dass sie auch unter den Achseln nicht rasiert

47

ist. Offensichtlich bin ich mitten in den Siebziger Jahren gelandet.

»Hallo!« Sie lächelt mir zu. Der Wolf, der noch immer versucht, durch Stupsen an meinen Oberschenkel meine Aufmerksamkeit zu erregen, gibt seine Bemühungen auf und trottet stattdessen auf mein Gegenüber zu. Furchtlos krault sie ihm den Kopf.

»Äh, hallo«, sage ich. Sie mustert mich neugierig von oben bis unten und fängt plötzlich an zu lachen.

»Du siehst genau so aus wie ich. Das ist ja eine lustige Idee von ihm. Und was ist das da?«

»Was?« Fragend sehe ich an mir herunter. Sie kommt auf mich zu und zieht an meinem knielangen Jeansrock.

»Das da!«

»Ach so. Ist von Maison Scotch.«

»Aha. Und wo hast du das her?«

»Aus der Mönckebergstraße.« Verständnislos schaut sie mich an, dann zuckt sie die Schultern.

»Ist ja auch egal. Herzlich Willkommen!« Mit einem strahlenden Lächeln breitet sie die Arme aus, als ich plötzlich eine andere Stimme vernehme, die ich nicht verorten kann. Sie scheint von überall her zu kommen, aus dem Wasser, den Bäumen, dem Himmel, sogar aus den Tieren, die mich umgeben.

»Langsam machst du dich bereit, wieder aufzutauchen«, sagt die Stimme. »Ich zähle jetzt bis fünf. Und wenn ich bis fünf gezählt habe, dann bist du klar und hellwach. Eins!«

»Was ist das?«, frage ich, während meine Doppelgängerin in einer erstaunlich festen Umarmung ihren nackten Körper an mich presst.

»Was denn?«, fragt sie, ohne ihre Umklammerung zu lösen. Nein, sie legt sogar noch ihren Kopf an meine Schulter.

»Zwei.«

»Hörst du das nicht? Die Stimme?«

»Ich höre keine Stimme.« Scheint ihr auch egal zu sein. Sie verharrt weiter in inniger Umarmung mit mir.

»Drei.« Wie lange will sie wohl noch so stehen bleiben? Für eine Begrüßung erscheint mir das doch ein bisschen viel des Körperkontaktes. Will die mich etwa anbaggern? »Vier.« Erst in diesem Moment fällt mir Doktor Schäfer wieder ein. Und jetzt erkenne ich auch seine Stimme wieder. »Fünf.«

Verwirrt sehe ich mich im Behandlungszimmer um.

»War ich die ganze Zeit hier?«, vergewissere ich mich.

»Aber ja.«

»Habe ich geschlafen?«

»Nein. Sie waren in einem hypnotischen Zustand. Im Übrigen kann ich Ihnen schon jetzt sagen, dass Ihre Selbsteinschätzung nicht der Realität entspricht. Sie sind im Gegenteil sehr leicht zu hypnotisieren.«

»Ich habe echt was ganz Verrücktes geträumt.«

»Erzählen Sie doch mal.«

»Ich war in einem Garten. Oder in einem Park. Da waren ganz viele Tiere hinter mir her, aber sie haben mir nichts getan. Und dann war da ein nacktes Pärchen. Die Frau sah aus wie ich. Sie hat mich umarmt.«

»Wie haben Sie sich gefühlt, als sie das getan hat?«

»Ich weiß nicht. Ganz okay. Naja, ein bisschen unangenehm war es mir. Sie war ja schließlich nackt.«

»Soso.«

»Was wollen Sie denn damit sagen?«

»Nackte Menschen und wilde Tiere. Klingt irgendwie animalisch, finden Sie nicht?«

»Interpretieren Sie da jetzt irgendwas hinein?«

»Haben Sie Angst, dass ich einen falschen Eindruck von Ihnen haben könnte?«

»Beantworten Sie eine Frage immer mit einer Gegenfrage?«

»Macht Sie das unsicher?«

»Ehrlich gesagt, ja.«

»Wie schätzen Sie Ihren eigenen Sexualtrieb ein?«

»Wie ich ihn einschätze?« Ich lache unsicher. »Na, Sie sind gut.« Kurz muss ich über die Frage nachdenken, dann gebe ich zu: »Ich fürchte, dass ich ihn nicht unter Kontrolle habe.«

»Genauso wenig wie die Tiere in Ihrem Traum? Aber so gefährlich waren die ja dann gar nicht. Oder?«

»Hm.« Darauf fällt mir keine kluge Antwort ein.

»Und mit Ihrem Mann …«

»Freund«, korrigiere ich ihn, »wir sind nicht verheiratet.«

»Also, mit Ihrem Freund. Haben Sie mit dem leidenschaftliche Erfahrungen?«

»Nein. Wir haben eigentlich nur noch Sex, wenn ich meinen Eisprung habe. Und das ist dann auch nicht besonders aufregend.« Schon wieder schießen mir die Tränen in die Augen.

»Macht Sie das traurig?«

»Natürlich macht mich das traurig.« Dazu muss man nun wirklich nicht Psychologie studiert haben. Ich bin verrückt nach allen möglichen Männern, nur nicht nach meinem eigenen. Wenn das kein Grund zum Weinen ist.

»Tja, dann müssen wir leider für heute.« Ich richte mich halb auf und sehe über die Schulter zu Herrn Doktor Schäfer, der mit übergeschlagenen Beinen in seinem Ohrensessel sitzt. »Wollen Sie gleich einen Termin für die nächste Woche ausmachen?«

Irgendwie fühle ich mich ein bisschen verletzt nach diesem abrupten Rauswurf. Schon klar, dass die Stunde irgendwann vorbei ist und der nächste Patient wartet, aber dennoch hätte er mich doch etwas sanfter hinauskomplimentieren können. Oder bin ich überempfindlich? Einen neuen Termin habe ich jedenfalls nicht ausgemacht. Überhaupt bezweifle ich, dass die Sache mit der Therapie die richtige Strategie ist. Besser fühle ich mich jedenfalls nicht. Dafür ganz schön verwirrt. Zurück im Steuerbüro vertiefe ich mich in eine besonders komplizierte Bilanz und merke, wie die Anspannung langsam von mir abfällt. Der seltsame Garten mit seinen noch seltsameren Bewohnern rückt ebenso in den Hintergrund wie die Sache mit Benjamin. Ich bin alleine mit Sachanlagen, Rückstellungen, Verlustvorträgen und Verbindlichkeiten, bis mich eine wohlbekannte Stimme aus meinen Gedanken reißt.

»Hey Süße!« Mit einem Ruck hebe ich den Kopf und sehe Alex vor meinem Schreibtisch stehen. Perplex sehe ich ihn an.

»Was machst du denn hier?« Ja, zum Teufel, was macht er hier? Es fällt mir schwer, meinen Schock zu verbergen. Denn sonst taucht er nie unangemeldet hier auf. Was ja nicht weiter schlimm wäre, wenn mich nicht die gesamte Belegschaft vor einer Woche halbnackt mit einem anderen Typen im Fahrstuhl gesehen hätte. Und wenn dieser Typ nicht ausgerechnet jetzt bei Herrn Hybel im Büro säße. Natürlich glotzen sie alle. Kein Feingefühl, die Leute.

»Na, du bist ja begeistert. Freust du dich nicht?«

»Doch, ich freue mich sogar sehr. Ich bin nur ... überrascht!«

»Das ist ja auch Sinn und Zweck der Übung.«

51

»Welcher Übung?« Ich sehe Alex ganz fest in die Augen, als könnte ich ihn damit dazu zwingen, die merkwürdige Stimmung im Raum nicht wahrzunehmen. Immer noch gucken sämtliche Mitarbeiter zu uns herüber. Es ist geradezu beängstigend still im Raum. Keine Tastatur, die klappert, keine privaten Unterhaltungen oder Telefongespräche, nichts. Es ist nur noch eine Frage der Zeit, bis ihm das auffällt. Der Schweiß rinnt mir aus allen Poren.

»Ich entführe dich jetzt zu einem kleinen Picknick an der Elbe. Immerhin ist heute unser Fünfjähriges.« Oh nein! Ist heute schon der 7. Mai? Wie konnte mir das entgehen? Dabei habe ich mir nach der Sache mit Benjamin doch geschworen, Alex von nun an die beste Partnerin der Welt zu sein. Als Wiedergutmachung sozusagen. Stattdessen vergesse ich jetzt mal eben so unseren Jahrestag!

»Das weiß ich doch.« Ich zwinge mich zu einem wissenden Lächeln.

»Und ich weiß, dass du weißt.« Er lächelt zurück und ich komme mir schäbig vor, weil er mir glaubt. Durch das Training in der vergangenen Woche mausere ich mich nun also schon zu einer echten Lügenbaronin. Wenn die Leute doch endlich zu glotzen aufhören würden. Nur Corinna starrt wie gebannt auf ihren Monitor und haut wie eine Wilde in die Tasten, was auch nicht wirklich unauffällig ist. Schließlich ist sie die Einzige hier, die Alex näher kennt.

»Na, Corinna, und wie geht's dir so?«, wendet er sich jetzt an sie, und sie schaut erschrocken zu ihm hoch. Ich werfe ihr einen flehenden Blick zu.

»Gut. Sehr gut. Danke. Herzlichen Glückwunsch übrigens. Zum Fünfjährigen.« Klar, natürlich hat sie jedes Wort mitangehört. Und richtig, ein Blick auf ihren Bildschirm eröffnet mir ihre Arbeit der letzten paar Minuten: lakjd lkaduie akejfadi lakdjdiag lkwßokm üoemba ...

»Okay, dann wollen wir mal.« Ich stehe auf und greife nach meinem Sommermantel. »Ich hab ja nur eine Dreiviertelstunde Pause.«

»Keine Sorge. Du kannst heute länger wegbleiben.« Alex nimmt mir den Mantel ab und hält ihn mir hin, damit ich hineinschlüpfen kann. Ich kann die Gedanken meiner Kollegen förmlich hören: So ein netter Kerl, und ein Gentleman noch dazu. Und sie betrügt ihn. Pfui! Pfui! Pfui! Irgendjemand sollte dem armen Mann die Wahrheit sagen. »Ich habe das mit Herrn Hybel abgesprochen.«

»Du hast mit meinem Chef telefoniert?« Er lächelt stolz und scheint das Beben in meiner Stimme zum Glück nicht zu bemerken.

»Es ist okay, wenn wir zwei Stunden wegbleiben.«

»Toll!« Hinter der geschlossenen Tür von Herrn Hybels Büro beginnt es zu rumoren, und ich sehe wie in Zeitlupe, dass die Türklinke heruntergedrückt wird. Ich greife nach Alex Hand und zerre ihn Richtung Ausgang, vorbei an den Kollegen, die uns noch immer anstarren. »Dann lass uns keine Zeit verlieren!«

»Komische Stimmung war das heute bei euch im Büro.« Schulter an Schulter sitzen wir am Hamburger Elbstrand auf unserer karierten Decke und verspeisen die von Alex liebevoll vorbereiteten Köstlichkeiten. Nudelsalat, Tomate-Mozzarella-Spieße, Kracker mit Frischkäse-Thunfisch-Creme, Sandwich-Ecken mit Lachs, Obstsalat und Schokoladen-Muffins. Für mich schmeckt alles gleich. Mein Herzschlag beruhigt sich nur allmählich. Nie hätte ich gedacht, dass ich mich noch

53

schlechter fühlen könnte als vor einer Woche in dem Fahrstuhl. Aber nach unten ist noch Raum. Jetzt geht es mir richtig mies.

》 *Mea culpa, mea culpa,*
mea maxima culpa.«

Natürlich habe ich eine Riesen-Angst, dass die Sache rauskommt. Aber davon einmal abgesehen fühle ich mich schäbig, dass Alex so unschuldig in die Firma reinspaziert, wo alle Bescheid wissen. Alle außer ihm. Dem Gehörnten.

»Hallo? Evi? Hörst du mir zu?«

»Was? Ach so, ja, natürlich. Ja, es sind alle etwas angespannt, weil … könnte sein, dass einer gehen muss.« Die Lüge kommt mir glatt über die Lippen.

»Echt? Das ist ja schlimm. Hast du mir gar nicht erzählt.«

»Herr Hybel hat es uns erst heute morgen gesagt.«

»Verstehe. Das erklärt es natürlich. Diese komische Anspannung, die im Raum lag. Dachte schon, das hätte was mit mir zu tun.« Er lacht. »Mann, bin ich egozentrisch.«

»Bist du gar nicht.« Es zerreißt mir das Herz. Ich gebe ihm einen Kuss. »Du bist ein so toller Mann. Und das Picknick. So lieb von dir. Welcher Mann macht so was schon noch, nach fünf Jahren Beziehung?«

»Mit einer Frau wie dir ist es gar nicht schwer.« Mit einer Frau wie mir. Einer Betrügerin und Lügnerin, die nun auch noch den Jahrestag vergessen hat. Und demzufolge auch kein Geschenk besorgt hat. Wo kriege ich bis heute Abend ein Geschenk her?

Alex küsst mich. Es könnte ein perfekter Moment sein. Die Sonne scheint auf uns herab, die Elbe plätschert sanft ans Ufer, Frachter ziehen vorbei und Möwen fliegen schreiend über uns ihre Kreise. Mein Herz krampft sich schmerzhaft zusammen. Ich will Alex nicht verlieren.

»Du, Alex? Wegen deines Geschenks …«

»Du musst mir doch nichts schenken.« Hast du eine Ahnung.

»Doch. Ich meine, das will ich aber.«

»Na gut.« Er rappelt sich auf. »Was ist es denn?«

»Es ist … also …« Vielleicht sollte ich doch noch eine Sekunde darüber nachdenken. Es war ja nur so eine Idee eben. Ein Geistesblitz geradezu. Ich sehe in Alex Gesicht, sein erwartungsvolles Grinsen. Und dann sage ich es. »Wenn du es noch möchtest, also … Ich will mit dir nach Heven ziehen.«

5.

Es war eine Kurzschlusshandlung, das gebe ich zu. Aber vielleicht gar keine so schlechte. Für irgendwann war der Umzug doch sowieso angedacht. Und Alex scheint nur darauf gewartet zu haben. Warum sonst hat er das Bauernhaus seit fast zwei Jahren leer stehen lassen, anstatt es zu vermieten? Es fehlte nur, dass ich endlich zustimme. So schnell, wie er alles für unseren Umzug in die Wege leitet, kann ich gar nicht gucken. Schon Ende Juni, also keine zwei Monate später, ist unsere Wohnung weitervermietet und all unser Hab und Gut in Umzugskartons verstaut. Nachdem die Möbelpacker unser Zuhause ausgeräumt und unter der Aufsicht von Alex nach Heven verfrachtet haben, verbringen wir eine letzte gemeinsame Nacht im alten Heim, mit nichts als der Gästematratze, einer Flasche Rotwein, zwei Dutzend Teelichtern und einander. Als wir schließlich früh am Morgen einschlafen, fühle ich mich geborgen in Alex' Armen. Er ist mein Zuhause, unabhängig von der Immobilie, in der wir wohnen.

Diese romantische Erkenntnis ist leider nur von kurzer Dauer. Am nächsten Morgen sitze ich mit hochgezogenen Schultern hinter dem Steuer von Alex uraltem Volvo und schleiche über die A1 Richtung Heven, während ein heftiger Sommerregen gegen die Windschutzscheibe pladdert. Das ist wirklich kein Wetter für jemanden, der seit Jahren nicht mehr hinter dem Steuer gesessen hat. Aber Alex findet, ich sollte wieder etwas Fahrpraxis bekommen, jetzt, wo wir nicht mehr mitten in der

Stadt wohnen. Am Wagen vor mir leuchten die Bremslichter auf und ich gehe in die Eisen. In schönstem Aquaplaning macht sich der Wagen unter mir selbständig und schliddert in Richtung Leitplanke. Panisch schlage ich die Hände vor das Gesicht, während Alex geistesgegenwärtig nach dem Lenkrad greift.

»Okay, Evi, ganz ruhig.« Vom Beifahrersitz aus lenkt er besser als ich auf der Fahrerseite. »Jetzt nimm das Steuer wieder in die Hand.«

»Tschuldigung.«

»Du musst übrigens keinen Vollstopp hinlegen, wenn zweihundert Meter vor dir einer die Bremse antippt.«

»Ist gut.« Ich stelle mich wirklich an wie der erste Mensch. Dabei habe ich mit achtzehn Jahren meinen Führerschein gemacht. Im dritten Anlauf zwar, aber immerhin. In Krefeld, wo ich aufgewachsen bin, bin ich mit meinem Polo dann auch fleißig durch die Gegend gezuckelt. Aber als ich für die Ausbildung nach Hamburg gekommen bin, habe ich ihn verkauft. In der Großstadt braucht man kein Auto. Nach meiner ersten Spazierfahrt mit Alex' Volvo vor ein paar Jahren hatte der eine Beule und Alex keine Lust mehr, dass ich seinen Wagen weiter ruiniere. Fand ich auch ganz in Ordnung so. Aber jetzt muss es sein: Die öffentliche Verkehrsanbindung von Heven nach Hamburg ist unterirdisch. Während ich in den letzten Wochen versucht habe, mir unseren Umzug in den leuchtendsten Farben auszumalen, ja, man könnte auch behaupten, ich habe ihn mir schöngeredet, überfällt mich jetzt die nackte Panik. Und absurderweise bin ich ein bisschen sauer auf Alex. Ich auf ihn! Das ist der Witz des Jahrhunderts. Ein Teil von mir ist tatsächlich empört, dass er auf meinen Vorschlag eingegangen ist und mich Großstadtpflanze in ein Schnarchdorf verschleppt. Was habe ich mir bloß eingebrockt?

»Erinnere mich noch mal, was so schön an Heven ist, bitte.«
Ein wenig überrascht sieht er mich von der Seite an, beginnt
dann aber bereitwillig, wieder die Vorzüge unserer neuen
Heimat zu lobpreisen.

»Die Leute sind alle wahnsinnig nett dort. So bodenständig.
Und unser Haus hat über zweihundert Quadratmeter.« Ich
gebe zu, das ist ein Unterschied zu unseren knapp sechzig, in
denen es auf die Dauer doch ein bisschen eng gewesen ist. »Der
Garten ist riesig. Wir werden Obst und Gemüse anbauen.«
Beinahe entrückt lächelt Alex in die Ferne, wie ich mit einem
schnellen Blick zur Seite feststelle. Ab jetzt gibt es also wurm-
stichige Schrumpeläpfel zum Frühstücksmüsli. Ein Traum. Und
das passiert mir, die ich im Supermarkt jedes Stück Obst dreimal umdrehe. »Mach doch nicht so ein Gesicht. Was ist denn
auf einmal los mit dir? Ich dachte, du freust dich drauf.«

»Tue ich ja auch.« Nicht mal in meinen Ohren klingt das
überzeugend. »Ich bin nur ein bisschen nervös.«

»Die herrliche Luft. Die Ruhe. Und überall endlose Wanderwege.«

»Wanderwege? Ich hasse Wandern. Das habe ich dir doch
schon tausendmal gesagt.«

»Nur, weil du die falschen Schuhe trägst. Wir kaufen dir ein
paar richtig feste Stiefel und dann marschieren wir los. Du
wirst es lieben.«

»Werde ich nicht!«

»Das weißt du doch noch gar nicht.«

»Natürlich weiß ich das.« Empört sehe ich ihn an. »Ich
kenne mich.«

»Würdest du bitte auf die Straße gucken? Außerdem gibt es
so etwas wie eine Mindestgeschwindigkeit.«

»Ich fahre über fünfzig!«

»Auf einer Autobahn.« Ich reiße das Steuer nach rechts und komme mit quietschenden Reifen auf dem Seitenstreifen zum Stehen. Alex, der meine bisherigen Fahrkünste stoisch ertragen hat, wird blass um die Nase.

»Bist du verrückt? Was machst du da?« Das frage ich mich auch gerade. Schließlich ist das hier nicht der Auto-Scooter vom Hamburger Dom.

»Können wir die Plätze tauschen?« Ich mache Anstalten, die Fahrertür zu öffnen, aber Alex hindert mich daran.

»Bist du wahnsinnig? Du hast sie doch nicht mehr alle, mal eben so auf dem Seitenstreifen aussteigen zu wollen. Weißt du, was da alles passieren kann?« Ungelenk klettern wir übereinander, um die Sitze zu tauschen.

»Ich habe nie behauptet, dass ich gut Auto fahre«, sage ich, während Alex beschleunigt und sich wieder in den Verkehr einfädelt. »Ich brauche nur ein Fahrrad. Und ein gut ausgebautes Verkehrsnetz. Jetzt aber soll ich plötzlich Autofahren, Obst anbauen und Wandern!« Trotzig schiebe ich die Unterlippe vor und komme mir selber albern vor. Ich tue gerade so, als würde Alex mich mit Waffengewalt zu diesem Umzug nötigen. Er muss sich total verschaukelt vorkommen, dass ich jetzt plötzlich querschieße, nachdem die ganze Sache doch meine Idee war.

»Du sagst das, als hätte ich dir vorgeschlagen, Spinnen zu essen.« Oh Gott! Spinnen! Ich bekomme eine Gänsehaut, aber ich halte lieber den Mund, als mich auch noch über etwaiges Viechzeug auf dem Land zu beschweren. Aber es ist schon zu spät. Alex ist wütend. »Wie du so redest, könnte man meinen, ich hätte dich dazu gezwungen, mit mir nach Heven zu ziehen«, fährt er mich an. »Darf ich dich daran erinnern, dass es deine Idee war? Oder hab ich was an den Ohren? Ich dachte, du hättest mir an der Elbe gesagt: Alex, ich will mit dir nach Heven ziehen. Sag mir, wenn ich falsch liege.«

»Nein, du liegst richtig.« Ich beiße mir auf die Unterlippe.

»Und warum? Wenn alles dort nur schrecklich und dein Leben damit quasi vorbei ist? Warum hast du dich drauf eingelassen?«

»Ich wollte dir eine Freude machen«, antworte ich lahm, denn was soll ich auch sonst sagen? Ich wollte so viel Abstand zwischen dich und meinen Arbeitsplatz bringen wie nur irgend möglich, damit dir nicht einer meiner Kollegen irgendwann steckt, dass ich mit Benjamin im Fahrstuhl rumgemacht habe? Auf einmal fällt mir Doktor Schäfer wieder ein. Wie hat er es formuliert? Für eine Frau der heutigen Zeit lege ich ganz schön viel Gewicht auf eine harmlose Knutscherei? Hatte er recht? Der Schritt, nach Heven zu ziehen, erscheint mir plötzlich selber ziemlich drastisch.

»Wenn ich dafür jeden Tag eine schlechtgelaunte Frau an meiner Seite ertragen muss, dann hätte ich auf diese Freude lieber verzichtet.«

»Tut mir leid. Ich hab wohl ein bisschen Angst vor der eigenen Courage.« Ich atme tief durch.

»Klar, das verstehe ich. Aber es wird wunderschön, du wirst schon sehen.« Alex legt mir eine Hand aufs Knie und zwinkert mir zu. »Und für Kinder ist es doch auch viel schöner, wenn sie nicht mitten in der Großstadt aufwachsen. Sondern in einem großen Haus mit eigenem Garten.« *Kinder*? Er redet im Plural, dabei haben wir in den letzten drei Jahren nicht mal eins zustande gebracht. Außerdem gibt es Tausende von Paaren, die ihre Kinder in Hamburg großziehen. Aber dieser Einwand wäre jetzt nicht besonders konstruktiv. Deshalb nicke ich zustimmend.

»Ja, für die Kinder wird das bestimmt schön. Wenn ich irgendwann schwanger werden sollte.«

»Das wirst du ganz sicher. Schon bald.« Er sieht plötzlich sehr zuversichtlich aus. »Denk doch, die frische Luft. Und viel weniger Stress und Umweltgifte!«

»Dazu die Äpfel aus dem eigenen Garten«, ergänze ich grinsend.

»Eben.« Er nickt eifrig. »Du wirst sehen. Es klappt bestimmt. Und dann haben wir bald eine kleine Evi. Mit grünen Augen und rotblonden Haaren. Und einer kleinen Stupsnase.« Ich sehe ihn von der Seite an.

»Oder einen kleinen Alex.« Er wiegt nachdenklich den Kopf, bevor er zustimmend nickt.

»Das wäre auch okay. Ich könnte ihn zum Fußball mitnehmen.«

Als wir schließlich über die kiesbedeckte Auffahrt unseres neuen Zuhauses fahren, kann ich mich dem Zauber des Ortes wieder nicht entziehen. Niemand könnte das. Das reetgedeckte Bauernhaus und die angrenzenden Gebäude umzingeln einen idyllischen Innenhof, in dessen Mitte ein gewaltiger Apfelbaum steht. Es hat aufgehört zu regnen, die Sonne scheint durch die dichte Baumkrone und lässt die noch nassen Blätter funkeln wie Diamanten.

»Wow! Es sieht irgendwie anders aus als beim letzten Mal!«, sage ich, nachdem wir gestoppt haben und ausgestiegen sind.

»Du warst ja auch ewig nicht hier. Das war im Winter. Warte nur mal ab, bis du den Garten siehst«, antwortet Alex voller Besitzerstolz. »Wie wäre es mit einer kleinen Führung?«

»Aber ich kenne den Hof doch schon.«

»Schon. Aber nun ist er dein Zuhause. Lass mich dich mit

ihm noch einmal richtig bekanntmachen. Also, das hier ist der ehemalige Schweinestall«, erklärt Alex, während er mit einiger Mühe das windschiefe Tor des selbigen öffnet. »Jetzt dient er als Garage. Die restlichen Ställe liegen brach.« Nachdem er den Wagen im Stall geparkt hat, gehen wir gemeinsam in das große Hauptgebäude, in dessen Untergeschoß sich neben der riesigen, terrakottagefliesten Diele noch der Hauswirtschaftsraum und ein Bad befinden. Über eine geschwungene Holztreppe gelangen wir in die erste Etage mit drei Schlafzimmern, einem weiteren Badezimmer und dem Wohnbereich. Es riecht ein wenig muffig, anscheinend wurde hier schon lange nicht mehr gelüftet. Ich reiße die den langen Flur auf einer Seite säumenden Sprossenfenster auf und folge Alex ins Wohnzimmer, in dem sich unsere vom Umzugsunternehmen transportierten Möbel kunterbunt mit der altmodischen Einrichtung von Oma Annemarie mischen. Die großen Räume, die hohen Decken, der imposante Kamin, all das ist zumindest vielversprechend. Wenn es uns irgendwann gelingt, Herr über das Chaos zu werden. Von der Küche mit den schönen, alten Kacheln an den Wänden führt eine rostige Wendeltreppe hinunter in den Garten. Ich schnappe nach Luft. »Schön, was?« Alex sieht sehr zufrieden aus.

»Allerdings.« Staunend sehe ich mich um. Sicher, als wir das letzte Mal hier gewesen sind, war der Garten auch schon imposant, aber da standen die Bäume kahl und knöchern auf einer schneebedeckten Fläche. Jetzt empfängt mich ein Meer aus Farben und Gerüchen. Blühende Obstbäume, kniehohes Gras voller Wildblumen, eine romantische Laube mit verschnörkelter Sitzbank. Doch, hier könnte es mir gefallen.

Und wo er in Zukunft Fußball gucken wird, das zeigt Alex mir am Abend, nachdem wir sieben Stunden lang Umzugskartons ausgepackt haben und jetzt um die Ecke noch einen Happen essen gehen wollen. Die sonst übliche Diskussion – vietnamesisch, italienisch, französisch oder doch Sushi- können wir uns hier getrost schenken. In Heven gibt es einen einzigen Gasthof. Und das war's. Er trägt den klangvollen Namen »Zum Flotten Iltis«, wie das gusseiserne Schild über der Eingangstür verrät. Ich beiße mir auf die Unterlippe, um das Kichern zu unterdrücken, das jedes Mal in mir aufsteigt, wenn Alex den Gasthof in seinen Erzählungen erwähnt. Wir sind aber bei unseren gemeinsamen Besuchen nie dort eingekehrt. Nun bin ich gespannt und folge Alex neugierig in das Lokal. Eins muss man ihm lassen: Über mangelnde Kundschaft kann sich der *Iltis* nicht beklagen. Jeder der rustikalen Eichenholztische ist besetzt und auch am wuchtigen Tresen sitzen die Gäste Schulter an Schulter. Es riecht nach deftiger Hausmannskost und alten Polstermöbeln. Die meisten Gäste unterbrechen ihr Mahl und wünschen uns freundlich einen Guten Abend.

»Guten Abend«, grüße ich zurück und sehe mich ratlos in der überfüllten Stube um. »Du, hier ist kein Tisch mehr frei. Was machen wir denn jetzt? Gibt's noch ein anderes Lokal? Zum flinken Wiesel, zum Beispiel?« Ich grinse Beifall heischend, aber leider ist Alex' Aufmerksamkeit von etwas anderem gefangen. Nämlich von der fülligen Wirtin, die in diesem Moment hinter dem Tresen hervorgewatschelt kommt und auf uns zusteuert. Sie trägt eine blau-weiß-karierte Bluse und dazu Jeans in der Farbe Koralle, die in den Augen schmerzt.

»Ja, gifft dat dat? Dat is doch de Alex. Minschenskind, mien Jung, wat butscherst du denn hier rüm?« Sie kneift ihn in die Wange, als sei er fünf Jahre alt, und drückt ihn dann an ihren üppigen Busen. »Wo lang heff ik di nich sehn? Ik kunn jo nich to Annemarie ehr Begrävnis komen. Mien Hüffde, must du weeten. Dat weer zappenduster. Trurig mit de Oma. So trurig.« Verwundert beobachte ich, wie sich Alex ausgiebig von ihr knuddeln lässt.

»Ja, nun, sie war ja auch schon alt.«

»Nengtig Johr«, bestätigt die Wirtin, »aver dör und dör grall bet ob den letzten Dag. Keen beten tüddelig in Kopp. Mien Modder dorgegen … Un keen is dat? Dien Froo?« Auch wenn ich nur die Hälfte von dem verstehe, was sie sagt, bin wohl ich damit gemeint.

»Seine Freundin«, korrigiere ich und halte ihr die Hand hin. »Ich heiße Evi Blum.«

»Und sie versteht kein Plattdeutsch.« Ich werfe Alex einen dankbaren Blick zu.

»Ich bin die Dörthe.« Das siebente Schaf hieß Dörthe, weil es so gerne röhrte, singt Otto Waalkes in meinem Kopf.

»Hallo.« Ich bemühe mich um einen neutralen bis freundlichen Gesichtsausdruck, aber Dörthe interessiert sich sowieso nicht weiter für mich, sondern wendet sich wieder dem Jung' zu. Aber immerhin spricht sie jetzt so, dass ich sie auch verstehen kann.

»Nun sag schon, was machst du hier?«

»Wir ziehen in Omas Hof ein«, eröffnet Alex ihr und strahlt über das ganze Gesicht.

»Nee!! Dor kummst du nu mit rut?« Offensichtlich ist sie von dieser Nachricht ganz aus dem Häuschen. »Pardong«, sagt sie in meine Richtung. »Ich meine, das freut mich sehr. Es wurde aber auch Zeit. Seit zwei Jahren steht der Bauernhof jetzt leer. Na, jedenfalls, herzlich willkommen. Habt ihr Hunger? Ist voll heute, wie immer am Samstag.« Suchend sieht sie sich um und winkt uns dann, dass wir ihr folgen sollen. »Da setzen wir euch noch dazu.« Vor einem großen, runden Holztisch, in dessen Mitte in altdeutscher Schrift das Wort STAMMTISCH eingeschnitzt steht, bleibt sie stehen und stemmt die Hände in die Hüften. Vier mehr oder weniger rotnasige Gesichter sehen zu uns auf. »Rutscht mal ein Stück für unsere neuen Gemeindemitglieder. Den Alex kennt ihr ja. Und das ist seine Frau Evi.«

»Freundin. Hallo!«

»Sie spricht kein Platt, also reißt euch ein bisschen zusammen.« Ich nicke in die Runde der älteren Herren. Nur ganz links sitzt einer mit struppigem blonden Haar in ungefähr meinem Alter. Ganz offensichtlich der Sohn des Mannes neben ihm. Ich kann seinen abtastenden Blick förmlich auf meinem Körper spüren.

»Freundin«, sagt er und grinst mich an, »also seid ihr nicht verheiratet. Ich bin der Nils Thomasson. Komm, Evi, setz dich neben mich.«

»Nix da!« Alex greift nach meiner Hand und schiebt mich auf die gegenüberliegende Bank. »Flossen weg, Nils. Sie ist vom Markt.«

»Aber ihr seid doch nicht verheiratet.« Nils sieht jetzt ehrlich verwirrt aus. »Also, wenn ich du wäre, dann würde ich sie vom Fleck weg zur Frau nehmen. Bevor es ein anderer tut.«

»In der Großstadt braucht man dafür heutzutage die Einwilligung der Frau«, rutscht es mir heraus, ehe ich mir auf die Zunge beißen kann. Das klang jetzt bestimmt wahnsinnig herablassend. Unsicher sehe ich von einem zum anderen, aber keiner scheint es mir krumm zu nehmen. Im Gegenteil, sie lachen amüsiert. Vielleicht glauben sie, dass ich mir das bloß ausgedacht habe?

»Ein anderer?« Alex boxt Nils gegen den Oberarm. »Und

wer? Du zum Beispiel?« Nils zuckt mit den Schultern und sieht mich fragend an. Sogar über den breiten Tisch hinweg kann ich die verästelten Äderchen auf seiner Nase sehen. Zum ersten Mal macht der Begriff Schnapsnase für mich einen Sinn. Aber was soll man hier auf dem Land auch anderes machen als saufen?

»Guck mal, sie wird ganz rot. Nimm dich bloß in Acht, dass sie nicht meinem Charme erliegt.«

»Quatsch.« Alex legt den Arm um meine Schultern und küsst mich auf die Wange. »Evi erliegt nur meinem Charme.« Wenn das der Realität entspräche, säßen wir jetzt nicht hier. Sondern würden beim Inder gegenüber unserer alten Wohnung das weltbeste Gemüse-Curry verspeisen, während Horden von partywilligen Schanzenbesuchern draußen vorbeiziehen. In diesem Moment erscheint Dörthe und knallt uns zwei überdimensionale Schnitzel vor die Nase.

»Geht heute aufs Haus. Goden Appetit!« Betreten sehe ich auf den panierten Fleischlappen herunter, der an zwei Seiten über den Tellerrand hängt. Nein, ich will jetzt nicht ungerecht sein: Das Schnitzel sieht wirklich gut aus. Hauchdünn und mit einer goldbraunen, gleichmäßigen Kruste. Obendrauf liegen akkurat zwei Zitronenspalten neben einem Büschel Petersilie. Der Anblick könnte einem das Wasser im Mund zusammenlaufen lassen. Wenn man nicht …

»Vielen Dank, Dörthe. Das ist so lieb von dir. Aber wir sind Pescetarier.«

»Was?« Sie sieht Alex verständnislos an.

»Wir essen Fisch, aber kein Fleisch.«

»Ihr esst kein Fleisch?«, wiederholt sie ungläubig. »Ja, aber was esst ihr denn dann?«

»Fisch zum Beispiel. Und Obst und Gemüse. Pasta und …«

»Das könnt ihr ruhig essen. Ist Bio.« Ich gebe einen glucksenden Laut von mir und verstecke mich hinter meiner Ser-
viette.

»Das ist toll. Aber wir können es leider trotzdem nicht essen.«

»Aber das ist doch Bio.« Ratlos sieht sie ihn an und er
schaut ebenso ratlos zurück. Dann wirft er mir einen verzwei-
felten Blick zu.

»Ich wäre auch mit Gurkensalat und Bratkartoffeln glücklich«, sage ich, »Nils, möchtest du vielleicht mein Schnitzel
essen?« Der Angesprochene lächelt selig und zieht meinen
Teller zu sich heran.

»Du weißt ja, wer zusammen von einem Teller isst …« Er
kneift die Augen zusammen und ich brauche einen Moment,
um zu kapieren, dass dies der rührende Versuch ist, mir verführerisch zuzuzwinkern. Alex gibt derweil sein Schnitzel an
Thomasson Senior weiter.

»Also Bratkartoffeln und Salat, das klingt für mich auch
gut«, sagt er Richtung Dörthe.

»Nur Beilagen? Aber was wollt ihr denn dazu?« Die Arme
ist jetzt vollkommen verwirrt.

»Ich nehme Bratkartoffeln zum Salat«, erklärt Alex mit
unschuldigem Lächeln.

»Und ich bitte Salat zu meinen Bratkartoffeln«, ergänze ich
und drücke unter dem Tisch seine Hand.

»Kein Wunder, dass ihr so mager seid. Na schön, ihr müsst
das selber wissen, Kinder. Schließlich seid ihr erwachsen.« Mit
mürrischem Gesichtsausdruck wendet Dörthe sich zum
Gehen. »Was trinkt ihr? Lütt un lütt?«

»Für mich gerne«, nickt Alex und sieht mich fragend an.

»Häh?«

»Ein Pils und ein Korn.«

»Bloß nicht. Ich meine, nein danke. Eine Apfelsaftschorle bitte.« Kopfschüttelnd tritt Dörthe den Rückzug an.

»Das Leben in der Großstadt ist ganz anders, oder?« Nils legt sein Besteck nieder. Er hat wahrhaftig das ganze Schnitzel verschlungen.

»Vollkommen anders.« Ich nicke und er sieht nachdenklich vor sich hin.

»Vielleicht ziehe ich auch irgendwann mal nach Hamburg«, verkündet er nach einer Weile. »Wenn's da noch mehr so schöne Frauen gibt.«

»Hast du was im Auge, Nils?«, zieht Alex ihn auf. »Oder versuchst du etwa gerade in meinem Beisein meine Freundin anzuflirten?«

»Nee, nee, lass mal. Würd ich nie. Is deine Freundin, hab ich ja kapiert.« Er wird allen Ernstes rot. »Hätt nur auch gerne eine. Wird langsam Zeit, finde ich.«

»Wie alt bist du denn?«

»Na, so alt wie der Alex. Vierzig bin ich geworden im Februar. Hab mich noch nie verliebt. Würd ich aber gerne mal.« Er sieht ganz traurig aus.

»Bewirb dich doch mal bei *Bauer sucht Frau*«, schlage ich vor.

»Ich bin kein Bauer.« Entrüstet sieht er mich an.

»Nils und sein Vater betreiben den Gemischtwarenladen hier im Dorf«, erklärt mir Alex und ich nicke verstehend.

»Hier gibt es halt nicht so viele Frauen im Dorf. Und wenn, dann sind sie vergeben.« Wieder trifft mich sein bedauernder Blick und der ist so wenig subtil, dass es wirklich unterhaltsam ist. Etwas eigentümlich zwar, aber lustig. Dörthe bringt zwei riesige Portionen Bratkartoffeln und Salat.

»Sehe ich das richtig, dass ihr auch keinen Speck in den Bratkartoffeln drin haben wolltet?«

»Goldrichtig.«

»Die schmecken natürlich total laff jetzt.« Unzufrieden blickt sie auf die appetitlich dampfenden Kartoffeln herunter. »Kann ich nicht ändern.« Aber sie schmecken ganz und gar nicht laff. Sondern ausgesprochen köstlich. Zufrieden schaufele ich die gesamte Portion in mich hinein und lausche den Geschichten von Herrn Thomasson über Alex und Nils Streiche, als sie noch klein waren. Ich beginne mich nun endgültig ein klitzekleines bisschen zu entspannen. Vielleicht wird es doch nicht ganz furchtbar hier werden. Sondern einfach anders, als ich es gewohnt bin. Alex macht jedenfalls einen glücklichen Eindruck. Die Leute hier leben zwar ein bisschen hinterm Mond, sind aber ohne Zweifel sehr freundlich. Es ist ja auch nicht so, dass ich Hamburg für immer den Rücken gekehrt habe. Schon am Montag fahre ich wieder dorthin zur Arbeit. Mit dem Auto. Darüber will ich jetzt nicht nachdenken. Aber dieses entschleunigte Leben hier in Heven mag für die Abende und Wochenenden gar nicht so schlecht sein. Ich sehe mich ausführlich im Gastraum um. Familien mit kleinen und großen Kindern. Ein paar ältere Ehepaare. Kein »Sehen-und-Gesehen-werden«-Gehabe wie in der Hamburger Schanze. Einfach nur ruhiges Zusammensein am Samstagabend. Und was mich am meisten entspannt, ist die Tatsache, dass Benjamin Hybel hier hundertprozentig nicht einfach auftauchen wird. Und auch keiner meiner Kollegen. Hier bin ich sicher. Auch vor weiteren Versuchungen. Die Auswahl an Männern ist dünn. Zum allergrößten Teil sind sie alt oder vergeben. Und die vierzigjährige Jungfrau, die mir von der anderen Seite des Tisches schmachtende Blicke zuwirft, stellt garantiert keine Gefahr da. Verstohlen betrachte ich Alex von der Seite, der sich gerade in der Erinnerung an irgendeinen umstürzenden Baum gemeinsam mit Nils kringelig lacht. Er ist so ein toller Mann. Wahrscheinlich habe ich ihn nicht zu schätzen gewusst, bei all der Ablenkung, der ich in Hamburg ausgesetzt war. Das ist zwar ein bisschen traurig, aber nun sind wir ja hier. In Heven. Wo Alex der schönste und begehrenswerteste Mann weit und breit ist.

»Willst du auch was Warmes trinken?«, fragt er mich. »Ne tote Tante?«

»Eine was, bitte?«

»Kakao mit Rum und Sahne.«

»Nein, danke. Ich nehme lieber einen Cappuccino.« Als ich an dem Pulverkaffee mit Sahnehaube aus der Spritztube nippe, bin ich sehr froh, dass unsere vollautomatische Kaffeemaschine bereits in der riesigen, altmodischen Küche ihren Platz gefunden hat. Ich lege meine Hand auf Alex' Oberschenkel. »Wollen wir nicht langsam mal nach Hause gehen?«

»Können wir machen.«

»Bleibt doch noch.« Nils sieht enttäuscht von einem zum anderen. »Es ist doch grade so schön.«

»Wir sehen uns ja bald wieder. Lässt sich gar nicht vermeiden«, tröstet ihn Alex und fummelt sein Portemonnaie aus der Hosentasche.

»Aber Joshua wollte vorbeikommen. Den kennst du noch gar nicht. Und du musst ihn unbedingt kennenlernen.«

»Er wohnt doch direkt bei ihnen nebenan«, bemerkt sein Vater mit schwerer Zunge. »Den werden sie noch früh genug kennenlernen.«

»Aber es ist so lustig mit ihm. Wie früher, als du in den Ferien hier warst. Ah, da kommt er ja.« Er reißt die Arme hoch und winkt glücklich in Richtung Tür.

»Na, dann bleiben wir halt noch fünf Minuten, oder? Ist das okay für dich?«, fragt Alex mich leise und ich nicke.

»Leute, das ist Joshua! Joshua, das sind Alex und Evi.« Ein Mann tritt an unseren Tisch. Ich sehe ihn an.

>> *Die Prüfungen, denen ihr bisher ausgesetzt wart, sind nicht über ein für uns Menschen erträgliches Maß hinausgegangen. ... ER wird euch auch in Zukunft in keine Prüfung geraten lassen, die eure Kraft übersteigt.«*

1. KORINTHER 10, VERS 13

»Hey! Freut mich, euch kennenzulernen! Ich bin Joshua.«

Mein Mund ist plötzlich staubtrocken. Es kostet mich unglaubliche Überwindung, ihn nicht allzu unverhohlen anzustarren.

»Hmmjamichauch«, nuschele ich, stürze den Rest lauwarmen Pseudo-Cappuccino herunter, verschlucke mich und speie ihn hustend wieder aus.

»Hoppla! Verschluckt?« Alex klopft mir hilfsbereit auf den Rücken, während ich keuchend nach Luft ringe. Ich schiele zu Joshua hoch, der mich mit besorgtem Blick ansieht.

»Geht's wieder?« Ich nicke und er lässt sich lächelnd neben mir auf der Bank nieder. »Rückst du mal ein Stück? Danke.« Houston, Houston, wir haben ein Problem!

6.

»Schön, dass Sie da sind, Frau Blum. Offen gesagt war ich mir nach Ihrem überstürzten Aufbruch ziemlich sicher, Sie hier nicht so schnell wieder zu sehen.« Lächelnd reicht mir Herr Doktor Schäfer die Hand.

»Ja. Ich mir auch.« Seufzend lasse ich mich auf die Liege unter der Zimmerpalme fallen. Aber das war vorher. Als ich noch dachte, ich könnte vor meinem Problem davonlaufen, indem ich mit Alex in die Walachei ziehe. Blöd nur, dass unser neuer Nachbar aussieht wie Kurt Cobain. Und zwar, bevor dessen Drogenkonsum anfing, sich in seinem Gesicht einzugraben. Huskyblaue Augen, kinnlanges, hellblondes Haar, Dreitagebart. Auch auf die Gefahr hin, völlig gestört zu wirken, aber: Lechz! Und nicht nur das, dazu ist er auch noch witzig, charmant, geistreich und – ja, gütig. Das ist wohl das richtige Wort. Das habe ich sogar in meinem Schockzustand noch mitbekommen. Und Alex ist ganz aus dem Häuschen von seinem neuen *Freund*, mit dem er sich auf Anhieb super verstanden hat und der zu allem Überfluss auch noch auf unserem Nachbargrundstück wohnt. Allein. Joshua ist nämlich ein erfolgreicher Bildhauer und hat sich den Bauernhof in Heven gekauft, um in Ruhe arbeiten zu können. Das wundert mich nicht. Wenn der beispielsweise durch die Hamburger Schanze laufen würde, hätte er alle Hände voll damit zu tun, die Frauen abzuwehren. Da würde die Kunst mit Sicherheit zu kurz kommen. Nein, ich übertreibe nicht. Auch wenn ich mir durchaus bewusst bin, dass es mit meiner Glaubwürdigkeit nicht so weit her ist. Weil ich ja sowieso jeden zweiten Mann anspringen möchte. So hat Corinna das jedenfalls formuliert, als ich ihr von Joshua erzählt habe. Aber das hier ist etwas anderes. Keine Schwärmerei. Mich hat's erwischt. Auf den ersten Blick! Ich wünschte, ich hätte niemals mit Benjamin im Aufzug geknutscht. Wenn ich schon so etwas Schändliches tue, dann sollte es sich doch lohnen. Warum hab ich mir das denn nicht aufgespart? Für ein sündiges Stündchen mit Joshua in seinem Gartenhäuschen? Ich werde eindeutig wahnsinnig. Ich bin doch schließlich mit Alex in dieses Kaff gezogen, um Buße zu tun für meinen Fehltritt, um frei zu sein von Versuchungen.

»Tja, wo immer wir hingehen, da begegnen wir uns selbst«, sagt Doktor Schäfer in meinem Rücken salbungsvoll, nachdem ich ihm die Situation kurz umrissen habe.

»Die Begegnung mit mir selber ist nicht das Problem. Sondern die mit …«, ich muss mich allen Ernstes kurz sammeln, bevor ich seinen Namen aussprechen kann, »Joshua.«

»Aber Sie werden mir doch recht geben, dass die Schwierigkeit in Ihren Gefühlen besteht. Und nicht in Joshuas Anwesenheit.« Na gut, so betrachtet hat er natürlich recht.

»Ich kann wirklich nichts dafür. Ich meine, jede andere Frau würde ähnlich reagieren. Wahrscheinlich würden sogar Sie so reagieren. Womit ich Ihnen jetzt nicht unterstellen will, dass sie schwul sind.«

»Haben Sie diese Fantasie? Ich könnte homosexuell sein?«

»Es ist mir vollkommen wurscht! Was ich sagen will, das ist, sogar Alex hat extrem auf Joshua reagiert. Jetzt vielleicht nicht sexuell oder so. Aber er hat den ganzen Rückweg über von ihm geschwärmt und sich gleich mit ihm zum Fußballgucken verabredet. Und zum Basketballspielen in seinem Garten. Er hat in ihm so was wie seinen neuen besten Freund gefunden.«

73

»Und schon haben Sie wieder Schuldgefühle. Obwohl Sie doch gerade die unbedingt loswerden wollten.«

»Genau.«

»Entspannen Sie sich.«

»Okay.« Ich atme tief durch.

»Konzentrieren Sie sich ganz auf Ihren Atem.«

»Ach so, geht es schon los mit der Hypnose?«

»Ist Ihnen das nicht recht?«

»Doch, doch. Machen Sie mal.«

»Fühlen Sie, wie die Luft in Ihre Lungen strömt und bis in Ihren Bauch gelangt. Spüren Sie, wie er sich hebt und senkt. Stellen Sie sich vor, wie sich mit jedem Einatmen die Entspannung in Ihnen ausbreitet. Und wie mit jedem Ausatmen die Anspannung von Ihnen abfällt. Konzentrieren Sie sich jetzt ganz auf Ihre Augenlider. Spüren Sie hinein, wie Sie schwerer und immer schwerer werden. Widerstehen Sie der Versuchung, die Augen zu schließen. Aber Sie werden schwerer und immer schwerer und jetzt sind Ihre Augen geschlossen. Vor Ihnen erscheint eine Treppe. Jetzt sehen Sie diese Treppe. Es ist Ihre ganz eigene Treppe, die zu Ihrem Unterbewusstsein führt. Betrachten Sie sie genau ...«

Mit einem Ruck setze ich mich kerzengerade auf und öffne die Augen. Grelles Sonnenlicht fällt auf meine Netzhaut und ich muss ein wenig blinzeln, um meine Umgebung zu erkennen. Ich bin in einem riesigen Park, der mir merkwürdig bekannt vorkommt. Aber ich kann mich beim besten Willen nicht erinnern, wann ich schon einmal hier gewesen bin. Die Vielfalt der Blumen und Pflanzen kommt mir geradezu absurd vor, selbst *Planten un Blomen* bei uns in Hamburg ist im Vergleich hierzu eine kümmerliche Grünanlage. Ich zermartere mir das Hirn, aber ich komme nicht drauf. Schließlich gebe ich es auf, erhebe mich aus der warmen, sattgrünen Wiese und schlendere durch die Natur.

»Da ist ein Weg«, dröhnt plötzlich eine Stimme über mir und um mich herum. Erschreckt zucke ich zusammen und sehe in den Himmel. Doch von dort scheint nur die Sonne warm auf mich herab. »Der Weg«, erklingt die Stimme erneut und während ich mich suchend umsehe, entdecke ich tatsächlich den Pfad aus weißen Kieselsteinen nur wenige Meter von mir entfernt, der mir bis eben noch gar nicht aufgefallen war. »Folgen Sie diesem Weg!«

»Wer sind Sie?« Da kann ja jeder kommen. Von einer gesichtslosen Stimme lasse ich mir gar nichts befehlen.

»Der Weg führt Sie dorthin, wo Sie jetzt sein sollen.«

»Doktor Schäfer?«, frage ich unsicher und da fällt es mir wie Schuppen von den Augen. Natürlich! Jetzt erinnere ich mich auch, wo ich diesen Park schon einmal gesehen habe. In meiner letzten Therapiesitzung. Und jetzt, in diesem Moment, befinde ich mich in Hypnose. Wie konnte ich das nur vergessen? Und nun soll ich also den Kiesweg hinuntergehen? Nichts leichter als das. Die runden Steine sind glatt und warm und fühlen sich angenehm unter meinen nackten Füßen an. Warum eigentlich bin ich barfuss? Ich könnte schwören, dass ich heute morgen meine taupefarbenen Stiefeletten angezogen habe. Weil sie so gut zu dem knielangen Wickelrock aussehen. Sekunde mal, wo ist mein Rock? Und meine Bluse? Weg! Nicht einmal eine Unterhose trage ich. Eine Sekunde lang erwäge ich, in Panik auszubrechen, aber dann beruhige ich mich wieder. Kein Problem. Ich befinde mich in Hypnose. Also in einer Art Traum. Und glücklicherweise nicht in einer überfüllten U-Bahn, wo mich alle anstarren, sondern ganz

75

alleine in diesem schönen Garten. Ich setze meinen Weg fort durch ein riesiges Feld von leuchtend gelben Sonnenblumen, die mich von allen Seiten überragen. Auf der anderen Seite empfängt mich der See, den ich schon kenne. Und auch der nackte Mann vom letzten Mal planscht wieder darin herum. Einer Eingebung folgend nähere ich mich vorsichtig dem Ufer. Schließlich bin ich nicht zu meinem Privatvergnügen hier. Nackt durch die Gegend zu laufen ist ja schön und gut, aber Herr Schäfer würde bestimmt wollen, dass ich eine Begegnung forciere, um etwas zu lernen. Ja, da bin ich mir ganz sicher.

»Hallo«, rufe ich zaghaft, nachdem ich eine Weile wie bestellt und nicht abgeholt am Ufer stand, ohne dass der Mann Notiz von mir genommen hat. Jetzt wendet er mir endlich seinen dunklen Lockenkopf zu.

»Hallo.« Mein Auftauchen scheint ihn nicht weiter zu verwundern, denn nach diesem kurzen Gruß paddelt er weiter im Wasser herum.

»Ähm, kommst du mal bitte kurz raus?« Ein leicht verwirrter Ausdruck tritt auf sein Gesicht, dann zuckt er mit den Schultern und steigt aus dem Wasser. In seiner ganzen nackten Männlichkeit. Tropfnass und splitternackt bleibt er direkt vor mir stehen. Seltsamerweise kommt mir das ganz normal vor. Ich betrachte sein gut geschnittenes Gesicht mit dem markanten Kinn, den braunen Augen und dunklen Locken, dazu sein athletischer Körper. Doch, eigentlich wäre er prädestiniert dafür, mein Herz höher schlagen zu lassen. Tut er aber nicht. Komisch.

»Was ist denn?« Er sieht mich fragend an, dann stutzt er und greift mir in die Haare. »Was hast du gemacht?«

»Wieso?« Ich weiche einen Schritt zurück und schüttele meinen Pagenkopf zurecht.

»Sieht komisch aus.«

»Was? Meine Haare?« Er nickt. Dann legt er den Kopf schief und lächelt.

»Aber auch ganz schön. Irgendwie.«

»Äh. Danke.« Verwirrt zupfe ich an meiner Frisur herum, als hinter einem der riesigen Bäume, dessen Äste über das Wasser des Sees ragen, die Frau vom letzten Mal erscheint.

»Hallo!« Fröhlich winkend kommt sie auf uns zu. Der Mann fährt herum und stößt einen Schrei aus. Er weicht zurück, stolpert rückwärts und rudert hilflos mit den Armen in der Luft herum, bevor er mit einem lauten Platsch rücklings ins Wasser fällt. Prustend taucht er wieder auf und starrt verwirrt zu uns hoch. Ich sehe erst ihn und dann die Frau an. Wieder erstaunt es mich, wie ähnlich sie mir sieht. Und im selben Moment begreife ich. Er dachte natürlich, ich sei sie. Nur mit kürzeren Haaren. *Was hast du mit deinen Haaren gemacht?* Ja, das ergibt plötzlich einen Sinn. Logisch, dass er sich erschrocken hat. »Schön, dass du wieder da bist!« Die Frau umarmt mich genauso unbefangen wie beim letzten Mal. Allerdings bin ich dieses Mal diejenige, die vollkommen nackt ist. Mein Gegenüber trägt eine Art Schurz aus herbstlich gefärbten Blättern. Jetzt löst sie sich von mir und strahlt mich an. »Ich bin die Eva.« Sehr einfallsreich, denke ich, während ich ihre Hand schüttele.

»Ich bin Evi.«

»Evi? Das war ja nicht sehr einfallsreich von ihm, oder?«, fragt sie den Mann, der immer noch im See sitzt und uns ansieht wie eine Erscheinung. »Aber egal. Schau mal, ich habe versucht, einen Meh Songs Kotsch zu machen. Aber ich bekomme das einfach nicht so hin.« Sie dreht sich um die eigene Achse. »Ich habe Dad auch schon gefragt, aber er konnte mir

77

nicht sagen, wie ich zur Mönckebergstraße komme. Schon komisch, dabei weiß er doch sonst immer alles. Aber du trägst ja heute auch gar keinen.« Ich verstehe nur Bahnhof. Sie beginnt, an ihrem Schurz herumzufummeln und hebt die unterste Schicht Blätter an. »Sieh mal, ich habe sie am Stil zusammengeflochten, aber es hält nicht besonders gut. Hast du einen Tipp für mich?« Ach so! Meh Songs Kotsch. Ich lache mich kaputt. Sie meint den Rock, den ich bei meinem letzten Besuch getragen habe. Von Maison Scotch.

»Ich kapiere das nicht«, meldet sich der Mann zu unseren Füßen zu Wort, »wozu willst du dir so was umbinden? Das macht überhaupt keinen Sinn.«

»Du hast doch keine Ahnung.« Sie macht eine wegwerfende Handbewegung. »Für dich wäre ein Meh Songs Kotsch auch eine gute Idee. Dann würdest du dir nicht immer den Schniedelwutz einklemmen.« Der Angesprochene verzieht schmerzhaft das Gesicht. Schniedelwutz. Hat sie das wirklich gerade gesagt? Wo bin ich denn hier gelandet? »Außerdem hast du dich noch gar nicht vorgestellt. Das hier ist Evi. Und Evi, das ist A… – wo willst du denn hin?«, höre ich sie gerade noch fragen, bevor ich hinter einem Strauch mit roten Beeren in Deckung hechte. Ich lande mit einem Krachen unsanft auf der Seite. Regungslos bleibe ich liegen und warte auf den Schmerz. Aber er kommt nicht. Ich bin vollkommen unversehrt. Im Schutze des Busches rappele ich mich hoch und luge vorsichtig über den Rand hinweg. Dabei schüttele ich über mich selbst den Kopf. Wahrscheinlich war es eine optische Täuschung. Was rede ich? Selbstverständlich war es eine optische Täuschung. Dass Joshua hier in meinem Unterbewussten auftaucht, mag ja vielleicht noch angehen. Aber dass er ganz locker über den See auf uns zugelatscht kommt, das führt

78

dann vielleicht doch etwas zu weit. Dennoch ist es genau so. Nackt und lässig schlendert er über die spiegelglatte Wasseroberfläche und sieht sogar noch besser aus als im Flotten Iltis. Ich wage kaum zu atmen, als er jetzt das Pärchen am Ufer freudig begrüßt. Und ich hocke hier, keine zwei Meter von ihm entfernt, auf Augenhöhe mit seinem ... Schniedelwutz. Ich will hier raus! Dennoch bleibe ich, wo ich bin.

»Hallo, liebe Eva. Hallo, lieber Adam!«

» *Dann legte Gott, der HERR, in Eden, im Osten, einen Garten an und setzte dorthin den Menschen, den er geformt hatte.«*

1. MOSE 2, VERS 8

Wie war das? Adam? Adam und Eva? Na, Evi, das hat aber lange gedauert. Vor Überraschung und vor Erstaunen über meine Langsamkeit lasse ich mich auf den Boden plumpsen. Ich bin im Paradies – na logisch. Die vielen Pflanzen, das tolle Wetter, ein nacktes Pärchen. Aber was macht Joshua hier? Erneut luge ich durch die Zweige des Strauches.

»Nanu? Ist es schon so weit?«, fragt Joshua, hält Eva auf Armeslänge von sich weg und betrachtet sie eingehend. »Ihr habt schon vom Baum der Erkenntnis gegessen? Ohne mir Bescheid zu sagen? So war das aber nicht abgesprochen!«

»Vom Baum der Erkenntnis?« Adam und Eva wechseln einen Blick, dann fangen sie an zu lachen. »So ein Quatsch. Er trägt doch noch gar keine Früchte.«

»Ja, aber …« Jetzt sieht Joshua eindeutig verwirrt aus. Und sehr, sehr niedlich. »Aber warum trägst du denn dann Kleider?«

»Kleider?«, fragt Eva gedehnt und sieht jetzt ebenfalls verwirrt aus. »Was meinst du?«

»Na, dein Rock!« Joshua zupft an dem Gebilde aus Blättern. Feigenblättern, wie mir plötzlich klar wird.

»Das ist kein Rock«, belehrt ihn Eva mit altkluger Stimme, »das ist ein Meh Songs Kotsch. Und mit dem Baum hat das überhaupt nichts zu tun.«

»Nicht?«

»Nein.«

»Womit denn dann?«

»Na, mit ihr!« Sie deutet in Richtung meines Verstecks, wo ich mittlerweile schon halb über dem Gebüsch hänge, um nur ja kein Wort zu verpassen. Zu spät ducke ich mich, Joshua hat mich bereits gesehen. Ich laufe knallrot an und kraxele ungelenk über den Strauch auf die drei zu.

»Hallo«, murmele ich verlegen und wage es nicht, ihm in die Augen zu schauen.

»Wer bist du denn?« Mit einem Ruck hebe ich den Kopf.

»Evi!« Vorwurfsvoll sehe ich ihn an, aber er scheint sich keiner Schuld bewusst zu sein.

»Freut mich, dich kennenzulernen.«

»Aber wir kennen uns doch schon«, kann ich mir nicht verkneifen zu sagen, »aus dem Flotten Iltis.«

»Woher?« Seine blauen Augen blicken ebenso freundlich wie ratlos.

»Der Flotte Iltis! In Heven. Du wohnst doch direkt neben uns!«

»Das stimmt nicht«, mischt sich Adam ein, »Jesus wohnt neben Dad.«

»Jesus?«, echoe ich ungläubig. Der Angesprochene nickt lächelnd. Soso, Jesus also. Eva, Adam und Jesus. Ich glaube, es ist besser, die Sitzung jetzt zu beenden. »Doktor Schäfer«, rufe ich. »Es wäre an der Zeit, mich zurückzuholen!« Mit in die Hüften gestemmten Händen stehe ich da und warte auf die Stimme des Psychologen, aber nichts geschieht. Joshua alias Jesus, Adam und Eva tauschen verwirrte Blicke.

»Mit wem redet sie?«, wispert Eva.

»Vielleicht versucht sie, Dad zu erreichen? Gegen achtzehn Uhr kommt er sowieso vorbei. Dann kannst du mit ihm reden.« Joshua tätschelt mir beruhigend den Arm.

»Doktor Schäfer!« Ich brülle es so laut, dass die drei zurückzucken. »Jetzt ist gut! Ich will zurück!«

»Geht es dir nicht gut?« Mitfühlend sieht Eva mich an.

»Allerdings nicht, nein«, blaffe ich sie an und sie wird ganz blass um die Nase. Eine Sekunde lang fühle ich mich schuldig, bis mir klar wird, dass Eva gar nicht real existiert. Dass sie alle nicht existieren. »Ihr seid nicht echt. Das alles hier passiert nur in meinem Kopf! Und ich bin offensichtlich total verrückt geworden, dass ich meinen neuesten Schwarm hier zu Gottes Sohn erkläre. Ich habe nicht mehr alle Tassen im Schrank! Und wo ist, bitteschön, Alex? Kann mir das mal einer sagen? Ich sehe mich selbst!« Beinahe piekse ich Eva ein Auge aus, als ich mit dem Zeigefinger auf sie deute. »Ich sehe Joshua. Ja, schon klar, dann eben Jesus«, fahre ich ihm über den Mund, ehe er mich korrigieren kann. »Ich sehe sogar einen Typen, den ich überhaupt nicht kenne.« Adam schiebt beleidigt die Unterlippe vor. »Aber der Mann, den ich liebe, mit dem ich zusammenlebe, von dem ist hier weit und breit keine Spur! Was hat das zu bedeuten? Ich verstehe überhaupt nichts mehr!«

81

»Was genau verstehst du nicht?«, erkundigt sich Eva höflich, während Joshua den Kopf schüttelt.

»Du sollst'gar nicht alles sofort verstehen.«

»Was ist das? Das elfte Gebot?«

»Wie bitte?« Ach so, stimmt. Wenn wir hier im Paradies sind, dann hat er von den zehn Geboten ja noch nie etwas gehört. Die kamen ja viel später.

» *Der HERR war auf den Sinai, auf den Gipfel des Berges, herabgestiegen. Er hatte Mose zu sich auf den Gipfel des Berges gerufen und Mose war hinaufgestiegen.«*

2. MOSE 19, VERS 20

»Ich zähle jetzt bis fünf und mit jeder Zahl werden Sie ein Stück weiter aus der Hypnose auftauchen«, ertönt Doktor Schäfers Stimme vom Himmel.

»Das wurde aber auch Zeit! Also …«, plötzlich etwas verlegen hebe ich die Hand. »ich geh dann mal.«

»Und wenn ich bei fünf angelangt bin, sind Sie vollkommen wach. Eins.«

»Aber warum denn? Bleib doch noch ein bisschen!« Die Huskyaugen werfen mir einen Dackelblick zu, der meine Knie weich werden lässt. Mit aller Willenskraft, die ich aufbringen kann, reiße ich mich davon los.

»Zwei.«

»Ich muss.«

»Schade.« Ja. Das finde ich plötzlich auch. Warum nur wollte ich so schnell wie möglich hier weg? Warum habe ich nicht die Gelegenheit genutzt, mich ein bisschen mit Joshua zu unterhalten? Auch wenn der sich hier für Jesus hält und zwei nackte Menschen uns flankieren, so wäre das immer noch besser, als ihn in Alex' Beisein anzuschmachten.

»Drei. Vier.« Ich spüre, wie mein Körper sich aufzulösen beginnt und werfe Joshua einen bedauernden Blick zu.

»Komm bald wieder«, höre ich ihn noch rufen, bevor er vor meinen Augen verschwimmt.

»Fünf.«

7.

Irgendwie komme ich mir von meinem Unterbewusstsein ein bisschen verschaukelt vor. Da gehe ich nun extra zu einem Hypnosetherapeuten, um eben nicht in meiner Kindheit herumwühlen zu müssen – und lande prompt in der allerersten Geschichte, die mein Vater mir jemals vor dem Schlafengehen vorgelesen hat. Aus der Kinderbibel, die er mir geschenkt hat. Ich habe den unangenehmen Verdacht, dass er mehr mit der Sache zu tun hat, als mir lieb ist.

> **》** *Es ist nicht gleichgültig, was unsere*
> *Großeltern und Eltern getan haben,*
> *was sie gesät haben. Wir und die Enkel*
> *und Urenkel müssen das ernten.«*

GALATER 6, VERS 7

Am Wochenende versuche ich, meiner umherwirbelnden Gedanken ebenso Herr zu werden wie dem Unkraut in unserem neuen Garten. Es ist eine Schande, wie heruntergekommen hier alles aussieht. In den zwei Jahren seit Omi Annemaries Tod hat sich wirklich keiner um die Sträucher, Pflanzen und Beete gekümmert, auch Alex nicht. Und vorher wird die Omi auch nicht jeden Tag hier aktiv gewesen sein. Schließlich war sie neunzig Jahre alt, und selbst mir jungem, oder doch wenigstens mittelaltem Hüpfer tut nach drei Stunden Unkrautjäten bereits der Rücken weh. Immerhin haben die wuchernden Löwenzähne, Brennnesseln und Gänsedisteln den angenehmen Nebeneffekt, dass ich mich hier, in der hintersten Ecke des Gartens, verschanzen und ungestört nachdenken kann.

Jedenfalls bis jetzt. »Willst du nicht mal eine Pause machen?«

Ein bisschen ungelenk drehe ich mich um und blinzele zu Alex hinauf, der mit verschränkten Armen auf mich herunterschaut. Er ist nicht alleine.

»Oh. Hallo Joshua.« Schnell stehe ich auf, weil ich ja bereits vor ein paar Tagen das Vergnügen hatte, auf Augenhöhe mit seinem, wenn auch dieses Mal verhüllten, Penis zu sein.

»Hallo Evi.« Ob er unter dem lässigen T-Shirt und der Jeans wirklich genau so aussieht wie in meiner Fantasie?

»Evi, du gehst sofort ins Haus!« Alex klingt plötzlich total aufgebracht und ich zucke erschrocken zusammen. Hat er etwas gemerkt? Aber wie denn bloß? Ja, ich bin vielleicht ein offenes Buch, aber meine Gedanken kann er doch wohl noch nicht lesen. Oder? Er greift nach meinem Arm. »Du musst sofort raus aus der Sonne. Dein Gesicht ist total verbrannt.«

»Was?« Das kann doch nicht sein. Trotz Lichtschutzfaktor 50 und meinem riesigen Strohhut, ohne den ich niemals in die Sonne gehe? Ich fürchte, der Grund für meine anscheinend leuchtende Gesichtsfarbe ist ein ganz anderer.

»Ja. Krebsrot.«

»Mist. Hab wohl vergessen, mich einzucremen heute morgen«, behaupte ich geistesgegenwärtig und stolpere an den beiden vorbei, »dann mach ich schnell mal Joghurt drauf.«

»Frau Blum, guten Tag. Sie haben wirklich Glück gehabt, dass ich so kurzfristig noch einen Termin für Sie …«

»Ja, ja, danke. Kommen wir zur Sache.« Ich vergesse sogar meine ansonsten ausgezeichneten Manieren, ignoriere die mir dargebotene Hand und lasse mich auf Herrn Doktor Schäfers Couch plumpsen. »Fangen wir an. Ich atme ruhig und gleichmäßig.«

»Ähm.« Das Geräusch von knarzendem Leder verrät mir, dass mein Therapeut auf dem Ohrensessel hinter mir Platz nimmt.

»Okay. Meine Augenlider werden schwer.«

»Sie wirken auf mich etwas aufgebracht.«

»Ihr Einfühlungsvermögen ist beeindruckend. Also, sie werden schwerer und immer schwerer …«

»Frau Blum, wir müssen Sie nicht in jeder Sitzung in Hypnose versetzen. Um die besten therapeutischen Ergebnisse zu erzielen, muss man offen bleiben und auf den jeweiligen emotionalen Zustand des Patienten reagieren.«

»Ja? Und?«

»Auf mich machen Sie den Eindruck, als hätten Sie Redebedarf.«

»Da haben Sie vollkommen recht. Nur sind es leider nicht Sie, mit dem ich sprechen möchte.«

Kurze Zeit später schlage ich die Augen auf und weiß dieses Mal sofort, wo ich bin. Nämlich im Paradies. Und ich habe eine Mission zu erfüllen. Zielstrebig laufe ich durch das weiche, warme Gras. Nur aus den Augenwinkeln nehme ich die Pracht der Tier- und Pflanzenwelt um mich herum wahr. Ja, selbst der handtellergroße, in allen Regenbogenfarben schillernde Schmetterling, der mich einen Teil meines Weges begleitet, fesselt meine Aufmerksamkeit nur für wenige Sekunden. Weil wir Menschen nun einmal so sind. Auch die betörendste Schönheit

86

wird irgendwann zur Gewohnheit. Wir schenken ihr keine Beachtung mehr. Und auf genau diesen Effekt hoffe ich bei Joshua. Wenn ich ihm nur lange genug in die Huskyaugen schaue, seinen schlanken Körper zumindest mit Blicken verschlinge, dann wird er irgendwann seine Faszination für mich verlieren. Deshalb bin ich hier. Ich habe fünfundvierzig Minuten Zeit. Dazu allerdings müsste ich Joshua, oder von mir aus auch Jesus, wie sie ihn hier nennen, erstmal finden. Aber augenscheinlich habe ich mich ein bisschen verlaufen. Ich bremse meine eiligen Schritte und sehe mich ratlos um. Sollte es hier nicht eigentlich zu dem See gehen, an dessen Ufer ich ihn das letzte Mal getroffen habe? Aber soweit das Auge reicht, entdecke ich keine Wasseroberfläche, in der sich die Sonne funkelnd spiegelt. Ich blinzele und stehe plötzlich mitten auf einer Lichtung, umzingelt von Bäumen, in deren Mitte ein besonders prächtiges Exemplar steht. Neugierig trete ich näher und betrachte die sattgrünen Blätter. Jedes scheint eine andere Form zu haben, und auch die Farbe ist mehr als ungewöhnlich. Sie phosphoresziert und schimmert und glitzert in der Sonne. Auch wenn ich weit und breit keinen Apfel entdecken kann, bin ich mir doch hundertprozentig sicher, vor dem Baum der Erkenntnis zu stehen.

» *Gott, der HERR, ließ aus dem Ackerboden allerlei Bäume wachsen, verlockend anzusehen und mit köstlichen Früchten, in der Mitte des Gartens aber den Baum des Lebens und den Baum der Erkenntnis von Gut und Böse.«*

1. MOSE 2, VERS 9

Ich bin so vertieft in den Anblick, dass ich erschrocken zusammenzucke, als wie aus dem Nichts Eva hinter mir auftaucht.

»Mein Gott, hast du mich erschreckt«, keuche ich.

»Nein, nicht Gott. Ich bin es doch. Eva.« Sie lächelt mich freundlich an und fügt erklärend hinzu: »Ihn hast du leider verpasst. Er ist vor fünf Minuten mit Jesus zu einem Spaziergang aufgebrochen.«

»Oh.« Ich versuche gar nicht erst, meine Enttäuschung zu verbergen. Joshua ist gar nicht da?

»Ich sehe schon, du hast den Baum der Erkenntnis entdeckt. Ist er nicht wunderschön?« Sie legt den Kopf in den Nacken und sieht in die Baumkrone hinauf. Ich hatte also recht.

»Das ist also wirklich der Baum der Erkenntnis?«

»Genau.« Ich sehe mich vorsichtig um, ob wir nicht belauscht werden, und senke die Stimme.

»Und der steht hier einfach so in der Gegend rum?«

»Wo soll er denn sonst herumstehen?«

»Ich weiß nicht. Vielleicht hinter einem Zaun oder so.«

»Ein Zaun?« Sie lacht vergnügt auf und schüttelt den Kopf, dass ihre langen Haare fliegen. »Wozu sollte das gut sein? Dann würden wir ja nicht an die Früchte herankommen.«

»Ja. Das meine ich doch.«

»Wieso?« Ratlos sieht sie mich an und ich sehe genau so ratlos zurück.

»Weil ihr die Früchte vom Baum der Erkenntnis nicht essen dürft.«

>> *Dann gebot Gott, der HERR,*
dem Menschen: Von allen
Bäumen des Gartens darfst du essen, doch
vom Baum der Erkenntnis von Gut und
Böse darfst du nicht essen; denn sobald du
davon isst, wirst du sterben.«

1. MOSE 2, VERS 16 + 17

»Du bist ja lustig, Evi. Warum sollte er so etwas sagen? Natürlich dürfen wir sie essen. Wenn sie erstmal reif sind. Leider dauert das so lange. Und die Ausbeute wird sowieso kläglich werden.« Sie schiebt einen der Äste zur Seite. »Da.« Mit dem Finger deutet sie auf den kleinen, grünen Apfel, der zwischen den Zweigen hervorlugt. »Wenn ich nicht aufpasse, dann schnappt Adam ihn mir vor der Nase weg. Und das wäre wirklich schade. Dieser Apfel ist nämlich etwas ganz Besonderes, weißt du?« Oh ja, ich weiß. Dennoch schüttele ich den Kopf und sehe sie gespannt an. »Wenn er endlich reif ist, dann veranstalten wir ein großes Fest und essen davon. Und dann wissen wir, was Gut und was Böse ist und dürfen das Paradies verlassen.«

»Ihr *dürft*?« echoe ich ungläubig.

»Ja.« Sie stößt einen lang gezogenen Seufzer aus. »Endlich.«

»Endlich? Aber ... gefällt es dir hier denn nicht?«

»Doch, schon, aber ...« Bevor sie fortfahren kann, ertönt plötzlich ein merkwürdiges Geräusch aus dem Gipfel des Baumes. »Oh nein, nicht schon wieder.« Eva verdreht die Augen und späht hinauf. Ich folge ihrem Blick, kann aber nichts entdecken.

»Was ist denn das?«, erkundige ich mich, aber Eva steht schon nicht mehr neben mir, sondern klettert in Windeseile den Baumstamm hinauf. Staunend beobachte ich, wie sie sich leichtfüßig von Ast zu Ast schwingt, manchmal mit ihrem gesamten Gewicht nur an einem Arm hängend. Und dabei scheint sie noch nicht einmal außer Atem zu geraten. Ihre Stimme jedenfalls klingt ganz ruhig und gelassen.

»Schon gut, keine Angst, ich bin gleich bei dir.« Wie zur Antwort kommen wieder diese undefinierbaren Laute aus der Baumkrone. Es klingt, als würde jemand die Luft aus einem Fahrradreifen entweichen lassen. Irgendwie zischelnd. »Wie oft soll ich dich eigentlich noch von irgendeinem Baum runterholen?«, schimpft Eva und ich frage mich, ob es vielleicht Adam ist, der da oben auf einem Ast hockt und sich nicht heruntertraut? Und dem es vor lauter Angst auch noch die Sprache verschlagen hat? Ich verrenke mir den Hals, aber das Blätterdach ist undurchdringlich. Also muss ich warten, bis Eva wieder herunterkommt. Da sehe ich auch schon ihre Füße und gleich darauf den Rest ihres Körpers. Mit einem Sprung, bei dem ich mir vermutlich beide Unterschenkel brechen würde, landet sie leichtfüßig wieder auf dem Boden. Jetzt sehe ich auch, wen sie da gerettet hat. Aus schwarzen Augen starrt sie mich an. Nicht Eva. Sondern die Schlange.

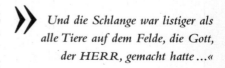

Und die Schlange war listiger als alle Tiere auf dem Felde, die Gott, der HERR, gemacht hatte ...«

1. MOSE 3, VERS 1

Entsetzt stolpere ich rückwärts, um möglichst viel Raum zwischen mich und das Untier zu bringen. Hatte ich erwähnt, dass ich eine schlimme Spinnenphobie habe? Nun, die ist noch gar nichts gegen meine Angst vor Schlangen. Augenblicklich bricht mir der Schweiß aus allen Poren und ich spüre, wie mein Kiefer sich verkrampft.

»Was hast du denn? Wo willst du hin?« Eva folgt mir, und mit ihr die Schlange, die sie sich wie eine Art Schal um ihren Hals gelegt hat. Ich schüttele mich vor Ekel.

»Ich … hab … Angst vor Schlangen«, stoße ich hervor.

»Angst? Vor Rudi?« Rudi??? »Aber er tut doch keinem was. Außerdem ist er der beste Freund von Jesus.«

»Ehrlich?« Das weckt mein Interesse jetzt doch zumindest so weit, dass ich stehenbleibe und es wage, das Tier aus sicherer Entfernung zu betrachten. Doch was ich sehe, lässt mein Entsetzen sogar noch größer werden. Schön, sein Gesichtsausdruck, wenn Schlangen so etwas überhaupt besitzen, wirkt tatsächlich gar nicht einmal so Furcht erregend. Eher schüchtern und ein wenig verschreckt. Seine schwarzen Augen blicken mehr freundlich als gefährlich. Das gelb-braune Muster seiner schuppigen Haut erinnert an einen Leoparden und sieht an ihm zweifelsohne schöner aus als an einer dieser schrecklichen Handtaschen. Was mich aber wirklich verstört, sind seine … Beine. Ja doch. Aus dem langen, schlanken Körper ragen eins, zwei, drei, vier … insgesamt neun kurze, an Froschschenkel erinnernde Beine. Vier auf der einen, und fünf auf der anderen Seite. Eine Schlange mit Beinen? Mir wird plötzlich sehr übel. Jetzt lässt Eva Rudi auch noch zu Boden gleiten, er wirft ihr einen dankbaren Blick zu und wackelt in ungelenken, abgehackten Bewegungen in die entgegengesetzte Richtung von dannen. Kopfschüttelnd sieht Eva ihm hinterher.

»Er lernt es einfach nicht. Ständig klettert er auf irgendwelche Bäume, und wir können dann sehen, wie wir ihn da wieder herunterholen. Er ist dafür einfach nicht gemacht.«

»Scheint, als sei er für den festen Boden ebenfalls nicht unbedingt gemacht.«

»Tja, ich weiß auch nicht. Vielleicht wachsen ihm ja irgendwann wenigstens noch Flügel.« Eine fliegende Schlange mit Stummelbeinen? Rudi macht eine scharfe Linkskurve, verliert dabei das Gleichgewicht, stolpert über den dritten seiner linken Füße und landet mit dem Kopf im Gras. Eva schüttelt den Kopf und selbst ich muss zugeben, dass Rudi eher bemitleidenswert als Furcht einflößend ist. Dabei fällt mir plötzlich ein, was Corinna über meine Schlangenphobie gesagt hat. Nämlich dass es sich, zumindest nach Freud, eigentlich um die Angst vor dem Phallus handelt. Das halte ich aber für Blödsinn. Ich habe keine Angst vor dem männlichen Geschlechtsorgan. Im Gegenteil. Manchmal interessiere ich mich ja sogar zu sehr dafür. Dabei fällt mir ein: »Sag mal, glaubst du, dass Jesus bald zurückkommen wird? Von seinem Spaziergang, meine ich?«

»Würde ich nicht mit rechnen. Er ist so ein Frischluftfanatiker. Manchmal wandert er den ganzen Tag umher.«

»Ach, schade.« Was mache ich denn jetzt bloß?

»Bleib doch hier und warte auf ihn«, schlägt Eva vor, »zum Abendessen kommt er bestimmt zurück.« Ich fürchte, dass ich so lange nicht bleiben kann. Oder? Gibt es eine Möglichkeit, die Zeit hier irgendwie vorzuspulen? Ich schließe die Augen und konzentriere mich. Aber als ich sie wieder öffne, steht die Sonne noch genauso hoch am Himmel und ich stöhne ein bisschen frustriert auf. Mit weit aufgerissenen Augen sieht Eva mich an. »Sag bloß«, keucht sie atemlos, »dir ist … schlecht?«

»Was? Nein.«

»Schade.« Sie seufzt und ich verstehe nur Bahnhof.

»Wieso schade? Wieso sollte mir übel sein?«

»Ach, nur so. Dad hat mir mal davon erzählt. Dass es das draußen gibt, jenseits vom Paradies. Schlechtsein. Und das Böse. Und Angst. Und Regen und Gewitter. Das kennen wir hier alles nicht. Weißt du, mir war nämlich noch nie schlecht. In meinem ganzen Leben nicht.«

»Ach so?«

»Nein.« Sie schüttelt den Kopf. »Immer geht es mir nur gut.«

»Hm.« Darauf fällt mir nun wirklich keine passende Antwort ein.

»Naja.« Sie zuckt die Schultern. »Irgendwann wird es mir schon schlecht gehen. Meinst du nicht auch?« Hoffnungsvoll sieht sie mich an. »Wenn wir erst aus dem Paradies raus sind?«

»Äh, ja, das könnte gut sein.«

»Toll!« Sie reibt sich vergnügt die Hände. »Darauf freue ich mich schon.«

»Ähm, Eva, weißt du, es ist nur so …«

»Ja?«

»Wenn man sich schlecht fühlt, das fühlt sich nicht gut an.«

»Sondern schlecht?«, fragt sie aufgeregt und lächelt voller Vorfreude.

»Ja«, sage ich nachdrücklich. »Manchmal sogar sehr schlecht.« Sie lässt sich in das Gras sinken und lädt mich ein, auch Platz zu nehmen.

»Erzähl mir davon. Wie schlecht?« Mir kommt all das ziemlich absurd vor, aber dennoch lasse ich mich seufzend neben ihr nieder. Joshua ist ja sowieso nicht da. Und zu irgendetwas wird dieses merkwürdige Gespräch schon gut sein.

»Das kommt natürlich darauf an. Warum es einem schlecht geht, meine ich. Das kann ja ganz unterschiedliche Ursachen haben.« Sie hängt wie gebannt an meinen Lippen.

»Unterschiedliche Ursachen? Das heißt, es gibt mehr als nur eine Art, sich schlecht zu fühlen?«

»Natürlich. Es kann einem körperlich nicht gut gehen. Oder seelisch. Und auch da gibt es hundert verschiedene Ausprägungen.«

»Hundert? Du verkohlst mich!«

»Nun, vielleicht nicht hundert«, lenke ich ein, »aber doch sehr viele.«

»Erzähl mir davon. Erstmal von dem körperlichen Schlechtfühlen. Wie ist das so?«

»Du hattest noch nie Schmerzen, dir war noch nie übel oder so?« Sie legt die Stirn in Falten, als würde sie angestrengt nachdenken, dann schüttelt sie langsam den Kopf.

»Nein, ich glaube nicht.«

»Du Glückliche.«

»Ja.« Sie nickt. »Das bin ich wohl.« Einer Eingebung folgend boxe ich ihr auf den Oberarm und erschrecke gleichzeitig über mich selbst. Ich kann mich nicht daran erinnern, jemals irgendjemanden geschlagen zu haben. Auch nicht, wie jetzt, zu einem guten Zweck.

»Aua!« Erstaunt sieht Eva mich an, dann grinst sie und reibt sich über die Stelle, die ich getroffen habe. »Ich glaube … das tat weh.« Sie lächelt.

»Siehst du? Das ist Schmerz.«

»Ja. Wow, guck mal. Er wird ganz blau.« Sie zeigt mir das Hämatom auf ihrem Arm. Prompt bekomme ich ein schlechtes Gewissen.

»Tut mir leid.«

»Ehrlich? Und wie fühlt sich das an?«

»Naja, wie ein schlechtes Gewissen eben.« Und davon kann ich nun wirklich ein Lied singen.

»Ein schlechtes Gewissen«, sagt Eva feierlich. In diesem Moment kommt Adam, wie immer nackt, wie Gott ihn schuf, über die Wiese auf uns zu spaziert.

»Ach, hallo. Du bist ja wieder da.« Er lächelt mir zu und winkt. Ich winke zurück, aber Eva springt auf wie von der Tarantel gestochen, und rennt auf Adam zu, der ihr arglos entgegensieht. Eine Sekunde, bevor sie den Arm hebt, begreife ich, was sie vorhat, aber es ist bereits zu spät. Sie holt aus und schmettert Adam ihre Faust mit voller Wucht auf die Nase. Er brüllt wie ein Tier und schlägt sich die Hände vor das Gesicht, während Eva ihn mit vor der Brust verschränkten Armen gespannt beobachtet.

»Tut weh, oder?«, fragt sie ihn gerade, als ich bei den beiden ankomme. Adam schreit noch immer wie am Spieß. Sanft greife ich nach seiner Hand, um den Schaden zu begutachten. Blut läuft aus seiner Nase, und als er es bemerkt, kreischt er noch lauter. »Er blutet«, stellt Eva fest und ich werfe ihr einen schiefen Blick zu. Wie kann man nur so herzlos sein? »Und guck mal, da kommt Wasser aus seinen Augen raus.«

»Er weint«, erkläre ich ungeduldig.

»Weil ich ihm weh getan habe?«

»Ja, genau.« Mit weit aufgerissenen Augen verfolgt Eva, wie ich mich um Adam kümmere. Ich taste seine Nase ab, als wüsste ich, was ich da tue. Weil sich alles einigermaßen normal anfühlt, sage ich schließlich in beruhigendem Tonfall: »Sie scheint nicht gebrochen zu sein.« Adam wimmert noch immer herzzerreißend.

»Sie ist nicht gebrochen«, schreit er Eva vorwurfsvoll an.

»Nein, nein. Das ist gut«, erkläre ich ihm. »Schlecht wäre es, wenn sie gebrochen wäre.«

»Ach so.«

Eva, die uns noch immer fasziniert beobachtet, sagt in wenig glaubwürdigem Tonfall: »Es tut mir leid.« Dabei sieht sie mich Beifall heischend an.

»Ehrlich?«, fragt Adam.

»Nein«, seufzt Eva.

»Ich gehe baden. Tschüß, Evi.«

»Tschüß, Adam.« Ich sehe ihm hinterher, wie er zwischen den Bäumen verschwindet, ohne sich noch einmal umzudrehen, und wende mich dann Eva zu. »Das kannst du doch nicht machen. Ihm einfach ins Gesicht schlagen.« Eva sieht auf ihre nackten Füße herunter, deren Zehen sie in die weiche Erde bohrt. Dann hebt sie den Kopf und sieht mich ratlos an.

»Ich habe ihm ganz doll auf die Nase gehauen. Er hat sogar geblutet.«

»Ja, das habe ich gesehen.«

»Aber ich habe gar kein schlechtes Gewissen.«

8.

Leider ist die Stunde vorbei, Doktor Schäfer holt mich zurück, und so bin ich mit meiner heutigen Hypnose-Erfahrung völlig auf mich alleine gestellt. Also muss Corinna als Therapeutin herhalten. Erst ziere ich mich ein wenig, ihr von meinen verrückten Erlebnissen unter Hypnose zu erzählen, aber dann sprudeln die Worte nur so aus mir heraus. Wir sitzen jeder mit einem extra großen Caramel Macchiato, den ich auf dem Rückweg ins Büro noch schnell bei Starbucks gekauft habe, auf der Dachterrasse des Bürogebäudes und überziehen unsere Nichtraucher-Pause dabei gnadenlos. Als ich geendet habe, sieht Corinna mich einen Augenblick wortlos an und ich befürchte schon, dass sie gleich die Männer in den weißen Kitteln ruft. Stattdessen grinst sie.

»Cool. Evi, ich wusste immer schon, dass du eine blühende Fantasie hast. Vielleicht solltest du irgendwann mal einen Roman schreiben.«

»Ich habe mir das nicht ausgedacht«, begehre ich auf. »Und es geht auch nicht darum, lustige Geschichtchen zu erfinden. Therapie ist eine ernste Angelegenheit.«

»Entschuldige.« Sie legt die Stirn in angestrengte Falten und sieht mich konzentriert an, bevor sich schließlich ihre Gesichtszüge wieder entspannen. »Also, für mich ist der Fall jetzt klar!«

»Tatsächlich?«

»Eindeutig. Also, du bist so gebeutelt von deinen Schuldgefühlen wegen Benjamin ...«

»Pssst«, zische ich und sehe mich hektisch um. Was natürlich albern ist. Wir sind mutterseelenallein auf dem Dach. Dennoch schlägt Corinna gehorsam einen Flüsterton an.

»… dass du dich deswegen sogar in Therapie begibst. Und dort landest du dann mitten im Sündenfall. Oder besser gesagt, kurz davor.« Sie greift nach ihrem Tablet, das sie immer mit sich herumschleppt, tippt kurz darauf herum und liest vor: »Der Baum der Erkenntnis von Gut und Böse befindet sich in der Mitte des Garten Eden. Gott verbot den Menschen, von dessen Früchten zu essen. Die Schlange überredete sie, entgegen dem Verbot von dem Baum zu essen. Diese Schlange wird oft mit dem Teufel gleichgesetzt. Die Menschen werden wegen ihres Ungehorsams aus dem Paradies vertrieben, Eva muss fortan unter Schmerzen Kinder gebären, Adam wird der harte und mühselige Ackerbau auferlegt.«

»Dir ist schon klar, dass du mit einer Pastorentochter redest? Das weiß ich doch alles.«

»Das war für mich. Ich hab in Religion nie besonders gut aufgepasst. Aber jetzt bin ich im Bilde.«

»Und? Was schließt du daraus?«, frage ich ratlos.

»Na, ist doch logisch. Der Apfel steht für deinen ganz persönlichen Sündenfall mit …«, sie senkt erneut die Stimme, »… Benjamin. Oder auch dafür, dass du am liebsten diesen Joshua bespringen würdest. Und du hast Angst, dass du aus dem Paradies rausfliegst, wenn Alex etwas davon mitbekommt.«

»Ach so? Das heißt, Alex ist jetzt plötzlich Gott?«, unterbreche ich sie. Das geht mir dann langsam doch etwas zu weit.

»Was weiß ich. Du darfst das nicht alles so wörtlich nehmen. Vielleicht steht Gott ja auch für die Gesellschaft, die uns einimpft, auf eine bestimmte Art und Weise leben zu müssen.«

»Aber Gott hat ja Adam und Eva angeblich gar nicht verboten, von dem Baum zu essen. Also, jetzt in meiner Version.«

»Aha!« Corinna springt auf und beginnt, wie ein Tiger im Käfig vor mir auf und ab zu laufen. »Warte, gleich habe ich es. Das könnte bedeuten, dass du vielleicht etwas in Alex hineininterpretierst, was überhaupt nicht den Tatsachen entspricht. Vielleicht …«, triumphierend wendet sie sich zu mir um, »hätte er gar nichts dagegen!«

»Wenn ich mit Joshua schlafe?« Ist die noch ganz dicht?

»Hast du ihn mal gefragt?«

»Nein, das nicht. Aber …« Alleine bei dem Gedanken wird mir schlecht. »Wie stellst du dir das vor?«

»Also, Mike und ich führen ja so etwas wie eine offene Beziehung.«

»Ihr führt überhaupt keine Beziehung.«

»Oh doch.« Sie nickt ernsthaft und scheint überhaupt nicht beleidigt, obwohl mein Tonfall schärfer war als geplant. »Wir schlafen miteinander, aber auch mit anderen.«

»Du meinst, er schläft mit anderen.«

»Ich schlafe auch mit anderen.«

»Ach ja? Mit wem?« Es flackert kurz in ihren Augen, dann macht sie eine wegwerfende Handbewegung.

»Na schön. Mit niemandem. Aber darum geht es doch gerade gar nicht. Sondern um dich. Um dich und Alex. Und … Joshua«, fügt sie nach einer winzigen Pause hinzu.

»Es gibt kein *und Joshua*. Alex und ich sind seit fünf Jahren zusammen. Wir leben zusammen und wollen ein Kind.«

»Ist ja gut.« Sie hebt beschwichtigend die Hände. »Es war ja nur ein Vorschlag.«

»Falls ich den Damen auch einen Vorschlag machen dürfte«, erklingt hinter uns die Stimme von Michael Hybel und wir fahren erschrocken herum, »würde ich Sie bitten, wieder an die Arbeit zu gehen!«

Besonders produktiv bin ich allerdings nicht an diesem Nachmittag, an dem ich Stunde um Stunde auf meinen Computermonitor starre. Mit den Gedanken bin ich ganz woanders. Corinna hat mir da einen Floh ins Ohr gesetzt. Eine offene Beziehung? Kann das funktionieren? Und ich meine nicht in Kinofilmen von Tom Tykwer, sondern im wahren Leben. Nein. So etwas ist von vorneherein zum Scheitern verurteilt, da bin ich mir ziemlich sicher. Irgendjemandem wird immer wehgetan, das lässt sich gar nicht vermeiden. Zudem glaube ich, dass Alex gar nicht das Bedürfnis hat, mit anderen Frauen zu schlafen. Wodurch ich mich natürlich gleich noch schlechter fühle. Schließlich ist er ein Mann. Und damit liegt es doch angeblich in seiner Natur, seinen Samen streuen zu wollen. Trotzdem ist er treu wie Gold.

Als ich am späten Nachmittag im unvermeidlichen Stau vor dem Elbtunnel auf dem Weg nach Heven stehe, muss ich fast ein bisschen über mich selbst lachen. Corinna hat schon recht, ich habe tatsächlich eine blühende Fantasie. Eine Schlange mit neun Beinen. Und Eva, die Adam die Nase blutig schlägt. Was für ein Irrsinn. Wenn man anfängt, darauf herumzugrübeln, hat man ewig zu tun. Und Doktor Schäfer verdient sich an mir eine goldene Nase. Dabei ist es doch vielleicht alles gar nicht so dramatisch. Ich muss einfach lernen, mich ein bisschen zusammenzureißen. Ja, Joshua mag schöne Augen haben. Und einen hinreißenden Körper. Und einen supersüßen, knackigen … Stopp! Das geht eindeutig wieder in die falsche Richtung. Er ist ganz niedlich. Aber eben auch nur ein Mann.

Und davon habe ich doch schon einen tollen zu Hause. Ende der Geschichte. Mit Schwung fahre ich in die Hofeinfahrt, parke den Wagen in der Scheune, ohne einen weiteren Kratzer im Kotflügel zu hinterlassen, und gehe ins Haus. Während ich langsam die Treppen ins erste Stockwerk hinaufgehe, wappne ich mich für den Anblick, der mich in den letzten Tagen jeden Abend empfangen hat: Alex und Joshua gemeinsam auf der Couch. Normalerweise kann ich ihre Unterhaltung schon von unten hören. Meistens geht es um Fußball. Aber heute ist alles still. Ich nehme die letzten Stufen und stehe vor einem Lichtermeer. Hunderte brennender Teelichter stehen auf dem Boden, den Fensterbänken, dem Treppengeländer. In einem Haus, das fast komplett aus Holz besteht. Und einem knochentrockenen Reetdach. Das ist allen Ernstes das Erste, was ich denke. Erst auf den zweiten Blick nehme ich die Romantik der Situation wahr. Das sieht ja hier aus wie … Wenn ich mich nicht sehr täusche … Er wird doch nicht? Mein Herz fängt plötzlich wie wild an zu klopfen. Hinter mir knarrt etwas und ich fahre herum. Durch die Tür zum Garten kommt Alex herein, den Arm voller so langstieliger roter Rosen, dass ich ihn kaum dahinter erkenne. Ich strahle ihn an.

»Scheiße, du bist ja schon da«, platzt es aus ihm heraus. Mein Lächeln verrutscht.

»Na, das ist ja vielleicht eine Begrüßung.«

»Entschuldige.« Er lässt die Rosen auf den Boden fallen, kommt auf mich zu und nimmt meine Hand. »Was ich eigentlich sagen wollte: Willst du mich heiraten?« Verdutzt sehe ich ihn an. Ja, dass es darauf hinauslaufen würde, war mir irgendwie klar. Ich meine, Rosen, Kerzen, alles andere hätte mich jetzt enttäuscht. »Kniest du dich nicht hin?«, antworte ich mit einer Gegenfrage.

»Ach so, doch. Natürlich.« Etwas ungelenk lässt er sich auf ein Knie nieder und sieht zu mir auf. »Also, Evi, willst du … Moment, warte! Ich habe einen Ring!« Er grinst stolz, greift in seine Hosentasche und erstarrt. »Mist. Wo ist der Ring? Ach so, ja, drüben im Wohnzimmer. Warte mal kurz hier.«

»Okay.« Ich nicke geduldig, während Alex aufsteht und durch den langen Flur in Richtung Wohnzimmer eilt. Die Flammen der Teelichter flackern wild, als er an ihnen vorbeiläuft.

»Haben wir eigentlich schon Rauchmelder?«, rufe ich ihm besorgt hinterher.

»Die bringe ich morgen an«, verspricht er mit erhobener Stimme. Na, wenn das mal nicht zu spät ist. Vorsichtshalber rücke ich ein paar Teelichter vom morschen Treppengeländer weg. In diesem Moment kommt Alex zurück.

»Hier.« Stolz präsentiert er mir einen goldgelben Ring mit grünem Stein.

»Oh«, sage ich. Das reicht. Natürlich bin ich mal wieder ein offenes Buch für ihn.

»Ich hab mir schon gedacht, dass er dir nicht gefällt. Deshalb ist das hier auch nur ein Platzhalter. Du kannst ihn umtauschen.«

»Super«, freue ich mich. »Also?« Ich lege den Kopf ein wenig schief und sehe ihn erwartungsvoll an. Gehorsam lässt er sich wieder auf ein Knie nieder.

»Willst du mich … warte, ich hab schon wieder was vergessen.«

»Was denn noch?« Langsam werde ich ein bisschen ungeduldig.

»Die Musik. Natürlich muss unser Lied spielen, wenn ich dir den Antrag mache. You are always on my mind. Von Elvis.«

»Meinst du, ich weiß nicht, was unser Lied ist?«, frage ich entrüstet. »Aber das denken wir uns. Los jetzt!«

»Na schön. Also: Willst du mich heiraten?«

»Nein.« Seine Gesichtszüge entgleisen. »War nur ein Scherz.« Ich beuge mich zu ihm herunter und küsse ihn. »Natürlich will ich!«

Minuten später wälzen wir uns nackt auf den Holzdielen unseres neuen Zuhauses. Und obwohl ich es toll und unserer Beziehung äußerst zuträglich finde, dass wir uns endlich einmal wieder von der Leidenschaft übermannen lassen, finde ich es doch vor allen Dingen eins: Unbequem. Auf mein drittes Wimmern reagiert Alex dann auch endlich.

»Zu hart?« Ich grinse.

»Der Boden ja.«

»Perfekte Antwort.« Er zieht mich hoch und in Richtung Schlafzimmer. Ich zögere eine Sekunde und er dreht sich zu mir um. »Ist noch was?«

»Nein.« Ich schüttele den Kopf und beiße mir auf die Unterlippe. Endlich mal kein Sex nach Zeitplan. Pure Leidenschaft. Das werde ich jetzt nicht zerstören, indem ich mir irgendwelche kleinlichen Sorgen mache. Ich stelle mich auf die Zehenspitzen und küsse Alex stürmisch. Er hebt mich hoch und ich schlinge die Beine um seine Taille. Nicht drüber nachdenken. Wir fallen gemeinsam auf die Matratze. Alex hält mitten im Kuss inne und sieht mich prüfend an.

»Ist was?«, frage ich unschuldig.

»Du willst, dass wir erst die Kerzen auspusten, stimmt's?«

»Ach, da habe ich jetzt gar nicht mehr dran gedacht«, lüge ich. »Aber jetzt wo du es sagst.«

»Bin gleich zurück.«

103

»Es ist nur, ich habe gerade versprochen, den Rest meines Lebens mit dir zu verbringen. Es wäre einfach schön, wenn der länger als eine halbe Stunde dauern würde«, rufe ich ihm hinterher.

Nachher liegen wir friedlich nebeneinander und ich streichele Alex' Brust. Mein Blick fällt auf den Verlobungsring an meinem Finger. Goldgelb steht mir leider überhaupt nicht. Aber das macht nichts. Ich überlege allen Ernstes, ob ich das hässliche Ding nicht doch behalte. Als Symbol dafür, dass eine Beziehung eben auch bedeutet, die Teile in seinem Partner anzunehmen und zu lieben, die man jetzt vielleicht nicht so toll findet. Wie Alex Geschmacksverirrung zum Beispiel. Oder seine Angewohnheit, das Geschirr auf der Küchenablage zu stapeln, statt es einfach gleich in die Spülmaschine zu räumen. Jeder Mensch hat eben so seine kleinen Macken. Im Gegenzug liebt Alex ja auch mich mit meinen Fehlern. Kaum habe ich den Gedanken zu Ende gedacht, überläuft mich ein Schauer. Denn bei Fehler muss ich natürlich sofort wieder an Benjamin denken. Und davon weiß Alex schließlich überhaupt nichts. Ebenso wenig wie von meiner Schwärmerei für Joshua. All das halte ich ja schön unter Verschluss. Eigentlich weiß Alex gar nicht, wen er da gebeten hat, seine Frau zu werden.

»Das war toll«, murmelt er und zieht mich an sich. Ich fühle mich äußerst unbehaglich. »Ich liebe dich«, sagt er dann auch noch.

»Ich liebe dich auch.« Mein Mund fühlt sich staubtrocken an. Erstaunt öffnet Alex ein Auge.

»Was ist denn mit dir los?«

»Nichts.«

»Lügnerin.« Ich spüre, wie mir das Blut in den Kopf und die Tränen in die Augen schießen. Denn er hat recht. Ich bin eine elende Lügnerin.

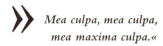 *Mea culpa, mea culpa, mea maxima culpa.«*

Schnell wende ich mich ab. Alex robbt an mich heran und legt die Arme um mich.

»Evi«, flüstert er, »was ist denn los?« Ich kann nichts sagen. Der Kloß in meinem Hals fühlt sich an wie eine Wassermelone. Das Geständnis, so sehr ich es auch zurückdrängen möchte, liegt mir auf der Zungenspitze. Sobald ich den Mund aufmache, wird es herauspurzeln. Und wer weiß, was ich damit anrichte? Fest presse ich die Lippen aufeinander. »Evi, sei nicht traurig«, sagt Alex leise an meinem Ohr. »Wir bekommen schon ein Baby irgendwann. Ganz bestimmt.« Ich schluchze auf. Weil Alex so gutgläubig ist. Und ich so schrecklich.

»Du meine Güte, Evi, jetzt komm aber mal wieder runter«, sagt Corinna, als ich ihr am nächsten Tag Bericht erstatte. »Du tust ja gerade so, als hättest du hinter seinem Rücken mit halb Hamburg gepoppt. Dabei war es doch nur eine harmlose Knutscherei im Fahrstuhl.«

»So harmlos war sie gar nicht.«

»Na schön, dann war es halt Heavy Petting. So nannte man das doch in der *Bravo*, oder? Na und?«

»Ja, ich weiß. Sogar mein Therapeut sagt, dass es gar nicht so schlimm ist. Und der gesunde Menschenverstand sagt mir das auch. Aber ich fühle es eben anders, verstehst du? Ich fühle mich einfach furchtbar. Schäbig und schuldig. Und das kann ich nicht einfach abstellen.«

»Du bist echt ganz schön hart zu dir. Du bist doch auch nur ein Mensch. Und es ist nun einmal passiert. Willst du dich jetzt ewig dafür schlecht fühlen?« Nein, von Wollen kann nun wirklich keine Rede sein. »So kann man sich das Leben auch vermiesen. Du hast dich gestern verlobt. Weißt du, was das bedeutet? Du solltest eigentlich vollkommen verstrahlt und mit einem Dauergrinsen durch die Gegend laufen. Dir überlegen, ob es in Ordnung ist, zweitausend Euro für ein Kleid auszugeben, das du nur einmal im Leben anziehen wirst. Deine beste Freundin fragen, ob sie deine Trauzeugin werden will. Solche Sachen halt.«

»Entschuldige. Willst du meine Trauzeugin werden?«

»Wer? Ich?« In gespielter Überraschung reißt sie die Augen auf. »Evi, ich weiß gar nicht, was ich sagen soll.«

»Wie wäre es mit Ja?«

»Siehst du, genau das meine ich.« Sie haut mir auf den Oberarm. »Du bist so mies drauf, dass du vergisst, die schönen Sachen im Leben auszukosten. Ich zeige dir jetzt mal, wie man das macht.« Sie springt so heftig von ihrem Schreibtischstuhl auf, dass der krachend zu Boden fällt und reißt die Arme in die Luft. »Jaaaa!«, brüllt sie und alle Köpfe drehen sich zu uns um. »Natürlich werde ich deine Trauzeugin«, schreit Corinna mich an und wendet sich dann an die Belegschaft. »Hört mal, Leute, unter uns befindet sich eine glückliche Braut. Was sagt ihr nun? Alex und Evi werden heiraten!« Sie klatscht wild in die Hände und versucht durch lebhaftes Grimassieren, unsere Kollegen zu bewegen, in den Applaus mit einzufallen. Sechs Augenpaare starren mich an, und dass stürmischer Beifall aufbrandet, wäre die Übertreibung des Jahres. Vielmehr ertönen hier und da ein paar halbherzige Klatscher, bevor sich alle wieder schnellstmöglich ihren Bildschirmen zuwenden. Mich wundert das überhaupt nicht. Schließlich waren sie alle Zeugen meines Fehltritts mit Benjamin. Ihre Gedanken klingen so laut in meinen Ohren, als würden sie sie mir ins Gesicht schreien. Corinna hat derweil ihren Stuhl wieder vom Boden aufgeklaubt und lässt sich mit einem unzufriedenen Grunzen darauf nieder. »Wenn ihr euch so wenig mitfreut, dann werdet ihr eben nicht eingeladen«, sagt sie schnippisch in die Runde.

9.

»Sie sind vermutlich ganz erpicht darauf, zurück in Ihr Paradies zu kommen«, erklingt die sonore Stimme von Doktor Schäfer hinter mir, während ich es mir wieder auf seiner Couch gemütlich mache. »Aber vielleicht sprechen wir mal kurz über das, was beim letzten Mal geschehen ist.«

»Sehr gerne.« Ich lege mich zurecht und lausche. Jetzt wird also endlich Licht in das Dunkel meines Unbewussten gebracht. Das wurde auch langsam Zeit. Achtung, nun spricht der Profi.

»Vielleicht erinnern Sie sich daran, dass ich zu Beginn unserer Sitzungen gesagt habe, dass ein Teil von Ihnen ganz bewusst entschieden hat, sich Benjamin zuzuwenden. Ich denke, Ihre letzte Begegnung mit Eva bestätigt das. Evas Sehnsucht nach unangenehmen Gefühlen ist eigentlich Ihre Sehnsucht.«

»Heißt das«, unterbreche ich ihn, »Sie wollen mir sagen, dass ich mich gerne schlecht fühle?«

»Das Leben besteht aus mehr als Friede, Freude, Eierkuchen.«

»Was Sie nicht sagen.«

»Vielleicht wollen Sie das Leben in seiner ganzen Fülle auskosten. Und dazu gehören nun einmal auch die sogenannten schlechten Erfahrungen. Vielleicht irritiert Sie aber auch die Harmonie in Ihrer Beziehung und deshalb steuern Sie unbewusst dagegen an.«

»Warum sollte ich das tun? Das macht doch überhaupt keinen Sinn.«

»Wir streben nach dem, was wir gewohnt sind. In was für einer Atmosphäre sind Sie denn aufgewachsen, wenn ich das fragen darf?« Sie dürfen nicht, will ich am liebsten sagen.

»Meine Eltern haben sich scheiden lassen, als ich acht war. Raten Sie mal, wie es vorher war«, antworte ich stattdessen knapp.

»Wie wütend sind Sie eigentlich auf Ihren Freund?«, fragt Doktor Schäfer unvermittelt. »Wie heißt er doch gleich? Alexander?«

»Ja. Alex.«

»Also, auf Alex. Oder, wenn wir gerade dabei sind, auf die Männer im Allgemeinen.«

»Wieso sollte ich wütend auf Alex sein? Wie kommen Sie denn darauf?«

»Nun, immerhin wurde in Ihrer letzten Hypnosesitzung einem Mann die Nase blutig geschlagen.«

»Aber doch nicht von mir«, begehre ich auf.

»Alles, was Sie unter Hypnose erleben, entspringt ja Ihrem Unterbewusstsein.«

»Immerhin habe ich Eva auch einen blauen Fleck verpasst«, gebe ich zu bedenken. »Heißt das, dass ich auch wütend auf Frauen bin?« Da fällt mir spontan Corinna ein, auf die ich nach ihrem Auftritt gestern im Büro tatsächlich ziemlich sauer war. Aber das wusste ich ja in der letzten Therapiestunde noch nicht.

»Interessant, dass Ihnen das jetzt einfällt. Ich glaube aber, dass es sich hierbei eher um eine Form der Autoaggression handelt. Schließlich haben Sie ja Ihre Doppelgängerin geschlagen. Sie haben erst sich selbst verletzt und dann, quasi als Reaktion darauf, einen Mann.«

»Okay, ich glaube, jetzt weiß ich, worauf Sie hinauswollen«, sage ich, »so etwas Ähnliches hat meine Freundin auch schon gesagt. Ich bin zu hart zu mir selbst. Aber ich weiß nicht, wie Sie darauf kommen. Finden Sie es etwa in Ordnung, dass ich mit Benjamin rumgemacht habe und Alex seitdem eigentlich unentwegt belüge? Dass ich seinen Heiratsantrag angenommen habe? Dass ich ihn blind ins Messer laufen lasse?«

»Würde es Sie denn beruhigen, wenn ich es in Ordnung finde?«, erkundigt sich mein Therapeut.

»Ich würde mich vermutlich fragen, was Sie wohl so veranstalten, von dem Ihre Frau nichts weiß«, gebe ich zurück.

»Falls Sie überhaupt verheiratet sind?« Am Ende des Satzes hebe ich ein wenig die Stimme, was die Aussage eindeutig in eine Frage umändert, aber hinter mir herrscht Schweigen. »Sie werden mir das wohl nicht verraten? Ob Sie verheiratet sind? Darf ich das nicht fragen?«

»Natürlich dürfen Sie fragen. Sie dürfen hier alles sagen und fragen, was Sie möchten. Es gibt allerdings Fragen, die ich Ihnen nicht beantworten werde.«

»Und die nach Ihrer Frau zählt dazu?«

»Richtig.«

»Na toll.« Jetzt komme ich mir irgendwie ein bisschen veräppelt vor. Dabei fällt mir etwas anderes ein. »Ich weiß nicht, wie ich jetzt gerade darauf komme …«, leite ich ein, weil mir der Zusammenhang irgendwie albern vorkommt.

»Sagen Sie es ruhig«, werde ich von hinten ermutigt.

»Der Apfel im Paradies. Eva hat mir erzählt, dass sie davon essen darf, wenn er reif ist.«

»Ja. Und?«

»Naja, finden Sie das nicht auch seltsam? Schließlich weiß doch jedes Kind, dass der Apfel verboten war. Und dass damit das ganze Elend angefangen hat. Also, wenn man an die Schöpfungsgeschichte glauben will.«

»In Ihrer Interpretation ist also erlaubt, was nach landläufiger Meinung verboten ist.« Plötzlich glaube ich zu kapieren.

»Sie meinen, ich will mich nur rausreden? Mich selbst von der Schuld befreien, indem ich mir einrede, es wäre gar nicht so schlimm?«

»Nein, das meine ich nicht. Aber fällt Ihnen auf, dass Sie schon wieder nicht besonders nett zu sich sind, wenn Sie sagen, Sie redeten sich nur heraus?«

»Kann sein.« Ein paar Minuten liege ich einfach nur schweigend da.

»Ich habe einen Gedanken dazu«, erklärt Doktor Schäfer schließlich bedächtig. »Wenn ich richtig informiert bin, dann können die Menschen im Paradies nicht unterscheiden, was gut und was böse ist. Ihre Eva haut Adam einfach so die Nase platt und hat noch nicht einmal ein schlechtes Gewissen. Ich glaube also, es geht um Unschuld. Stellen Sie sich doch einmal vor, Sie hätten niemals beigebracht bekommen, wie man zu leben hat. Sie können tun und lassen, was Sie wollen. Mit Ihrem Nachbarn anbändeln und danach mit sich selbst im Reinen zu Alex nach Hause gehen.«

»Hmm.« Ich fühle mich mehr als unbehaglich. Sobald ich auch nur darüber nachdenke, Joshua tief in seine blauen Huskyaugen zu blicken, seine Lippen auf meinen zu spüren, erscheint augenblicklich Alex vor meinem inneren Auge. Und er sieht unglaublich verletzt aus. »Das geht nicht«, platze ich heraus, »man kann nicht einfach so auf den Gefühlen anderer Menschen herumtrampeln.«

»Sagt wer?«

»Das sagt … der gesunde Menschenverstand. Ich will schließlich auch nicht, dass jemand mit mir so umgeht.«

»Aber wissen Sie denn mit Sicherheit, dass Alex etwas dagegen hätte? Oder projizieren Sie da vielleicht etwas in ihn hinein?«

»Soll ich ihn vielleicht danach fragen?«, erkundige ich mich. »Meine Freundin Corinna hat auch schon gesagt, ich soll Alex doch einfach eine offene Beziehung vorschlagen. Leben Sie etwa in einer offenen Beziehung?« Schweigen. »Ach ja, richtig, natürlich darf ich das nicht fragen.«

»Sie dürfen alles …«

»Es nützt mir überhaupt nichts, wenn ich alles fragen darf, sie aber nicht darauf antworten«, falle ich ihm ins Wort. »Ist aber auch egal. Ich will jetzt zurück ins Paradies.«

»Das wundert mich nicht.«

»Was soll das denn nun schon wieder heißen?«

»Schließen Sie die Augen!«

Im Garten Eden lande ich wieder direkt vor dem Baum der Erkenntnis. Von Adam und Eva fehlt jedoch jede Spur. Und von Rudi, der Schlange, zum Glück auch. Wie schon die letzten Male sind meine Kleider verschwunden, die Sonnenstrahlen wärmen meine nackte Haut. Dennoch macht sich keine Entspannung in mir breit. Diese kryptischen Andeutungen von Herrn Schäfer und das Rumgeeiere machen mich langsam wahnsinnig. Wozu zahle ich dem Typen eine Menge Geld, wenn er mir nicht sagen kann, was mit mir los ist? Da habe ich ja schon Träume von Corinna eindeutiger interpretiert. Und das für ganz umsonst. Suchend sehe ich mich um.

»Hallo?«, rufe ich leise. Keine Antwort. Unschlüssig stehe ich da, als mein Blick plötzlich von etwas leuchtend Rotem im dichten Blätterwerk angezogen wird. Ich gehe einen Schritt näher und jetzt sehe ich ihn. Dick und prall und rot hängt er zwischen den Zweigen: Der Apfel der Erkenntnis. Nun scheint er reif zu sein. Will er mir etwas sagen, wie er da so hängt? Ganz allein und ohne einen anderen Menschen weit und breit? Einer plötzlichen Eingebung folgend strecke ich die Hand danach aus, aber er hängt natürlich viel zu weit oben. Ich erinnere mich daran, mit welcher Leichtigkeit Eva beim letzten Mal den Baum erklommen hat und greife beherzt nach einem der Äste. Obwohl ich nicht ganz daran glaube, dass ich mein eigenes Gewicht nicht nur halten, sondern auch hochziehen kann, versuche ich es. Es geht ganz leicht. Ermutigt klettere ich weiter und bin innerhalb von Sekunden bei dem Apfel angelangt. Bevor mich der Mut verlässt, pflücke ich ihn ab und beiße herzhaft hinein. Zunächst passiert gar nichts. Er schmeckt wie ein ganz normaler Apfel. Dann plötzlich, beim nächsten Bissen, eine wahre Explosion in meinem Mund: Süß wie Honig, dabei gleichzeitig säuerlich, frisch und saftig. Meine Geschmacksknospen scheinen Tango zu tanzen und ich muss aufpassen, dass ich nicht vor lauter Verzückung von meinem Ast purzele. Mit der freien linken Hand halte ich mich gut fest und spüre dabei intensiv die raue Musterung der Baumrinde unter meinen Fingern. Ich beiße erneut zu, das Erlebnis intensiviert sich, ich kann mich nicht daran erinnern, jemals etwas Besseres gekostet zu haben. Die Sonne scheint mir durch das Geäst warm ins Gesicht und ich seufze genießerisch auf, als ich plötzlich von unten eine Stimme zu mir herauf rufen höre.

»Eva?« Ich spähe durch das Blätterwerk und sehe Joshua direkt in die Augen. Mein Herz macht einen Hüpfer.

»Nein, ich bin es. Evi!«

»Schön, dich zu sehen.«

»Ja. Dich auch!« Und das ist die Untertreibung des Jahrhunderts. Tatsächlich macht mich sein Anblick gerade zum glücklichsten Menschen auf der Welt. Mir macht es auch nichts aus, dass er mich nackt auf einem Ast sitzend vorfindet. »Hey, da ist ja auch Rudi.« Ich winke der Schlange zu, die sich dicht an seinen Knöchel drückt.

»Ach, ihr kennt euch schon?«

»Ja, wir hatten beim letzten Mal das Vergnügen.«

»Schade, dass wir uns da verpasst haben! Willst du nicht mal runterkommen?« Er sieht unentwegt zu mir hinauf. Neckisch baumele ich mit den Beinen und tue so, als müsste ich darüber angestrengt nachdenken. Dann zucke ich mit den Schultern.

»Ich fühle mich eigentlich ganz wohl hier oben.«

»Ich kann dich auch holen«, sagt er mit rauer Stimme.

»Wenn du so kletterst wie dein Freund Rudi, dann komme ich vielleicht doch lieber runter«, ziehe ich ihn auf, nehme noch einen letzten Bissen – du meine Güte, wie kann ein Apfel nur so schmecken – und beginne dann den Abstieg. Als hätte ich mein Leben lang nichts anderes getan, klettere ich den Baum hinunter. Als ich beinahe unten angekommen bin, spüre ich zwei kräftige Hände an meiner Taille. Die Berührung durchfährt mich wie ein Stromschlag. Als wäre ich leicht wie eine Feder hebt mich Joshua, oder von mir aus auch Jesus, den letzten Meter herunter. Ich stehe vor ihm, drehe mich in seiner Umarmung um und sehe ihn an. Seine Hände fahren langsam an meinen Hüften entlang und hinterlassen ein wohliges Prickeln auf der Haut. Ich fahre ihm mit meinen Fingern durch die schulterlangen, welligen Haare.

»Ich weiß ja nicht, was du hier machst«, sagt er, »aber ich bin irgendwie verdammt froh, dass du da bist.«

»Verdammt froh?« Ich grinse. »Ist es hier überhaupt erlaubt, so etwas zu sagen?«

»Hier ist alles erlaubt«, gibt er zurück.

»Das freut mich aber.« Ich nehme sein Gesicht in beide Hände, fühle seinen erstaunlich weichen Sieben-Tage-Bart und bewege mich langsam auf ihn zu, oder vielleicht zieht er mich auch zu sich heran? Mein Körper ist ein einziges erregtes Prickeln, ich spüre jeden Zentimeter meiner Haut. Und ihn, seinen Geruch, seine Lippen, seinen Körper. Wir sinken in das weiche, warme Gras.

An wen kann ich mich wenden, wenn ich einen eklatanten Fehler in einem Buch entdeckt habe? Gibt es für die Bibel irgendeinen zuständigen Lektor? Vermutlich nicht. Aber wenn doch, dann würde ich den gerne einmal darüber aufklären, dass dem Autor der eine oder andere Irrtum unterlaufen ist. Von wegen, der Baum der Erkenntnis bringt das Wissen von Gut und Böse! Mitnichten. Eher im Gegenteil. Das Einzige, was der Apfel in einem bewirkt, ist, dass man, nun ja, alle Hemmungen fallen lässt. Anders kann es doch gar nicht sein. Eine so gut wie verheiratete Frau, die sich brünftig mit einem anderen über eine Wiese rollt, das mag ja noch angehen. Aber mit Jesus? Da muss man nun wirklich sämtliche Skrupel verloren haben. Und das ist bei mir so. Ich verbringe mit Jesus die Zeit meines Lebens. Es ist einfach wunderbar, ihn zu genießen, ihn zu spüren, seine Nähe. Am wunderbarsten ist es, ganz im Moment zu sein. Endlich einmal nicht nachzudenken.

Damit fange ich erst wieder an, als ich Corinna bei Starbucks gegenüber sitze.

»Du willst was?« Fassungslos sieht sie mich an.

»Alex von der Sache mit Benjamin erzählen«, entgegne ich mit fester Stimme. »Und von meiner Therapie.«

»Vielleicht erzählst du ihm gleich noch, dass du unter Hypnose mit Jesus fröhlich durchs Paradies gevögelt hast.« Unschlüssig wiege ich den Kopf hin und her.

»Ja, vielleicht!«

»Das war doch nicht ernst gemeint. Bist du wahnsinnig? Glaub mir, wenn Alex dir erzählen würde, mit wem er es in Gedanken schon alles getrieben hat, dann würden dir aber die Ohren schlackern.«

»So ein Quatsch!« Ich schüttele heftig den Kopf. »So ist Alex nicht.«

»Mann, bist du naiv. Natürlich ist er so. Alle Männer sind so. Die denken ans Vögeln, sobald sie einen knackigen Hintern sehen. Und das ist ja auch völlig in Ordnung. Aber es ist genau so in Ordnung für dich, ab und zu mal von einem anderen zu träumen. Evi, du willst mir doch nicht erzählen, dass du das sonst nicht tust?«

»Du etwa?«

»Soll das ein Witz sein? Andauernd.«

»Aber du vögelst nicht in irgendwelchen Fahrstühlen herum.«

»Pah, gib bloß nicht so an. Du doch auch nicht.«

»Aber fast.«

»Genau. Fast. Das ist das Zauberwort. Und für dieses *Fast* willst du deine Beziehung riskieren?«

»Ich habe einfach das Gefühl, dass sich zwischen Alex und mir ein Abgrund auftut, der immer größer wird. Erst Benjamin, die Therapie, meine Fantasien, dann Joshua. Immer mehr Geheimnisse. Ich will nicht, dass wir uns darüber verlieren.«

»Ich sage dir, Evi, sag es ihm nicht. Zumindest nicht heute.«

»Wieso nicht heute?«

»Nur so. Ich meine, schlaf lieber noch einmal drüber und denk an das, was deine zukünftige Trauzeugin dir rät. Denn es könnte gut sein, dass es sonst keine Trauung zu bezeugen gibt.«

Ziemlich bedrückt trete ich an diesem Abend den Heimweg an. Hat Corinna damit recht? Wird Alex mich vor die Tür setzen, wenn ich ihm die Wahrheit erzähle? Alleine bei der Vorstellung zieht sich mein Herz schmerzhaft zusammen. Ich fahre auf den Bauernhof zu, in dem wir erst seit wenigen Wochen wohnen und der doch schon fast ein Zuhause für mich geworden ist. Auch wenn es für mich noch immer etwas ungewohnt ist, in diesem Kuhdorf zu leben, wäre ich doch traurig, wenn ich wieder ausziehen müsste. Am meisten natürlich wegen Alex. Ich will ihn nicht verlieren. Und nebenbei gesagt, bin ich auch überhaupt nicht scharf drauf, mit Mitte dreißig als Single wieder auf dem Markt zu sein. Dieser Gedanke überrascht mich selbst. Schließlich könnte ich dann mit so vielen Männern schlafen, wie ich will. Trotzdem erscheint mir diese Vorstellung alles andere als reizvoll. Aber weiter lügen? Nein. Ich atme tief durch, öffne die Haustür und falle beinahe über Joshua, der auf dem Boden kniet und seine ausgelatschten Chucks zubindet.

»Hoppla, hallo!«

»Äh, hallo!« Ich stolpere ein paar Schritte rückwärts und laufe knallrot an, wie immer, wenn ich ihn sehe, aber diesmal natürlich besonders.

»Super, da bist du ja!« Alex kommt die Treppe hinunter und küsst mich auf den Mund. Völlig arglos. Wie auch sonst? Er

117

nimmt mir meine Tasche ab. »Du kannst die Jacke gleich anbehalten. Wir haben nämlich eine Überraschung für dich.«

»Ihr?« Ich sehe von einem zum anderen. Genau so schnell,
wie das Blut eben in mein Gesicht geschossen ist, sackt es mir
jetzt in die Füße. Was haben die denn vor?

»Du brauchst keine Angst zu haben.« Joshua richtet sich auf
und legt mir freundschaftlich einen Arm um die Schultern.
Ich muss mich schwer zusammenreißen, um nicht vor ihm
zurückzuweichen. »Es wird schön werden.«

»Was wird schön?«

»Wirst schon sehen.«

10.

Im Flotten Iltis hat sich das halbe Dorf versammelt und bricht in lauten Jubel aus, als wir durch die Tür in den Schankraum treten. Dörthe kommt als erste auf mich zu und drückt mich an ihren üppigen Busen.

»Min Deern, allens Leve un Gode. Ich meine, herzlichen Glückwunsch. Nu seid ihr dann doch bald verheiratet. Das freut mich so sehr für euch!«

»Danke schön.« Direkt vor mir hat sich eine lange Schlange gebildet. Ich werde geherzt und geküsst und beglückwünscht. Die Hälfte der Anwesenden habe ich in meinem Leben noch nicht gesehen, aber sie alle kennen den »Jung« natürlich noch von früher. Ich bin richtig froh, als plötzlich Nils Thomasson vor mir steht. Endlich ein bekanntes Gesicht. Im Gegensatz zu all den fröhlichen Mienen ringsherum wirkt er allerdings etwas bedrückt.

»Ja, also, auch von mir, alles Gute, nech?«

»Sei doch nicht so schüchtern, Nils.« Joshua, der immer noch neben mir steht, haut ihm auf den Rücken. »Das ist deine Chance, die Braut zu küssen.« Nils sieht unsicher zu Alex herüber.

»Er hat nichts dagegen. Stimmt doch, Alex, oder?« Dieser nickt, und ehe ich weiß, wie mir geschieht, hat Joshua seine Arme um mich geschlungen und drückt mir einen filmreifen Kuss auf die Lippen. Er schmeckt nach Erdbeeren und Tabak. Nach einer viel zu kurzen Ewigkeit stellt Joshua mich wieder auf die Füße. Ich stehe da wie ein hypnotisiertes Kaninchen.

Nils macht einen Schritt auf mich zu und in seinen Augen blitzt es unternehmungslustig. Hilfe suchend fasse ich Alex Hand und drücke sie. Er versteht sofort.

»Leute«, ruft er, »es freut uns, dass ihr alle da seid.« Nils greift nach meiner anderen Hand. »Vielen Dank für eure Glückwünsche. Aber wir wollen doch nicht, dass das Essen kalt wird. Deshalb erkläre ich das Buffet für eröffnet.« In die Massen kommt Bewegung. »Und die Bar natürlich auch!« Jetzt gibt es kein Halten mehr. Alle stürmen los, die Dorfbewohner, die eben noch brav zum Gratulieren anstanden, drängeln zu den Getränken. Nils wird von der Masse mitgerissen, unsere Hände gleiten auseinander und er wirft mir einen letzten tragischen Blick zu, bevor er aufgibt und in Richtung Bar davongeschwemmt wird.

Als ich mich endlich zum Buffet durchgekämpft habe, ist es schon reichlich abgegrast. Doch den vegetarischen Teil, den Dörthe mir stolz präsentiert, hat kaum jemand angerührt. Ich schaufele mir den Teller voll mit verschiedenen Salaten und frisch gebackenem Brot, dann sehe ich mich in der Schankstube nach Alex um. Doch von dem fehlt jede Spur. Stattdessen reißt Joshua die Arme hoch und winkt mir zu, ihm und Nils an einem kleinen Ecktisch Gesellschaft zu leisten. Ich zögere nur eine Sekunde. Meine Lippen brennen noch immer von seinem Kuss. Aber da mir keine besonders gute Ausrede einfällt und ich nicht unhöflich sein will, und ja, von mir aus auch, weil ich eigentlich überhaupt gar nichts dagegen habe, in Joshuas Nähe zu sein, setze ich mich zu den beiden. Nils inhaliert mal wieder ein Schnitzel von der Größe einer Pizza und sieht immer noch ein bisschen traurig aus.

»Habt ihr Alex gesehen?«, frage ich.

»Der geht schon nicht verloren. Zeig mal deinen Ring.«
Ehe ich mich versehe, greift Joshua nach meiner Hand. Das
Brizzeln auf der Haut spüre wahrscheinlich nur ich. Seine
Mundwinkel zucken kurz, aber doch so lang, dass ich es ge-
sehen habe.

»Gefällt er dir nicht?« Ich schaue ihn prüfend an.

»Doch, doch, schon.«

»Lügner«, sage ich. Er grinst.

»Naja, ich bin nicht so ein Freund von Gelbgold. Wenn ich
einen Verlobungsring kaufen würde, dann wäre er Weißgold.
Mit einem kleinen Diamanten drauf.«

»Tatsächlich?« Schnell schiebe ich mir eine Gabel voll
Nudelsalat in den Mund und kaue angestrengt. Ist das ein Zufall, dass er gerade genau den Ring, wie ich ihn mir immer
vorgestellt habe, beschrieben hat?

»Aber Geschmäcker sind ja bekanntlich verschieden.
Hauptsache, dir gefällt er.« Er legt meine Hand zurück auf den
Tisch.

»Vielleicht tausche ich ihn um. Ich weiß es noch nicht.«
Nachdenklich betrachte ich den Ring, als sich Nils in unsere
Unterhaltung einmischt.

»Umtauschen? Das kannst du doch nicht machen. Alex hat
sich bestimmt unheimlich viel Mühe damit gemacht, den
richtigen Ring für dich auszusuchen.« Aus seinen wasserblauen Augen sieht er mich so vorwurfsvoll an, dass ich rasch
einlenke.

»Da hast du recht. Ich denke, ich werde ihn behalten.« Nils
nickt zufrieden, während er sich den letzten Bissen in den
Mund schiebt.

»Und du«, wendet er sich mit vollem Mund an Joshua,
»kannst ja gerne einen anderen Ring kaufen, wenn du dich

mal verlobst.« Joshua nickt gutmütig und zuckt mit den Schultern.

»Das wird ja wohl sowieso nicht passieren«, sagt er ohne ersichtliche Emotion.

»Wieso das denn nicht?«, frage ich interessierter als angemessen.

»Ich glaube, die Ehe ist nichts für mich.« Joshua lächelt mich an.

»Aber wieso denn nicht?« Evi, jetzt hör mal auf, dem Mann Löcher in den Bauch zu fragen.

 Wegen der Gefahr der Unzucht soll aber jeder seine Frau haben und jede Frau soll ihren Mann haben.«

1. KORINTHER 7, VERS 2

»Ich gehe eine rauchen«, sagt er statt einer Antwort und steht auf. »Kommst du mit?«

»Hm.« Einen Moment lang bin ich unentschlossen und sehe mich im Raum um. Aber da von Alex noch immer nichts zu sehen ist, siegt meine Neugier. »Ja.« Ich stehe ebenfalls auf. Nils schaut missbilligend zu mir hoch.

»Du rauchst?«

»Manchmal«, lüge ich. Dann bekomme ich ein schlechtes Gewissen, als ich Nils plötzlich alleine an dem Tisch sitzen sehe und bleibe unschlüssig stehen. »Warte, dann ist Nils ja ganz alleine hier. Das geht doch nicht.«

»Ach, das ist kein Problem.« Joshua schnappt sich eine dralle

Blondine in Jeans und einem quietschbunten, offensichtlich selbst gestrickten Pullover, die gerade mit ihrem Teller an uns vorbeigeht. »Hallo Lotte.«

»Joshua, hi«, haucht sie und lächelt ihn betörend an.

»Schön, dass du da bist.« Sie wird ein wenig rot und ich möchte wetten, dass sich die feinen Härchen auf ihrem Unterarm, dort, wo Joshua sie berührt, aufstellen.

»Ich freue mich auch.« Sie kommt noch einen Schritt näher auf ihn zu.

»Ich muss kurz mal raus mit der Braut, hättest du was dagegen, Nils Gesellschaft zu leisten?« Ohne ihre Antwort abzuwarten, schiebt er die perplexe Lotte auf den frei gewordenen Stuhl. »Guten Appetit.« Siegessicher grinst Joshua mich an. »Wollen wir?«

Ich folge Joshua durch die hintere Tür hinaus auf die Terrasse, die wunderschön an einem kleinen Flusslauf gelegen ist. An einem der rustikalen Holztische lassen wir uns einander gegenüber nieder. Er beginnt, in der Innentasche seiner abgewetzten Lederjacke zu kramen, bevor er mir gleich darauf eine geöffnete Schachtel Camel hinhält. Kurz bin ich versucht zuzugreifen, aber dann denke ich an meine Eizellen und schüttele den Kopf.

»Ich rauche eigentlich gar nicht.« Innerlich wappne ich mich gegen die unvermeidliche Frage, warum ich dann mit ihm nach draußen gekommen bin, aber Joshua scheint sich gar nicht darüber zu wundern. Er zuckt mit den Schultern und holt Blättchen und eine kleine schwarze Dose hervor.

»Ich auch nicht. Jedenfalls keine Zigaretten.« Er zwinkert mir zu und beginnt, sich einen Joint zu bauen.

»Äääh«, sage ich wenig eloquent, während er das Gras zwischen den Fingern zerbröselt.

»Du hast doch nichts dagegen?«

»Nein, nein. Natürlich nicht.« Heftig schüttele ich den Kopf und starre auf seine Zungenspitze, die jetzt langsam, ganz langsam, über die Klebestelle des Blättchens fährt. Ich bekomme eine Gänsehaut und zwinge mich, woandershin zu sehen.

»Ist dir kalt?« Ohne meine Antwort abzuwarten greift er nach einer der knallblauen Wolldecken, die auf den Holzbänken herumliegen, steht auf, lehnt sich über den Tisch zu mir herüber und legt sie mir um die Schultern. Unter meinem Kinn führt er beide Enden zusammen, sein Gesicht ist ganz nah an meinem. Ich starre wie gebannt auf die Tischplatte vor mir. Wenn ich jetzt den Kopf hebe, dann bin ich verraten. Also sitze ich einfach nur da, den Blick gesenkt, mit angehaltenem Atem. Joshua lässt sich zurück auf seinen Platz fallen, baut den Joint zu Ende und zündet ihn an. Genussvoll nimmt er einen tiefen Zug und bietet ihn dann mir an. Ich nehme ihn zwischen die Finger, ziehe daran und fange an zu husten. »Dein erster Joint?« Amüsiert schaut er mich an.

»Natürlich nicht.« Das entspricht der Wahrheit. Es ist nur der erste Joint seit einer sehr, sehr, sehr langen Zeit. In der Oberstufe habe ich ein paar Mal gekifft, aber seitdem eigentlich nicht mehr. Tapfer nehme ich einen weiteren Zug, dieses Mal ohne zu husten, und lehne mich zurück. Die Wirkung setzt sofort ein. Meine Schultern, von denen ich gar nicht gemerkt hatte, dass sie sich offensichtlich nur knapp unterhalb meiner Ohren befanden, sinken gefühlte zehn Zentimeter herab. Entspannt lehne ich mich zurück und merke blöderweise zu spät, dass die Holzbänke keine Rückenlehnen haben. Mit einem Aufschrei stürze ich nach hinten und bleibe wie ein Käfer auf dem Rücken liegen. Sekunden später taucht das besorgte Gesicht von Joshua über mir auf.

»Alles in Ordnung?« Er beugt sich zu mir herunter. »Evi! Bist du okay?« Ich stelle mir vor, was für ein Bild sich ihm geboten haben muss, als ich von der Bank gekippt und seinem Blickfeld entschwunden bin. Ich spüre ein wildes Gegackere in mir aufsteigen und versuche, es zurückzudrängen, aber es kämpft sich aus meinem Bauch die Luftröhre hinauf bis zu meinem Kopf. Dort aktiviert es die Mundwinkel, die zu zucken beginnen, bevor ich lospruste. Joshua entspannt sich sichtlich. »Du machst es ja spannend. Ich nehme also an, es geht dir gut?« Ich bringe kein Wort zustande. Tränen kullern mir die Wangen herunter und ich greife nach Joshuas Hand, die sich mir hilfreich entgegenstreckt. Mit einiger Mühe komme ich, immer noch von Lachkrämpfen geschüttelt, wieder auf die Beine. Außer Atem lehne ich mich an Joshua, als plötzlich eine Stimme hinter uns ertönt.

»Was macht ihr denn da?« Erschrocken weiche ich zurück und verliere um ein Haar erneut das Gleichgewicht. Doch Joshuas Hand um meinen Unterarm verhindert, dass ich abermals zu Boden gehe. Alex bleibt vor unserem Tisch stehen.

»Wir machen gar nix«, sage ich schnell und werfe Joshua einen verschwörerischen Blick zu.

»Nur einen kiffen«, sagt dieser und setzt sich wieder hin.

»Du kiffst?« Alex sieht mich mit hochgezogenen Augenbrauen an, während ich ein klitzekleines bisschen sauer auf Joshua bin. Muss der mich unbedingt verpetzen? Aber er weiß ja nicht, dass ich Alex ständig Vorträge über eine fruchtbarkeitsfördernde Lebensweise halte. Und dass ich in diesem Moment nicht gerade mit leuchtendem Beispiel vorangehe. Ich bemühe mich um eine schuldbewusste Miene, aber meine Gesichtsmuskulatur spielt mir einen Streich. Ich grinse wie ein Honigkuchenpferd und mein fröhliches »Tut mir leid« wirkt sicher auch alles andere als glaubwürdig.

»Willst du mal ziehen?«, erkundigt sich Joshua bei Alex, bevor ich ihm einen warnenden Blick zuwerfen kann.

»Na klar«, antwortet Alex, setzt sich hin und greift nach dem Joint. Ich lasse mich von ihm auf die Holzbank ziehen.

»Pass auf, dass sie nicht wieder runterfällt«, grinst Joshua. Ich johle vor Vergnügen, lehne mich an Alex und lache immer weiter, bis mir der Bauch wehtut. Schniefend und tränenüberströmt sehe ich meinen Verlobten an, der auf mich herunterblickt, mit einem ganz weichen Ausdruck in den Augen.

»Evi, du bist so süß.« Er wuschelt mir durch die Haare und küsst mich auf den Mund.

»Ihr seid beide süß.« Wir tauchen aus unserem Moment der Zweisamkeit auf. Grinsend und mit in die Hand gestütztem Kinn sitzt Joshua vor uns. »Sagt Bescheid, wenn ich störe.«

»Quatsch, du störst nicht.« Alex zieht mich näher zu sich heran.

»Warum willst du eigentlich nicht heiraten, Joshua?« Das war ja das Thema, weshalb ich ursprünglich mit ihm nach draußen gegangen bin.

»Ach«, er macht eine wegwerfende Handbewegung.

»Sag doch mal.«

»Ich glaube einfach nicht an die Monogamie.« Obwohl der Joint nicht einmal in meiner Nähe ist, kriege ich einen erneuten Hustenanfall.

»Wie bitte?«, frage ich, nachdem ich mich wieder einigermaßen beruhigt habe.

»Hey«, er hebt abwehrend die Hände, »ich will hier gar nicht anfangen mit irgendwelchen Unkenrufen. Schließlich ist das hier eure Verlobungsfeier.«

»Ach, mach ruhig. Uns bringst du durch deine Hetzreden nicht auseinander.« Alex grinst und gibt mir einen Kuss auf die Wange. »Oder?«

»Natürlich nicht. Also, wieso glaubst du nicht an Monogamie?«

»Naja. Zunächst einmal gilt es als erwiesen, dass nur drei bis fünf Prozent der Säugetiere überhaupt monogam sind.«

»Aber wir sind doch keine Tiere«, gebe ich zu bedenken.

»Wenn es um Sex geht, schon.« Joshua grinst mich, wie ich finde, anzüglich an. Ich werfe Alex einen besorgten Seitenblick zu, aber dem scheint das gar nicht aufzufallen.

»Und wie darf ich mir das konkret vorstellen? Hast du mehrere Frauen gleichzeitig. Versteckst du in deinem Bauernhof möglicherweise einen ganzen Harem vor uns?« In Alex' Augen blitzt die Neugier.

»Einen Harem?« Amüsiert hebt Joshua die Augenbrauen. »Alter, was sind das denn für Vorstellungen? Ich spreche hier nicht von irgendwelchen Männerfantasien. Sondern von freier Liebe.«

»Liebe?«, frage ich. »Aber widerspricht sich das nicht? Ich meine, wenn ich jemanden liebe«, unwillkürlich schnellen meine Augen zu Alex herüber, »dann tue ich ihm doch weh, wenn ich mit jemandem anderen schlafe.«

»Das glaube ich eben nicht.« Joshua reicht wieder den Joint herum. »Wer sagt denn, dass es mir wehtun muss, wenn die Frau, die ich liebe, auch noch mit anderen Männern Spaß hat? Das hat mir vielleicht die Gesellschaft mit ihren Moralvorstellungen irgendwann mal eingetrichtert. Ich sehe das aber anders. Wenn ich sie liebe, dann will ich, dass sie glücklich ist. Auch sexuell gesehen. Und ich maße mir nicht an, zu glauben, dass ich alleine ihr alles bieten kann.«

»Hmm.« Mit nachdenklichem Gesichtsausdruck zieht Alex an dem Joint und gibt ihn an mich weiter. Ich nehme ebenfalls noch einen tiefen Zug, während ich meinen Verlobten nicht aus den Augen lasse.

»Und genauso kann ich mir einfach nicht vorstellen, für den Rest meines Lebens mit nur noch einer einzigen Frau zu schlafen«, fährt Joshua mit seinem Vortrag fort. »Ich meine, es gibt doch so viele schöne Frauen.«

»Aber wenn man die allerschönste schon gefunden hat«, gibt Alex zu bedenken und legt den Arm um meine Schultern. Ich bin gerührt von dieser Geste.

»Na klar, Alex. Bei deiner Frau ist das etwas anderes.« Joshua zwinkert mir zu. »Da könnte vielleicht sogar ich monogam werden.«

»Ehrlich?«, rutscht es mir heraus, und er lacht.

»Ehrlich? Nein.« Ich spüre, wie mir das Blut in den Kopf schießt. »Nichts gegen dich, Evi. Ich glaube, wir sind uns alle einig, dass du bezaubernd bist.« Mein Gesicht leuchtet vermutlich trotz der anbrechenden Dunkelheit wie eine Signallampe. »Was ist dein Leibgericht?«

»Ähm«, überrumpelt und gleichzeitig erleichtert über den Themenwechsel muss ich eine Sekunde nachdenken, bevor ich antworte: »Pfannkuchen mit Apfelkompott.«

»Hmm, köstlich.« Joshua seufzt verträumt. »Kinder, ich glaube, wir müssen wieder rein. Dörthe hat bestimmt mittlerweile das Nachtisch-Buffet aufgebaut und ich spüre einen Fress-Flash heranrollen.« Kaum hat er das gesagt, beginnt mein Magen zu knurren.

»Au ja«, sage ich und auch Alex nickt begeistert.

»Nur eins noch«, sagt Joshua beim Hineingehen, »den Pfannkuchen mit Apfelkompott in allen Ehren. Aber stell dir mal vor, du dürftest dein Leben lang nichts anderes mehr essen.«

Beim Nachtisch hat sich Dörthe selbst übertroffen. Der Tresen biegt sich unter riesigen Schüsseln voll Mousse au Chocolat, Hamburger Roter Grütze mit Vanillesoße, Quarkspeise mit frischen Erdbeeren, Weincreme und Götterspeise. Daneben reiht sich Butterkuchen vom Blech neben Donauwellen, Gugelhupf, Schwarzwälder-Kirsch- sowie einer Himbeer-Sahne-Torte. Alleine bei dem Anblick läuft mir das Wasser im Mund zusammen.

»Na, bist du jetzt froh, dass du nicht bloß Pfannkuchen mit Apfelkompott essen darfst?«, raunt Joshua mir ins Ohr, so, dass Alex ihn nicht verstehen kann. Dann sagt er laut zu uns beiden: »Ich bestelle uns mal drei Cappuccino dazu, oder?«

»Du meinst Pulverkaffee mit Sprühsahne?« Alex zieht eine Grimasse. »Na schön, irgendwas müssen wir ja trinken.« Er reicht mir einen Teller, während ich Joshua wie vom Donner gerührt hinterherschaue. War das eine Anmache? Das war doch ganz klar eine Anmache! Lautet der Subtext dieser Frage nicht eindeutig: Willst du wirklich nur noch mit einem Mann, mit Alex schlafen? Für den Rest deines Lebens? Und das mit einem Leckerbissen wie mir direkt vor deiner Nase? Denk doch noch einmal drüber nach, Evi. Denk gut darüber nach! »Hast du gar keinen Hunger? Ich könnte diese ganze Schüssel Schokoladenpudding auf einmal verdrücken.«

»Das ist Mousse au chocolat«, verbessere ich Alex, der selbige mit einem riesigen Löffel auf seinen Teller schaufelt.

»Die Teller sind winzig«, meint der dann unzufrieden, »ich lasse mir von Dörthe einen größeren geben.«

»Mach das.« Ich wende mich dem Buffet zu und versuche,

den Gedanken an Sex mit Joshua zu verdrängen. Wahrscheinlich habe ich einfach zuviel gekifft.

Eindeutig habe ich zuviel gekifft. Ich bin ein Fass ohne Boden. Ich futtere mich einmal durch das gesamte Buffet, danach fange ich wieder von vorne an. Es müssen mindestens zehntausend Kalorien sein, die ich zu mir genommen habe. Alex und Joshua sind nicht besser. Wir kommen kaum dazu, uns mit anderen Leuten zu unterhalten, so sehr sind wir damit beschäftigt, uns die Bäuche vollzuschlagen.

»Ich mag Frauen mit einem gesunden Appetit.« Anerkennend nickt Joshua mir zu. »Das ist so sinnlich.«

»Finde ich auch.« Alex grinst mich an und in seinen Augen blitzt es verlangend. Überrascht sehe ich ihn an. Diesen Ausdruck habe ich ja schon lange nicht mehr gesehen. In meinem Unterleib beginnt es angenehm zu kribbeln, und ich möchte am liebsten laut Hurra schreien, weil es endlich einmal wieder Alex ist, der dieses Gefühl in mir auslöst. Und nicht Joshua. »So«, ächzend schiebt Alex seinen Teller von sich, »wenn ich noch einen Bissen zu mir nehme, dann platze ich. Kommen wir also zurück zum Thema.«

»Welches Thema?« Unschuldig sieht Joshua ihn an.

»Du weißt genau, was ich meine. Also, wenn du keinen Harem hast, wie sieht dein Beziehungsleben denn dann aus? Eine feste Freundin hast du jedenfalls nicht.« Alex sieht ihn erwartungsvoll an.

»Wie kommst du denn darauf?« Eine Sekunde lang ist Alex irritiert. Dann fängt er sich rasch.

»Na, das hätte ich ja wohl inzwischen mitbekommen. Und außerdem würdest du dann nicht jeden Nachmittag bei mir rumhängen und Computerspiele ausprobieren.«

»Wieso nicht? Du kannst das doch auch. Obwohl du eine Freundin hast. Verzeihung, eine Verlobte, meinte ich natürlich.«

»Das ist schließlich mein Job«, verteidigt sich Alex in meine Richtung, obwohl ich doch gar nichts gesagt habe. Es interessiert mich tatsächlich nicht. Jedenfalls nicht mehr als die Frage, der Joshua ganz offensichtlich ausweicht. Hat er nun eine Freundin oder nicht? »Sag mal, weichst du mir aus?«

»Du scheinst ja ganz schön interessiert an dem Thema zu sein«, kontert Joshua.

»Natürlich ist er interessiert an dem Thema«, komme ich Alex zur Hilfe. »Ich meine«, korrigiere ich mich, weil Joshuas Augenbrauen schon wieder ironisch in die Höhe schnellen, »das ist doch auch interessant. Jedes Lebenskonzept ist interessant. Vor allem, wenn es sich so sehr von dem eigenen unterscheidet. Was ich sagen will ...« Nicht mehr lange, und mir stehen Schweißperlen auf der Stirn von meinem eigenen Gebrabbel. Aber zum Glück hat Joshua Erbarmen mit mir.

»Derzeit habe ich keine feste Freundin, nein. Ich genieße das Leben einfach so.«

»Hier? In Heven?«, rutscht es mir heraus, aber er hat mir sowieso nicht zugehört, sondern scheint etwas abgelenkt.

»Ach, nun sieh mal einer an.« Ich folge seinem Blick und dann sehe ich es auch. Nils und Lotte schwofen gemeinsam über die Tanzfläche. Es sieht ein bisschen merkwürdig aus, weil Lotte einen halben Kopf größer ist als er, und doppelt so breit. Aber ihm scheint das egal zu sein. Er lächelt verzückt und knetet inbrünstig ihre Speckfalten. Als er meinen Blick auffängt, nimmt er die Hände von Lottes Taille. In einer entschuldigenden Geste hebt er die Schultern, aber ich winke großmütig ab.

131

»Weitermachen«, gestikuliere ich stumm und zögernd nimmt er die Umklammerung wieder auf.

»Na also. Jeder Bauer findet seinen Deckel«, sagt Joshua.

»Aber Nils ist gar kein Bauer«, gebe ich zu bedenken. »Und lenkst du etwa schon wieder ab?«

»Na schön, wenn ihr es unbedingt wissen müsst...« Er macht eine Kunstpause. Alex greift nach meiner Hand und gespannt sehen wir Joshua an. »... ich träume davon, auf dem Bauernhof eine Kommune zu gründen. Ökologisches, nachhaltiges Leben und freie Liebe. Das wär's!«

11.

Als ich gegen zwei Uhr nachts Hand in Hand mit Alex nach Hause stapfe, fühlen meine Füße und Augenlider sich bleischwer an. Die Lachkrämpfe, das viele Essen, all das war wirklich wahnsinnig anstrengend und ich möchte jetzt nichts mehr, als einfach nur in mein Bett sinken. Auf Alex hat das Marihuana jedoch einen etwas anderen Effekt. Den ganzen Abend schon hat er mehr als sonst an mir herumgestreichelt, und jetzt, da wir nicht mehr von fünfzig Dorfbewohnern dabei beobachtet und mit anzüglichen Kommentaren beworfen werden, gibt es für ihn kein Halten mehr. Kaum haben wir die Haustür hinter uns geschlossen, drückt er mich auch schon mit dem Rücken dagegen und beginnt, mich zu küssen.

»Bist du gar nicht müde?«, frage ich, als er meinen Mund mal für eine Sekunde freigibt, um an meinem Hals zu knabbern.

»Nö. Du?«

»Todmüde.«

»Ach, das wird schon wieder. Komm, wir gehen ins Schlafzimmer.«

Da bin ich sofort mit dabei, auch wenn ich fürchte, dass ich so schnell nicht zum Schlafen kommen werde. Irgendwo in meinen durch die Müdigkeit verklebten Gehirnwindungen freut sich etwas darüber, dass so etwas wie spontaner Sex in meiner Beziehung noch möglich ist. Dabei fällt mir etwas ein und ich beginne, in meiner Handtasche zu kramen.

»Was machst du denn? Leg das Ding weg.« Alex greift danach, aber ich habe schon gefunden, was ich gesucht habe. Konsterniert schaut er auf mein Telefon, das ich in diesem Moment entriegele. Dabei fällt mir auf, dass ich mehrere Anrufe von Corinna verpasst habe. Mist. War wohl auf lautlos geschaltet. Dabei fällt mir ein, dass sie gar nicht bei der Party war. Hat Alex ihr denn nicht Bescheid gesagt? »Willst du telefonieren? Jetzt?«

»Nein, nein.« Ungeduldig schüttele ich den Kopf und rufe meine Kinderwunsch-App auf. Dann sehe ich Alex bedauernd an. »Wir sollten lieber bis morgen warten.«

»Was?«

»Mein Eisprung ist übermorgen und deshalb ist es am besten ...«

»Dann machen wir es morgen eben noch mal.« Er beginnt, meine Bluse aufzuknöpfen.

»Aber du weißt doch, dass die Spermienqualität ...«

»Hör auf!« Abrupt lässt er mich los. »Bin ich hier eigentlich nur noch der Samenspender, oder was? Kann ich nicht mal am Tag meiner Verlobungsfeier mit dir schlafen, ohne dabei unbedingt ein Baby machen zu müssen?«

»Du tust ja gerade so, als würden wir sonst bei jedem Sex ein Baby machen«, gebe ich spitz zurück, »und das ist ja nun leider nicht der Fall.«

»Und das ist meine Schuld?«

»Das sage ich doch gar nicht. Es ist niemandes Schuld.« Wütend beginnt Alex, sich auszuziehen, aber jetzt ganz offensichtlich nicht mehr, um mit mir zu schlafen.

»Aber ich kann dir sagen, woran du ganz alleine Schuld bist«, giftet er mich an. »Nämlich daran, dass mir die Lust vergangen ist. Und wenn du jetzt sagst, umso besser, wir sollten ja sowieso lieber morgen, dann ... dann schläfst du auf dem Sofa!«

»Was?«

»Du hast mich genau verstanden.«

»Ja, ich habe dich verstanden, aber ich verstehe nicht, warum du so wütend bist. Was habe ich denn getan?« Leider kann ich nicht verhindern, dass mir bei diesen Worten die Tränen in die Augen schießen. Weil ich mich ungerecht behandelt fühle. Und vielleicht auch, weil Kiffen sentimental macht.

»Was du getan hast? Soll das ein Witz sein?«

»Nein, das soll kein Witz sein. Nur weil ich nicht mit dir schlafen will, gehst du auf mich los? Es muss ja wohl erlaubt sein, dass ich das immer noch selber entscheide.«

Einen Augenblick weicht der Ausdruck der Wut in seinen Augen echter Irritation. Aber nur kurz. Meine Worte hallen in meinem Kopf nach und mir wird klar, dass man sie sehr leicht falsch verstehen kann.

»Äh, warte mal.« Beschwichtigend hebe ich die Hände, während Alex' Gesicht eine bedrohlich rote Färbung annimmt. »Ich wollte damit nicht sagen ...«

»Du hast sie ja wohl nicht mehr alle.« Er klaubt meine Decke und mein Kissen von unserem Bett herunter und drückt sie mir so heftig in den Arm, dass ich beinahe umfalle. »Hier! Wahrscheinlich ist es tatsächlich besser, wenn du im Wohnzimmer schläfst. Nicht, dass ich mich möglicherweise mitten in der Nacht gegen deinen Willen auf dich stürze. Davor müssen wir dich unbedingt beschützen.« Er schiebt mich in Richtung Tür.

>> *Der Mann darf sich seiner Frau nicht verweigern, und genauso wenig darf sich die Frau ihrem Mann verweigern. Nicht die Frau verfügt über ihren Körper, sondern der Mann, und ebenso verfügt nicht der Mann über seinen Körper, sondern die Frau.«*

1. KORINTHER 7, VERS 2-4

»Jetzt warte doch mal. Das wollte ich dir doch gar nicht unterstellen. Ich habe mich nur unglücklich ausgedrückt.« Ich stoße die Fersen in den Holzfußboden, um Alex daran zu hindern, mich einfach aus dem Zimmer zu schieben. »Du hast das in den falschen Hals gekriegt.«

»Ach ja? Habe ich?« Der Druck seiner Hand auf meinem Rücken verschwindet, stattdessen steht er jetzt mit verschränkten Armen vor mir. »Du hast also nicht eben behauptet, ich würde dir das Recht absprechen, Nein zu sagen?«

»Ähm ...«

»Na?«

»Ja, schon. Aber so hab ich das nicht gemeint.« Bevor ich ihm erklären kann, wie ich es gemeint habe, unterbricht er mich.

»Ich bin nicht wütend, weil du nicht willst. Sondern weil du es jedes Mal schaffst, die wenigen leidenschaftlichen und romantischen Momente in unserer Beziehung zielsicher zu zerstören.«

»Jedes Mal?« Verletzt sehe ich ihn an.

»Immer geht es nur nach deinen Regeln.« Er sieht mich vorwurfsvoll an.

»Was denn für Regeln?«

»Na, zum Beispiel keinen Sex am Morgen.«

»Weil ich einfach gerne meine Zähne putze, bevor ich dich küsse.« Fast noch wichtiger ist mir, dass *seine* Zähne geputzt sind. Das sage ich aber lieber nicht.

»Und immer nur im Bett.«

»Das sage ich gar nicht.«

»Sogar nach dem Antrag musste ich erstmal die Kerzen auspusten.«

»Ich wollte nicht, dass das Haus abbrennt«, verteidige ich mich. »Und wir haben doch sogar noch gemeinsam darüber gelacht.«

»Ja. Aber in der Häufung ist es zum Weinen. Wenn das so weitergeht, dann sitzen wir in zwei Jahren in diesem Dorf herum und leben wie Brüderchen und Schwesterchen.«

»Du wolltest unbedingt aus Hamburg weg«, gehe ich zum Angriff über.

»Klar, dass du lieber in der Großstadt geblieben wärest. Da kann man sich ja auch so wunderbar von den eigentlichen Problemen ablenken. In Hamburg kann man jeden Abend etwas machen, sich mit wem treffen, ins Kino, Theater oder wohin auch immer gehen, aber das bringt noch lange nicht die Leidenschaft zurück in unsere Beziehung.« Zack! Das hat gesessen. Einen ewig langen Augenblick stehen wir voreinander, dann wende ich mich mit aller Würde, die ich aufzubringen vermag, zum Gehen. Meine Bettdecke schleift wie eine Schleppe hinter mir her, während ich langsam den Flur hinunter in Richtung Wohnzimmer gehe. Mit gespitzten Ohren lausche ich, ob Alex mir folgt. Denn das müsste er doch eigentlich, oder? Mir nachlaufen und beteuern, dass er das nicht so gemeint hat. Dass es natürlich nicht meine alleinige Verantwortung ist, dass die Leidenschaft in unserer Beziehung eingeschlafen ist. Aber hinter mir bleibt alles still. Ich verlangsame meine Schritte noch mehr. Da, jetzt höre ich es. Nackte Füße auf dem Holzboden des Schlafzimmers. Ich bleibe stehen, wende mich aber noch nicht um. Er muss zu mir kommen. Mit einem lauten Knall fällt die Schlafzimmertür ins Schloss und beraubt mich der Illusion, dass es doch noch zu einer Versöhnung mit Alex kommen kann. Wütend drücke ich mein Bettzeug fester an mich. Dann eben nicht.

Die Couch, auf der ich mein provisorisches Nachtlager aufschlage, ist sehr viel schmaler und klumpiger, als ich angenommen hatte. Fluchend versuche ich, eine einigermaßen bequeme Lage zu finden, dann verfalle ich in dumpfes Grübeln. So sieht er mich also, mein Verlobter? Ich bin hier die Spaßbremse? Na schön, auch wenn ich es ungern zugebe, heute war ich das. Vielleicht war die Nummer mit dem Handy wirklich ein bisschen … unpassend? Das schlechte Gewissen krabbelt mir langsam die Wirbelsäule hoch und nimmt mich in seinen Würgegriff. Also gut, heute – vielleicht. Aber das so zu verallgemeinern finde ich nach wie vor eine Frechheit. Wie oft geht Alex lieber in die Kneipe, um den blöden Bayern beim Gewinnen zuzusehen, statt einen romantischen Abend mit mir zu verbringen? Wie häufig sitzt er bis tief in die Nacht hinein am Computer, während ich alleine einschlafen muss? Na eben! Ich bin eine sehr leidenschaftliche Frau! Das kam ja erst heute Mittag in meiner Therapiesitzung mal wieder deutlich zum Ausdruck. Eine Gänsehaut überläuft mich, als ich an das Schäferstündchen mit Jesus denke. Ich starre an die Zimmerdecke und bin hellwach. Das kann ich nicht auf mir sitzen lassen. Es geht einfach nicht. Entschlossen stehe ich auf und stürme in Richtung Schlafzimmer.

»Wassnn?« Verschlafen richtet Alex sich im Bett auf, nachdem ich den Lichtschalter betätigt habe, und blinzelt mich schlaftrunken an. Dieser Anblick macht mich noch wütender. Wie kann der jetzt schlafen? Das ist ja mal wieder typisch Mann.

»Ich *bin* leidenschaftlich«, herrsche ich ihn an.

»Hmmm?« Mann, weiß er jetzt allen Ernstes nicht mehr, worüber wir gestritten haben?

»Ich bin eine leidenschaftliche Frau. Du bist nicht der Einzige, den es stört, wenn wir nur noch zwecks Fortpflanzung miteinander ins Bett gehen. Glaubst du etwa, der Sexualtrieb ist euch Männern vorbehalten?«

»Das nicht«, jetzt wird er wach, »aber manchmal habe ich das Gefühl, deiner ist dir abhanden gekommen. Du bist so sehr damit beschäftigt, immer alles zu zerdenken, dass ich langsam den Verdacht habe, deine Libido ist ausgezogen.«

»Mit meiner Libido ist alles in Ordnung.«

»Davon habe ich aber in den letzten Monaten nichts mitbekommen.«

»Tja. Du vielleicht nicht.« Kaum ist mir das rausgerutscht, möchte ich mir am liebsten die Zunge abbeißen. Aber es ist zu spät. Alex Augen verengen sich zu schmalen Schlitzen. Während er bis eben noch auf dem Bett gesessen hat, einen zerwühlten Deckenberg über seinen Beinen, springt er jetzt auf und stellt sich dicht vor mich.

»Was soll das denn heißen?«

»Nichts«, gebe ich viel zu schnell zurück. Obwohl ich versuche, seinem Blick standzuhalten, flackern meine Augen hin und her.

139

»Evi, das ist eine ziemliche Gemeinheit, so etwas zu sagen, nur um mich zu verletzen.«

»Ich sage das nicht, um dich zu …«

»Warum dann? Schläfst du mit einem anderen?« Sein Gesicht sieht plötzlich aschfahl aus. Ganz im Gegensatz zu meinem. Ich kann förmlich spüren, wie mir das Blut in den Kopf schießt. Was natürlich in dieser Situation richtig blöd ist. Eine knallrote Birne, das kommt einem Schuldgeständnis gleich. Alex sieht das genauso. »Evi«, sagt er tonlos. Er sieht nicht einmal wütend aus. Nur fassungslos.

»Ich schlafe nicht mit einem anderen Mann, Alex. Ich schwöre es«, sage ich rasch.

»Du bist eine schlechte Lügnerin. Das weißt du doch.« Wenn überhaupt möglich, werde ich noch röter.

»Ich weiß.«

»Du siehst aus wie das personifizierte schlechte Gewissen.«

»Ja, ich weiß«, sage ich erneut. »Aber es ist nicht so, wie du denkst.«

»Es ist nicht so, wie ich denke?« Er wendet sich abrupt von mir ab und beginnt, im Schlafzimmer auf und ab zu tigern. »Da frage ich mich seit Monaten, was mit uns los ist. Ich habe die ganze Zeit gedacht, dass es meine Schuld ist. Dass ich nicht romantisch genug bin. Oder zuviel Fußball gucke. Und dabei ist es ganz einfach. Du fickst mit jemand anderem.« Seine derbe Ausdrucksweise, die so gar nicht zu ihm passt, lässt mich zusammenzucken.

»Ich ficke nicht mit jemand anderem.« Meine Stimme klingt merkwürdig schrill. »Bitte, glaub mir doch.«

»Nein? Und warum hast du dann ein schlechtes Gewissen? Und warum sagst du, ich«, er zieht das Wort in die Länge, »bin der einzige Idiot, der von deiner ach so ausgeprägten Libido nichts mitbekommt?«

»Ich habe einfach auch Lust auf Sex mit anderen Männern«, schreie ich heraus, bevor mich der Mut verlässt. In der darauf folgenden Stille könnte man eine Stecknadel zu Boden fallen hören. »Und ich habe mit Benjamin Hybel rumgeknutscht«, schiebe ich noch hinterher, »es tut mir leid.«

»Du hast mit deinem Chef geknutscht?«, brüllt Alex so laut, dass mir die Ohren klingeln.

»Nein. Nein, natürlich nicht. Nicht mit meinem Chef. Mit … seinem Bruder.«

12.

Zwei Stunden später sitzen wir einander am Küchentisch gegenüber, unsere Weingläser krampfhaft von den Händen umschlossen. Mir ist so kalt, dass ich aufpassen muss, dass meine Zähne nicht aufeinanderklappern, aber ich wage es nicht, aufzustehen, um mir Hausschuhe oder dicke Socken anzuziehen. Ich traue mich nicht, den Blickkontakt zu Alex für auch nur eine Sekunde zu unterbrechen. Nicht, dass es besonders schön wäre, in seine Augen zu schauen. All die Verletztheit, Enttäuschung und Wut darin zu sehen. Aber ich fürchte, dass irgendetwas Schreckliches passiert, wenn die Verbindung zwischen uns abreißt. Bis in alle Einzelheiten muss ich ihm wieder und wieder erzählen, was zwischen Benjamin und mir gelaufen ist. Ich habe mich, nachdem ich so lange gelogen, oder besser gesagt, *geschwiegen* habe, für absolute Ehrlichkeit entschieden. Mittlerweile bin ich nicht sicher, ob das vielleicht ein Fehler war. Jedes kleine Detail, meine Bluse auf dem Boden des Fahrstuhls, Benjamins Hand in meinem Schritt, scheint Alex einen Dolchstoß ins Herz zu versetzen. Dennoch fragt er immer weiter. Und ich antworte. Draußen wird es langsam wieder hell und ich frage mich, ob ich vollkommen gefühlskalt bin, weil ich mich nach meinem Bett sehne. Alex ist hellwach.

»Ich kann nicht glauben, dass du mit mir hier rausgezogen bist. Meinen Heiratsantrag angenommen hast. Ohne Skrupel.«

»Ich hatte Skrupel«, unterbreche ich ihn. »Was denkst denn du? Es ist seitdem kein Tag vergangen, an dem ich nicht daran gedacht habe.«

»An diesen Benjamin?«

»Nein, nicht an Benjamin, sondern an die Tatsache, dass … ach komm, das kriegst du jetzt aber absichtlich in den falschen Hals. Ich habe mich schrecklich gefühlt. Ich bin sogar zu einem Therapeuten gegangen, weil ich solche Schuldgefühle hatte.« An seiner sich verfinsternden Miene kann ich ablesen, dass mich das in seinen Augen nicht entlastet.

»Zum Therapeuten?«

»Ja. Und er meinte, für eine Frau der heutigen Zeit … also, dass es nicht so schlimm sei, weil ich ja nicht mit Benjamin geschlafen … es war doch nur eine harmlose Knutscherei.« Mein Rumgestammel macht alles nur schlimmer.

»Ach so. Das sagt er also. Wie praktisch für dich.« Ich schweige betreten. »Es ist mir scheißegal, was der Typ sagt. Ich mag den Gedanken überhaupt nicht, dass du halbnackt mit einem fremden Kerl im Aufzug stehst.«

»Das verstehe ich ja.«

»Sehr nett von dir. Aber noch schlimmer finde ich, dass du mich die ganze Zeit angelogen hast. Meinst du nicht, dass ich ein Recht gehabt hätte, davon zu erfahren? Meinst du nicht, dass die Dinge sich dadurch für mich vielleicht geändert hätten?«

»Wie meinst du das?« Mein Mund fühlt sich staubtrocken an.

»Wie soll ich das schon meinen?« Er zuckt mit den Schultern und sieht plötzlich sehr müde aus.

»Willst du mich nicht mehr heiraten?« Das war es nicht wert, hämmert es in meinem Kopf. Eine blöde Fahrstuhlknutscherei, und dafür habe ich meine Beziehung aufs Spiel gesetzt? Bin ich eigentlich noch ganz bei Trost?

»Das solltest du mich vielleicht nicht unbedingt heute

Nacht fragen«, sagt Alex. In mir steigt die Panik hoch. Oh nein! Corinna hatte recht. Es wird keine Trauung zu bezeugen geben. Ich wünschte, ich könnte die Zeit zurückdrehen. Alex schiebt seinen Stuhl zurück und steht schwerfällig auf. »Wir sollten vielleicht versuchen, ein bisschen zu schlafen.«

»Jetzt?«

»Ja.« Er geht in Richtung Schlafzimmer davon. Wie betäubt bleibe ich sitzen, bevor ich auch aufstehe, meine Decke vom Wohnzimmersofa klaube und ihm folge. Fragend sieht er mich an. »Was wird das?«

»Ich möchte hier schlafen. Bei dir.« Entschlossen sehe ich ihn an. Er schüttelt den Kopf und fährt sich mit der Hand über die Augen.

»Evi, ich glaub, das ist nicht so eine gute Idee. Ich brauche ein bisschen …«

»Abstand?«, frage ich. »Nein! *Das* ist keine gute Idee. Wir müssen jetzt zusammenhalten.«

»Du tust gerade so, als hätte uns das Schicksal übel mitgespielt. Aber das Schicksal hatte damit nichts zu tun. Du ganz allein hast mir übel mitgespielt.«

»Ich weiß.«

»Und warum sollen wir dann zusammenhalten?«

Hilflos hebe ich die Schultern. »Bitte.« Etwas anderes fällt mir nicht ein. Wortlos stehen wir voreinander.

»Wenn es dich glücklich macht. Dann schlaf halt hier.« Ich habe schon herzlichere Einladungen gehört, aber da will ich jetzt nicht klagen. Erleichtert lege ich mich ins Bett, er kriecht unter seine Decke und wendet mir den Rücken zu.

Natürlich bekomme ich kein Auge zu. Ich versuche es gar nicht erst. Stattdessen lausche ich Alex' Atemzügen. Ein, aus, ein, aus. Dann ein Geräusch, das mir das Blut in den Adern gefrieren lässt. Erschrocken halte ich den Atem an. Da. Noch mal. Kein Zweifel. Alex weint. Obwohl Trost von mir wahrscheinlich das Letzte ist, was er jetzt will, schmiege ich mich von hinten an ihn und küsse seinen Nacken. Ich kann nicht anders. Er fährt so heftig herum, dass ich erschrocken zurückzucke.

»Tut mir l…« Er schneidet mir mit einem stürmischen Kuss das Wort ab.

Wir haben den besten Sex seit Jahren. So ungern ich das auch zugebe. Und so leid es mir tut, dass ich Alex dafür so verletzen musste. Aber die aufbrandenden Gefühle, Schuld, Eifersucht, Verzweiflung, Angst, ihn zu verlieren, mischen sich zu einem explosiven Cocktail sexueller Energie. Wir schlafen miteinander, als sei es das erste Mal. Oder das letzte Mal. Klammern uns aneinander wie zwei Ertrinkende. Wir weinen, wir lachen, wir kämpfen. Und schlafen irgendwann erschöpft ein.

Es ist schon spät am Samstagmittag, als ich wieder die Augen aufschlage. Das Bett neben mir ist leer. In Erinnerung an die letzte Nacht räkele ich mich verträumt – bis mir einfällt, was vor dem tollen Sex passiert ist. Ich schwinge die Füße aus dem Bett und mache mich auf die Suche nach Alex. Aber von ihm fehlt jede Spur. Er ist weder irgendwo im Haus noch im Garten, und als ich ihn anrufe, erklingen die ersten Takte von »You are always on my mind« aus seinem Arbeitszimmer, wo sein Handy verlassen über die Schreibtischplatte surrt. Unschlüssig stehe ich mit dem Telefon in der Hand da und bin ein bisschen beunruhigt. Auch wenn der letzte Teil der Nacht einfach sensationell war, ist für Alex ganz offensichtlich nicht alles wieder gut. Oder würde er sonst ohne ein Wort verschwinden? Da ich im Moment aber sowieso nichts unternehmen kann, kuschele ich mich in Alex' uralten Ledersessel, der im Erker des Zimmers steht, und rufe erst einmal Corinna zurück.

»Ich kann wirklich nichts dafür, Evi. Dieses verdammte Navi hat gestreikt und ich bin die ganze Nacht durch irgendwelche Kuhdörfer gegurkt«, sagt sie statt einer Begrüßung.

»Häh?«

»Alex hatte mir Bescheid gesagt, wegen der Überraschungsparty. Ziemlich kurzfristig, wenn ich das mal so sagen darf. Aber trotzdem habe ich natürlich nicht gezögert, sofort mein Date mit Mike abzusagen und …«

»Den hättest du doch mitbringen können.«

»Na schön. Ehrlich gesagt hatte Mike das Date abgesagt, fünf Minuten, bevor Alex mich angerufen hat. Wie auch immer, das ist doch jetzt vollkommen egal.«

»Natürlich. Und dann?«

»Dann habe ich mich ins Auto geworfen und bin zu euch gefahren. Nicht ohne vorher noch einen wunderschönen Blumenstrauß zu besorgen.«

»Danke.«

»Bedank dich nicht zu früh«, kommt es düster aus dem Hörer, »in meiner Wut, dass ich den Weg nicht finde, habe ich den irgendwann aus dem Fenster geworfen. Telefonisch konnte ich dich auch nicht erreichen.«

»Sorry, ich hatte mein Handy auf lautlos.«

»Gegen zwölf habe ich es aufgegeben und bin den Schildern zurück nach Hamburg gefolgt. Ich bin gestern 247 Kilometer gefahren.«

»Das tut mir leid.«

»Schwamm drüber. Wie war es denn?«

»Na also«, sagt sie, nachdem ich die Ereignisse der letzten Nacht zusammengefasst habe, »hab ich doch gleich gesagt: So ein kleiner Seitensprung kann eine Beziehung durchaus wieder in Schwung bringen.«

»Ich kann mich gar nicht daran erinnern, dass du das gesagt hast.«

»Nein? Na, vielleicht habe ich es auch nur gedacht. Aber das klingt doch alles ganz gut. Siehst du, es war gar nicht so schlimm, wie du immer getan hast.«

»Was soll das denn heißen? Glaub nicht, dass es eine besonders angenehme Nacht war, also, vor dem Sex meine ich jetzt.«

»Hmm, Versöhnungssex«, schnurrt Corinna in den Hörer, »das ist der beste.«

»Ja, schon«, gebe ich zu, »trotzdem bin ich nicht scharf darauf, so ein Gespräch wie gestern mit Alex noch mal wiederholen zu müssen. Er war wirklich sehr verletzt.«

»Und wie war er nun heute morgen so drauf? Beim Aufwachen?«

»Er war gar nicht mehr da. Ich weiß nicht, wo er steckt und sein Handy hat er hier gelassen.«

»Hm.«

»Das ist ein schlechtes Zeichen, oder?« Weil ich in meinem dünnen Nachthemd fröstele, stehe ich von meinem Sessel auf.

»Schwer zu sagen. Warte am besten erstmal ab, wie es wird, wenn er nach Hause kommt.«

»Danke. Prima Tipp!«, gebe ich ironisch zurück. Etwas anderes bleibt mir schließlich sowieso nicht übrig.

»Und es wäre nett, wenn die Einladung zu Eurer Hochzeitsfeier mit ein bisschen mehr Vorlauf eintrifft. Eine Wegbeschreibung könntet ihr auch gerne beilegen.«

Ich dusche. Ich frühstücke. Ich putze erst das Badezimmer, dann das Wohnzimmer, die Küche und schließlich den Rest des Hauses. Ich hole den Rasenmäher aus dem Schuppen und verliere bei dem Versuch, ihn anzuwerfen, beinahe einen Fuß. Statt der Wiese beschneide ich die Rosen. Einen großen Strauß der schönsten Exemplare stelle ich auf Alex' Schreibtisch. Dann fällt mir auf, dass ich das leibhaftige Klischee eines fremdgehenden Mannes bin. Von meiner Geschlechterzugehörigkeit jetzt mal abgesehen. Also stelle ich die Blumen lieber ins Wohnzimmer. Dann mache ich einen Spaziergang zum Flotten Iltis und erhalte von Dörthe drei riesige Taschen voller Überbleibsel vom Buffet. Alex hat sie auch nicht gesehen.

»Tut mir leid, min Deern.« Zuhause bereite ich aus den vegetarischen Resten ein Essen zu. Ich warte. Und warte. Und warte. Um einundzwanzig Uhr gehe ich vor Sorgen fast die Wände hoch. Wieso hat er sein Handy nicht mitgenommen? Und warum meldet er sich nicht? Klar, wahrscheinlich holt er sich jetzt den Abstand, den ich ihm gestern verwehrt habe. Aber muss das den ganzen Tag dauern? Ohne eine einzige Nachricht? Will er mich bestrafen? Er kann sich doch vorstellen, dass ich mich sorge. Zum tausendsten Mal sehe ich auf die Uhr. Seit neun Stunden ist er jetzt verschwunden. Vielleicht auch schon länger, was weiß ich, wann er sich davongeschlichen hat. Es juckt mich in den Fingern, die Polizei zu verständigen, aber die würden mir wahrscheinlich einen Vogel zeigen. Ein erwachsener Mann, der mal einen halben Tag seiner eigenen Wege geht. Das ist nun wirklich noch nicht genug für eine Vermisstenanzeige. Gerade bin ich im Begriff, 110 zu wählen, um mir diese Ansage persönlich abzuholen, als draußen Alex' Wagen vorfährt. Ich stürze an das Fenster und beobachte, wie er aus dem Auto steigt. Von hier sind zumindest keine Lackschäden oder Beulen in der Karosserie zu erkennen. Obwohl ich Alex nur von oben sehe, spüre ich seine schlechte Laune. Kurz entschlossen hechte ich zum Wohnzimmertisch, schnappe mir die Vase und schleppe sie in sein Zimmer. Alex poltert ungewöhnlich laut die Treppen hinauf. Ich atme tief durch, zwinge mich zu einem Lächeln und gehe ihm entgegen.

»Hallo.«

»Hallo.« Ohne mich eines Blickes zu würdigen, geht er an mir vorbei. Eine Wolke von Alkoholdunst umgibt ihn.

»Hast du getrunken?« Ich hefte mich an seine Fersen.

»Erraten.«

»Aber du bist doch mit dem Auto gefahren.«

»Stimmt. Das habe ich getan. Sonst noch was? Mami?« Sein aggressiver Tonfall lässt mich zurückschrecken.

»Bist du wahnsinnig?«, kann ich mir trotzdem nicht verkneifen.

»Was ist?« Er dreht sich zu mir um und sieht mich wütend an. »Sag bloß, das macht man nicht?«

»Du kannst doch nicht…«

»Ach, ich kann nicht? Ich darf nichts Verbotenes tun? Aber du, du kannst, ja?«

»Das ist doch was ganz anderes«, sage ich. »Du kannst doch Rumknutschen im Fahrstuhl nicht damit vergleichen, dein Leben und das der anderen Verkehrsteilnehmer aufs Spiel zu setzen, indem du betrunken Auto fährst.«

»Lass mich in Ruhe.« Abrupt dreht er sich um und verschwindet in seinem Arbeitszimmer. Zehn Sekunden später steht er wieder vor mir. Mit der Vase in der Hand. Ich hätte sie doch nicht da hinstellen sollen. In Alex' Augen blitzt es so bedrohlich, dass ich befürchte, die Blumen könnten gleich an der gegenüberliegenden Wand landen. Deshalb greife ich schnell danach.

»Entschuldige. Ich dachte, sie würden dir vielleicht gefallen.«

»Ich brauche Platz auf meinem Schreibtisch.«

»Okay.« Ich stelle die Blumen ab, drehe mich wieder um und zucke zusammen, weil Alex ganz dicht vor mir steht. Er sieht immer noch böse aus. Aber da ist auch noch etwas anderes in seinen Augen. Seine Hand legt sich besitzergreifend um meine Taille und zieht mich zu sich. »Ähm, was ist denn jetzt los?« Er küsst mich. Es ist ein ganz merkwürdiger Kuss. Nicht unbedingt ein Ausdruck seiner großen Liebe zu mir, das kann man nun wirklich nicht behaupten. Irgendwie hat es sogar eine gewisse Feindseligkeit, wie er seine Lippen auf meine presst. Dann löst er sich abrupt von mir, greift nach meiner Hand und zieht mich hinter sich her in sein Arbeitszimmer.

Nachher liegen wir, in eine kratzige Wolldecke geschlungen, unter seinem Schreibtisch. Mit dem Zeigefinger male ich Kreise auf Alex' nackte Brust und kann nicht fassen, dass wir plötzlich wieder Sex haben wie in unseren Anfangstagen. Hat Corinna Recht? Hält so ein kleiner Seitensprung die Liebe frisch? Irgendwas muss ja dran sein. Ich mustere Alex von der Seite, wie er an die Decke starrt. Und obwohl er mich jetzt an sich zieht und meine Stirn küsst, weiß ich, dass er immer noch verletzt und wütend ist. Das ist der Nachteil an der Sache. Und der Grund, weshalb ich, toller Sex hin oder her, das Ganze nicht zur Nachahmung empfehlen würde.

»Du, Alex.« Ich beginne wieder, meine Kreise zu ziehen.

»Hmm?«

»Es tut mir wirklich leid. Ich wollte dir nicht wehtun.«

»Ja. Ich weiß.« Er dreht sich auf die Seite und sieht mir in die Augen. »Evi. Ich habe nachgedacht. Über das, was du gesagt hast.«

»Jaaa?« Ich krame in meinem Gedächtnis. Was habe ich gesagt? Ich habe eine Menge gesagt. Was meint er?

»Du hast gesagt, dass du Lust auf Sex mit anderen Männern hast.« Ich laufe knallrot an. Das meint er.

»Hm, ja, das habe ich wohl gesagt.«

»Und hast du es auch so gemeint?«

»Ähm, na ja, also …« Während ich mit so ziemlich jedem Fülllaut, der mir einfällt, Zeit zu schinden versuche, fällt ein Schatten über Alex' Augen. »Hast du nie Lust auf Sex mit anderen Frauen?«, gehe ich zum Angriff über. »Angeblich checkt ihr Männer doch bei jedem Erstkontakt, ob ihr mit der Frau ins Bett gehen würdet oder nicht.« Ein klitzekleines bisschen scheine ich ihn überrumpelt zu haben. Doch er fängt sich rasch.

»Mag sein. Vielleicht unterbewusst.«

»Und begegnest du nie einer Frau, die du sexy findest? Und mit der du gerne schlafen würdest?«

»Geht es jetzt hier um mich?« Gereizt richtet er sich halb auf. »Habe ich mich etwa in einem Fahrstuhl fremdvergnügt?«

»Nein, natürlich nicht«, gebe ich schnell zu und versuche, ihn wieder zu mir herabzuziehen. Ohne Erfolg.

»Aber deine Fragen sind eigentlich schon Antwort genug. Du hast Lust auf andere Männer. Dann ist es also nur eine Frage der Zeit, wann so etwas wieder passiert.«

»Nein!«

Einen Bund schloss ich mit meinen Augen, nie eine Jungfrau (oder einen Jüngling? Anmerkung von Evi Blum) lüstern anzusehen.«

Hiob 31, Vers 1

»Nein? Woher willst du das wissen? Das mit Benjamin ist ja angeblich auch einfach so passiert, ohne dass du es wolltest.«

»Das war eine Ausnahmesituation. Ich war so enttäuscht, weil ich wieder nicht schwanger war.«

»Das ist ne super Ausrede.«

»Und ich war betrunken.«

»Die ist ja fast noch besser.« Er steht auf und zieht die Decke dabei mit hoch. Eine Gänsehaut läuft über meinen nackten Körper. »Was sagt denn dein Therapeut dazu?« Mein Therapeut. Schnell senke ich den Blick. Was ich jetzt am allerwenigsten möchte, das ist, ausführlich über meine Therapiesitzungen zu sprechen. »Kann er das heilen?«

»Heilen?« Empört sehe ich zu Alex hoch. Hat der sie noch alle? »Wie soll ich das denn verstehen? Meinst du etwa, ich bin krank?«

»Du nicht?«

»Nein.«

»Und warum bist du dann zum Therapeuten gegangen?« Das ist wohl eine berechtigte Frage. Dennoch, nur weil ich glaube, mit mir stimmt irgendetwas nicht, will ich mir das noch lange nicht von meinem Verlobten sagen lassen.

»Es ist ganz natürlich, ein gewisses Interesse am anderen Geschlecht zu haben«, sage ich aggressiver als beabsichtigt.

»Mag sein. Aber das in die Realität umsetzen und jeden Mann gleich bespringen zu müssen …«

»Ich bespringe nicht jeden Mann!« Ich reiße Alex die Wolldecke aus den Händen, weil ich mir in meiner Nacktheit noch schutzloser vorkomme als sowieso schon. Außerdem ist mir kalt. »Du hast doch gehört, was dein Freund Joshua gesagt hat«, fällt mir ein, »dass Monogamie gar nicht praktikabel ist. Und dass nur fünf Prozent der Säugetiere überhaupt monogam sind.« Alex starrt mich an, als sei ich eine Erscheinung.

»Das ist doch nicht dein Ernst«, sagt er nach einer schier endlosen Pause.

»Ich weiß nicht.« Unschlüssig zucke ich die Schultern.

»Was ist? Willst du hier vielleicht auch eine Kommune eröffnen?«

»Nein.« Heftig schüttele ich den Kopf. »Natürlich nicht.«

»Was dann? Eine offene Beziehung? Jeder schläft, mit wem er will?«

»Alex …«

»Na los, raus damit. Sag doch mal.« Meine Gedanken rasen. Wenn ich in Alex Augen sehe, dann erkenne ich, dass dies hundertprozentig nicht der richtige Zeitpunkt ist, eine offene Beziehung zu diskutieren. Mal ganz davon abgesehen, dass diese Lösung ja bedeuten würde, dass auch Alex mit anderen Frauen schläft. Und ich habe keine Ahnung, wie ich das verkraften würde. Andererseits, wenn ich dafür mit Joshua …? Ich greife nach Alex' Hand und drücke mich an ihn. Die Wolldecke wickele ich dabei wieder um uns beide. Seine kühle Haut berührt meine an der gesamten Vorderseite meines Körpers. Ich rieche seinen Duft und lege die Wange an seine Brust.

»Alex«, sage ich leise, »können wir nicht einfach mal in Ruhe darüber sprechen, ohne die Idee sofort zu verurteilen?«

13.

Zehn Minuten später stehe ich auf unserem Hof. Die Haustür schlägt krachend ins Schloss. Was natürlich irgendwie albern ist. Schließlich habe ich einen Schlüssel. Er befindet sich in meiner Handtasche, die mich Alex gnädigerweise noch vom Garderobenhaken hat reißen lassen, bevor er mich an die Luft gesetzt hat. Zusammen mit meinem Koffer, den er, vor Wut schäumend, für mich gepackt hat, während ich dabei stand und fassungslos zuschaute. Wenn ich nicht so unter Schock stünde, würde ich vermutlich darüber lachen, dass er zehn Paar Socken, keine Unterhose, einen Pullover, zwei Jeans und ein Abendkleid hineingeworfen hat. Die Klamottenfrage ist aber eigentlich das kleinste meiner Probleme. Was mache ich denn jetzt? Mittlerweile ist es halb elf. Wo soll ich schlafen? Am liebsten würde ich einfach wieder reingehen, aber so wie Alex eben drauf war, sollte ich ihm vielleicht nicht allzu schnell wieder unter die Augen treten. Bedrückt sehe ich auf meine linke Hand herunter, genauer gesagt, auf die schmale Druckstelle, die rund um den Ringfinger verläuft. Klar, ich mochte ihn nicht besonders. Und lange getragen habe ich ihn auch noch nicht. Dennoch fehlt mir mein Verlobungsring. Außerdem tut mir der Knöchel weh, weil Alex ihn mir nicht eben sanft vom Finger gezogen hat. Ich spüre, wie mir die Kälte die Beine hinaufkrabbelt. Zu allem Überfluss verdient der diesjährige Sommer diesen Namen nicht. Zumindest abends ist es empfindlich kühl und in der ganzen Aufregung war ich auch nicht viel besser als Alex, was meine Kleiderwahl betrifft. Oder warum sonst stehe ich hier in Rock und Flip-Flops? Ich trete von einem Bein aufs andere, während ich in meiner Handtasche nach meinem Handy krame. Hoffentlich ist Corinna zu Hause. Gerade will ich ihre Nummer wählen, als jemand um die Ecke biegt.

»Evi? Was machst du denn hier draußen?« Verwundert wandert Joshuas Blick über meinen merkwürdigen Aufzug und den Koffer neben mir. »Ist alles in Ordnung bei euch?« Weil ich nicht weiß, was ich darauf antworten soll, zucke ich nur mit den Schultern. Was soll ich auch sagen? Dass Alex mich rausgeschmissen hat? Einen Tag nach unserer Verlobungsfeier? Nur über meine Leiche. Am Ende fragt Joshua auch noch, weshalb. »Ich hab euch streiten hören.« Er kommt auf mich zu und trotz der Dunkelheit kann ich seine hellen Augen leuchten sehen. »Wollte euch natürlich nicht belauschen, aber ... ich glaube, das Fenster war offen.«

»Oh.« Ich sehe Alex' Arbeitszimmer vor mir. Ja, das Fenster stand tatsächlich auf Kipp. Die ganze Zeit. »Oh«, sage ich noch einmal und laufe rot an. Dann war der Streit sicher nicht das Einzige, was Joshua mitbekommen hat.

»Keine Sorge«, er grinst, »ich bin gerade erst nach Hause gekommen.«

»Ach so. Gut.« Kurz entspanne ich mich, bis mir diese Aussage komisch vorkommt. Misstrauisch sehe ich ihn an und er grinst.

»Ich habe nur euren Streit mitbekommen. Nichts ... davor.«

»Haha. Sehr witzig.«

»Hat er dich etwa rausgeschmissen?« Ich schlucke. Wenn jemand anderes das sagt, klingt es noch schlimmer als in meinem Kopf. Ich nicke und blicke zu Boden. »Willst du

155

mit mir schlafen?« Ich reiße den Kopf hoch und starre ihn an.

»Was hast du gesagt?«

»Ob du bei mir schlafen willst. Du kannst doch nicht hier draußen übernachten. Und bei mir ist genug Platz.«

»Nein«, stoße ich hervor und gehe einen Schritt zurück. »Ich meine, das ist sehr nett von dir, aber ... Ich schlafe bei meiner Freundin.« Wie zum Beweis halte ich mein Handy in die Höhe. »Sie holt mich gleich ab. Aus Hamburg.«

»Ah. Das ist ja gut.«

»Ja.« Ich greife nach meinem Koffer und gehe in einem weiten Bogen um Joshua herum in Richtung Hoftor. »Das ist gut. Sehr gut. Ich ... stelle mich schon mal an die Straße. Und warte dort auf sie. Da haben wir uns verabredet. An der Straße. Damit sie nicht auf den Hof fahren muss.«

»Ich verstehe.«

»Gut. Dann ... also, ich gehe dann mal.«

»Mach das.« Mit einiger Anstrengung reiße ich den Blick von Joshua los und marschiere in Richtung Einfahrt, als mir noch etwas einfällt.

»Könntest du dich um Alex kümmern? Bitte?«

»Klar. Das mache ich.« Er geht auf die Haustür zu und drückt den altmodischen Klingelknopf. Ich nehme die Beine in die Hand und mache, dass ich vom Hof komme.

An der Straße angekommen, lasse ich den Koffer fallen und atme tief durch. Ganz ruhig, Evi. Du hast dich einfach verhört. Kann ja mal passieren. Nur fange ich leider langsam ebenfalls an, an meinem Geisteszustand zu zweifeln, wenn das liebenswürdige Couch-Angebot meines Nachbarn von mir als Aufforderung zum Sex uminterpretiert wird. Vielleicht hat Alex doch recht. Vielleicht bin ich wirklich krank. Fünfzehn Mal hintereinander versuche ich, Corinna zu erreichen. Jedes Mal geht nur die Mailbox dran. Meine Nachrichten werden immer verzweifelter, aber das ändert nichts an der Tatsache, dass sie ihr Telefon offensichtlich ausgeschaltet hat. Wahrscheinlich lauscht sie gerade mal wieder einem von Mikes blöden Konzerten. Frustriert lasse ich das Handy in meine Tasche zurückgleiten und sehe die Straße hinunter. Und nun? Es ist nicht so, dass ich in Hamburg nicht noch mehr Freunde hätte. Aber wenn ich es recht bedenke, sind die meisten von ihnen doch eher Bekannte. Mit denen man ins Theater geht oder ins Kino. Mal zu einer Dinnerparty. Aber niemand, den ich so ohne weiteres um elf Uhr nachts um einen Schlafplatz anhauen kann. Inklusive Abholung, denn mittlerweile musste ich feststellen, dass mein Autoschlüssel sicher, warm und trocken am Schlüsselbord hängt. Na klar, vielleicht könnte ich mich leise reinschleichen und ihn stibitzen. Um wohin zu fahren? Erneut versuche ich es bei Corinna. Wieder nur die Mailbox. Langsam trotte ich zurück in den Hof und sehe zum Wohnzimmerfenster hinauf. Fast wünsche ich mir, Joshuas Angebot nicht so schnell ausgeschlagen zu haben. Dann würden wir jetzt gemeinsam auf seinem Sofa sitzen. Er würde mir zuhören, nicht Alex. Meine Version der Geschichte hören. Und mir beipflichten, dass alles gar nicht so schlimm ist. Es war doch nur ein Vorschlag. Noch nicht einmal das. Und überhaupt war das Ganze ja nicht meine Idee, sondern die von Joshua. Ich hoffe, dass er Alex ein bisschen beruhigen kann. Schon wieder fummelt mein linker Daumen an der leeren Stelle am Ringfinger herum. Ich hätte nicht gedacht, dass ich mich so schnell daran gewöhnen, ihn so schnell vermissen würde. Zum gefühlt hundertsten Mal wähle ich Corinnas Nummer. Da, endlich. Dieses Mal ertönt das Freizeichen, statt sofort auf die Mailbox umzuleiten. Einmal, zweimal. Doch da ist leider noch ein Ton. Ein Dreiklang, der nichts Gutes verheißt.

»Hallo Süße«, höre ich Corinna noch sagen, bevor mein Akku abschmiert. Na toll.

Weil es mein Stolz nicht zulässt, bei Alex zu Kreuze zu kriechen und um Unterschlupf für die Nacht zu bitten, baue ich mir schließlich ein Lager aus den alten Gartenstuhlauflagen, die in der Garage auf den Tag warten, an dem wir sie endlich zum Sperrmüll bringen. Ich kann mich noch gut daran erinnern, wie ich Alex verflucht habe, dass er die Dinger nicht vor unserem Umzug entsorgt hat. Manchmal erkennt man erst im Nachhinein, warum die Dinge so laufen, wie sie laufen. Ich bin ja mal gespannt, ob sich auch die Nummer mit Benjamin irgendwann als Segen herausstellen wird. Ehrlich gesagt bezweifle ich das. Ich ziehe den von Alex so liebevoll für mich eingepackten Pullover an und sehe mich suchend nach irgendetwas um, das man als Zudecke benutzen könnte. Aber warum sollte es hier so etwas geben? Widerwillig wende ich mich schließlich dem Altpapierstapel zu, der fein säuberlich gestapelt ebenfalls auf seine Entsorgung wartet und decke mich mit mehreren Schichten des »Hamburger Abendblatts« zu. Man mag es nicht glauben, aber eine gewisse Wärme lässt sich so tatsächlich erzielen. Es ist also gut möglich, dass ich die Nacht überlebe. Manchmal, wenn alles grau aussieht, muss man sich an den kleinen Dingen erfreuen. An Schlafen ist natürlich nicht zu denken. In meiner jetzigen Situation sehne ich mich sogar nach dem klumpigen Wohnzimmersofa zurück. Alles eine Frage der Perspektive. Ich liege also hellwach in unserer Garage herum, während mein Gedankenkarussell in einem

Affenzahn vor sich hin kreiselt. Will Alex mich wirklich verlassen? Ich meine, ernsthaft? Oder war der Rausschmiss nur eine impulsive Kurzschlussreaktion? Das mit der offenen Beziehung war eine Schnapsidee. Das ist mir spätestens jetzt auch klar. So etwas mag etwas für Freigeister wie Joshua sein, aber ganz sicher nichts für Alex. Der jetzt auch nicht gerade ein Spießer ist, das will ich damit nicht sagen. Aber für mein Problem muss ich eine andere Lösung finden. Und das werde ich auch.

Gefühlte fünf Stunden später bin ich immer noch wach, als ich vor der Garage ein Geräusch höre. Ich hebe den Kopf und lausche angestrengt, dann krabbele ich mit steifen Gliedmaßen von meinem Lager, schleiche zum Garagentor und werde Zeugin eines herzlichen Abschiedes zwischen Alex und Joshua. Sie liegen sich in den Armen und reden irgendeinen betrunkenen Blödsinn. Alex scheint bester Laune zu sein. Trotz meiner Schuldgefühle spüre ich einen leichten Unwillen in mir aufkeimen. Und die Versuchung, Joshua, der jetzt langsam, als könnte ihn nichts auf dieser Welt aus der Ruhe bringen, über den Hof schlappt, hinterherzulaufen. Ihn zu fragen, ob das Angebot mit der Couch noch steht. Aber ich traue mich nicht. Vielleicht traue ich auch mir nicht. In keinem Fall ist es eine gute Idee, die Nacht bei einem anderen Mann zu verbringen. Ich habe das untrügliche Gefühl, dass ich Alex damit noch mehr verärgern würde. Also krieche ich seufzend zurück unter meine Zeitungen und hoffe, dass es bald Morgen wird.

Ein ohrenbetäubender Lärm direkt neben mir weckt mich aus dem Schlaf, in den ich überraschenderweise doch noch gefallen sein muss. Als ich den Mund öffne, um mich über diesen unsanften Weckruf zu beschweren, atme ich einen Schwall

Abgase ein. Mit einem Satz bin ich auf den Beinen, um mich herum fliegt das Zeitungspapier und ich versuche, durch Spucken den Rußgeschmack von der Zunge zu bekommen. Im Rückspiegel von Alex' Volvo sehe ich seine weit aufgerissenen Augen. Der Motor erstirbt, die Fahrertür wird aufgerissen.

»Was zum Teufel machst du denn hier?«

»Was ... soll ich ... hier schon machen?«, frage ich, durch Hustenanfälle unterbrochen. »Ich schlafe hier.« Ich huste und spucke und pruste, dann richte ich mich entkräftet auf. »Du hast mich rausgeworfen. Schon vergessen?« Statt einer Antwort beginnt Alex zu lachen. Irritiert sehe ich ihn an. Ist der jetzt vollkommen verrückt geworden? »Was ist so komisch daran?« Als Antwort eine weitere Lachsalve. »Freut mich, dass ich dich amüsiere.« Mit aller Würde, die ich aufbringen kann, greife ich nach Koffer und Handtasche. »Wenn du erlaubst, würde ich kurz mal dein Bad benutzen. Und wenn es nicht zu viele Umstände macht, auch deine Steckdose. Mein Handy ist nämlich leer. Was ist denn so lustig, verdammt noch mal?« Alex hat mittlerweile Tränen in den Augen.

»Warte, Evi, warte«, bringt er mühsam hervor und hält mich, als ich an ihm vorbeigehen will, am Arm fest.

»Worauf?«

»Evi, du siehst zum Schreien komisch aus.« Beleidigt entwinde ich mich seinem Griff.

»Ich möchte mal sehen, wie du nach einer Nacht in der Garage aussiehst.« Damit rausche ich an ihm vorbei und zur Haustür. Es ist mir egal, dass es eigentlich sein Haus ist. Ich wohne hier auch. Und ich muss jetzt wirklich dringend aufs Klo. Als ich am Flurspiegel vorbeigehe, stutze ich. Alex erscheint hinter mir, noch immer breit grinsend.

Ich sehe aus wie ein Schornsteinfeger.

»Das muss man sich mal vorstellen, was für ein Mist aus der Karre rauskommt«, schimpfe ich, während ich versuche, mit Feuchttüchern den Schmierfilm von meinem Gesicht zu wischen. »Guck dir das mal an.« Alex bemüht sich um ein angemessen betroffenes Gesicht, was ihm wegen seiner zuckenden Mundwinkel nur unzureichend gelingt. Ich will gerade eine bissige Bemerkung machen, als mir einfällt, dass er mir so immer noch lieber ist als zutiefst verletzt. Oder außer sich vor Wut. Deshalb ringe ich mir ein schiefes Grinsen ab. »Wohin wolltest du eigentlich mit dem Auto?« Das ist wohl eine berechtigte Frage, schließlich arbeitet Alex von Zuhause aus.

»Na, ich wollte dich suchen.« Ich bin so überrascht, dass ich meine Reinigungsversuche unterbreche.

»Mich suchen?«

»Ja. Weil ich dich nicht erreichen konnte auf dem Handy, hab ich angefangen … na ja. Ich hab mir eben Sorgen gemacht.«

»Mein Akku war leer«, erkläre ich sachlich, um meine Rührung zu verbergen. Und auch meine Hoffnung.

»Corinna hat mich eben angerufen und sagte, du hättest ihr in der Nacht ungefähr zwanzig Nachrichten auf die Mailbox gesprochen und seist dann nicht mehr erreichbar gewesen.«

»Oh. Ach so.« Meine Laune sinkt. Dann war es also Corinna, die sich Sorgen um mich gemacht hat. Nicht Alex.

»Du solltest sie vielleicht mal anrufen.«

»Ich sehe sie doch sowieso gleich im Büro. Scheiße. Wie spät ist es?«

»Gleich neun.«

»Verdammt!«

»Frau Blum, das ist ja schön, dass sie uns dann doch noch mit Ihrer Anwesenheit beehren«, werde ich von meinem Chef begrüßt, als ich um kurz vor zehn ins Büro gekeucht komme.

»Tut mir leid, ich …«

»Sparen Sie sich Ihre Ausreden. Na los jetzt. Hopp hopp.« Während ich gesenkten Hauptes an meinen Schreibtisch eile, frage ich mich, wie jemand, der »Hopp hopp« sagt, einen Bruder wie Benjamin haben kann. Von Corinna werde ich begrüßt, als sei ich in dieser Nacht knapp dem Tod entronnen. Die finsteren Blicke von Herrn Hybel veranlassen sie jedoch, ihre Umklammerung schnell zu lösen und sich wieder hinzusetzen. Während sie konzentriert auf den Monitor blickt, zischt sie zwischen den Zähnen hindurch: »Was war denn los bei euch? Erst hinterlässt du mir zwanzig Nachrichten, eine wirrer als die Nächste, und dann ist die ganze Nacht dein Handy aus. Es hätte nicht viel gefehlt, und ich wäre zu euch rausgefahren. Aber ohne Navi? Vergiss es! Sag schon, was ist passiert?« Eigentlich habe ich keine große Lust, ihr die ganze Geschichte zu erzählen. Ich weiß nämlich sowieso schon, was sie sagen wird. Ich tue es trotzdem, wie man das mit der besten Freundin eben tut. Und richtig! »Evi!« Sie schüttelt den Kopf und riskiert sogar einen strafenden Seitenblick, bevor sie wieder auf ihren Bildschirm starrt, damit es nach harter Arbeit aussieht. Ich tue es ihr gleich. »Das bist du vollkommen falsch angegangen, Evilein. Sieh mal, bei pikanten Themen ist es immer das Gleiche: Man muss sie ansprechen, wenn man so weit wie nur irgend möglich von der Situation entfernt ist. Wenn du beispielsweise willst, dass er im Bett etwas anders macht, dann sag ihm das, während ihr zusammen den Abwasch macht. Oder Wäsche faltet. Aber nicht, während er gerade dabei ist, zielsicher deine erogenen Zonen zu verfehlen. Genauso wenig

darfst du den Wunsch äußern, mit anderen Männern zu schlafen, wenn das gerade ein heißes Eisen zwischen euch ist. Das
ist doch klar. Wenn er einer offenen Beziehung zustimmen soll,
dann geht es darum, ihm schmackhaft zu machen, dass er mit
anderen Frauen schlafen darf. Und ihn möglichst nicht daran
zu erinnern, dass im Umkehrschluss du möglicherweise auch
mit anderen Männern Sex haben wirst. Kapiert?«

»Ich glaube, ich will gar keinen Sex mehr mit anderen. Ich
will Alex.« Ich versuche genauso leise zu sprechen wie Corinna. Das ist gar nicht einfach in meinem emotionalen Zustand.

»Und was ist mit Joshua?«, flüstert sie zurück.

»Der ist doch sowieso tabu. Die beiden sind mittlerweile
wie Max und Moritz. Da geht kein Blatt zwischen. Und ich
bestimmt nicht. Nein, das Ganze ist eine Schnapsidee. Ich will
meine Beziehung retten.«

»Hmmm. Irgendeine Ahnung, wie du das anstellen wirst?«
Ich zucke mit den Schultern.

»Ich werde Alex sagen, dass ich ihn und keinen anderen will.
Und dass ich ab sofort treu wie Gold sein werde. Und dass …«
Ein schriller Schrei von Corinna unterbricht mich. »Was ist?«
Corinna hält sich erschrocken den Mund zu, aber da kommt
Herr Hybel schon wie von der Tarantel gestochen auf uns
zugeschossen. Gerade noch rechtzeitig kann Corinna das
Facebook-Fenster auf ihrem Rechner schließen, bevor er sich
vor ihr aufbaut.

»Was schreien Sie denn so?«

»Ich … also, ich …« Wenn Corinna, die in allen Lebens-
lagen reden kann, nur ein Stammeln zustande bringt, dann
muss es schlecht um sie stehen.

»Sie hat eine Fliege verschluckt.« Ich klopfe Corinna kräf-
tig auf den Rücken. »Sie hatte sich in ihre Kaffeetasse verirrt

und ist dort ertrunken. Und beim nächsten Schluck … Sie verstehen?« Corinna sieht mich mit großen Augen an. »Es war zum Glück keine Wespe. Nur eine normale Fliege. Die ist in Nullkommanix verdaut. Kein Problem.« Ich kann es selbst kaum fassen, dass Hybel mir glaubt, aber nach einem kurzen Grummeln verzieht er sich tatsächlich wieder in sein Büro. »Was war denn?«

»Hier!« Corinna öffnet wieder ihre Facebookseite und starrt auf ein Foto, das Mike mit einer vollbusigen Blondine zeigt. *Mike Röder war mit Leonie Bussmann hier: Haus 73 Hamburg*, steht darunter. »Dieser Scheißkerl.«

»Ich dachte, du wärest gestern mit Mike unterwegs gewesen?«

»Falsch gedacht.«

»Und warum war dein Handy dann den ganzen Abend aus?«

»Eben«, wütet Corinna. »Warum fragst *du* mich das und nicht Mike, für den ich es schließlich ausgeschaltet habe?«

»Ich verstehe nur Bahnhof.«

»Ich wollte ihm mal zeigen, dass ich nicht unentwegt für ihn verfügbar bin. Dass ich nicht zu Hause sitze und auf seinen Anruf warte. Deshalb hatte ich mein Handy ausgestellt. Damit er sich wundert, wo ich den ganzen Abend bin, wenn er anruft.«

»Und wo warst du?«

»Zu Hause.« Sie wird rot und beißt sich auf die Lippen. »Und als ich es um elf nicht mehr ausgehalten habe, da waren zwanzig Nachrichten von dir auf der Mailbox. Aber keine einzige von ihm. Stattdessen war er mit dieser Leonie unterwegs. Dieses Schwein.« Na eben. Eine offene Beziehung heißt noch lange nicht, dass man keine Probleme hat.

14.

Obwohl ich von Alex keine offizielle Einladung zum Wieder-Einzug erhalten habe, fahre ich nach Büroschluss zurück nach Heven. Wo sollte ich auch sonst hin? Dennoch habe ich ein mulmiges Gefühl, als ich den Schlüssel im Schloss herumdrehe. Mit angehaltenem Atem betrete ich den Flur und höre gleich darauf eilige Schritte im ersten Stock.

»Du bist ja schon da«, ruft Alex mir noch von oben zu und kommt die Stufen herunter. Ich bin gerade dabei, meine Jacke auf den Garderobenhaken zu hängen, halte mitten in der Bewegung inne und wappne mich für einen erneuten Rausschmiss. Und richtig. »Du kannst die Jacke gleich anbehalten.« Obwohl ich irgendwie damit gerechnet habe, schießen mir die Tränen in die Augen. Gleichzeitig schimpfe ich mich selbst eine blöde Kuh. Eine halbe Stunde stand ich wieder vor dem Elbtunnel im Stau. Und wofür? Um von Alex sofort wieder aus dem Haus komplimentiert zu werden. So eine Gemeinheit. Corinna hatte also doch recht und ich hätte gleich ihr Angebot annehmen sollen, bei ihr zu übernachten.

»Wenn du meinst.« Ich tue so unbeteiligt wie möglich und ziehe die Jacke wieder an. Alex kommt auf mich zu, steht ganz dicht vor mir. Ich schaffe es nicht, ihm in die Augen zu schauen, sondern wende mich ab. In Richtung Tür.

»Warte«, sagt er und greift ebenfalls zur Garderobe. »Ich komme mit.« Überrascht bleibe ich stehen und sehe ihn an. Er sieht nicht feindselig aus.

»Du kommst mit? Zu Corinna?«

»Zu Corinna? Nein. Ich will dich zum Essen einladen.«

»Ehrlich? Warum?«

»Wir müssen reden.«

»Oh.« Diese drei Worte treffen mich wie ein Schlag in die Magengrube. Ich beiße mir auf die Lippen und murmele: »Okay.« Dann wende ich mich schnell ab und öffne die Haustür. Wir müssen reden, wir müssen reden, hämmert es in meinem Kopf. Das kann nur eins bedeuten. Da mache ich mir nichts vor. Wir müssen reden, das ist der international gültige Code für: Es ist vorbei. Wir müssen darüber reden, wann ich ausziehe, wie wir die Möbel verteilen und die Bücher auseinanderdividieren. Ob wir Freunde bleiben können und wie wir es unseren Eltern sagen. Obwohl ich meine Mutter nur zu Weihnachten und meinen Vater gar nicht sehe, macht mir der letzte Punkt besonders zu schaffen. Ich spüre einen Schluchzer in meiner Kehle aufsteigen, und obwohl ich die Lippen so fest zusammenpresse, dass es wehtut, dringt er nach draußen. Es klingt wie das Winseln eines Welpen, dem man auf den Schwanz getreten ist.

»Was ist?«, fragt Alex, der hinter mir die Tür abschließt.

»Nichts«, jaule ich.

»Evi.«

»Ich will nicht, dass wir uns trennen! Du musst mir noch eine Chance geben, Alex. Du musst. Ich will doch gar keine offene Beziehung. Und ich werde auch nie wieder mit einem anderen rumknutschen. Ich will nicht ausziehen. Ich will nicht meine Bücher aus dem Regal suchen. Wir haben sie doch gerade erst einsortiert. Alphabetisch.« Die Tränen laufen mir unaufhaltsam die Wangen herunter, und ich rede schneller, als ich denken kann.

»Evi, ich will doch nur mit dir essen gehen.«

»Ja, um mit mir zu reden.«

»Und?«

»Wir müssen reden. Das heißt, du willst Schluss machen.«

»Nein, das heißt, ich will mich unterhalten. Beim Essen. Kommst du nun mit oder nicht?« Ich packe seine Hand und klammere mich daran fest wie eine Ertrinkende.

»Nur wenn du mir versprichst, dass ich danach nicht ausziehen muss.«

»Du musst nicht ausziehen. Und du musst auch nicht in der Garage übernachten.« Schon wieder fange ich an, unkontrolliert zu schluchzen, aber dieses Mal vor Erleichterung. Alex hält mir die Autotür auf.

»Was soll das denn? Gehen wir nicht in den Iltis?« Er schüttelt den Kopf.

»Nein. Wir gehen zu *Raw like Sushi*.« Ich falle ihm um den Hals.

Hamburg begrüßt uns in der blauen Stunde. Es fühlt sich so ungewohnt an, mit Alex in die Stadt zu fahren, die noch vor wenigen Wochen unser Zuhause war. Obwohl ich den Stadtteil Eppendorf, in dem unser Lieblings-Sushi-Restaurant liegt, wie meine Westentasche kenne, sehe ich ihn mit ganz anderen Augen. Die restaurierten Altbauten in grün, rosa, gelb und hellblau sehen aus wie die Kulisse eines Liebesfilms. Alex öffnet mir galant die Beifahrertür und streckt mir seine Hand entgegen. Dann lässt er sie wieder los und ich traue mich nicht, nach ihm zu greifen. Im Raw like Sushi werden wir von Thomas, einem der Kellner, begrüßt.

»Hallo! Euch habe ich ja ewig nicht mehr gesehen. Ich hatte mir schon Sorgen gemacht.«

»Wir sind umgezogen«, antworten wir wie aus einem Mund.

»Nach Heven«, füge ich hinzu. »Das musst du nicht kennen.«

»Schön, dass ihr da seid.« Er wirft einen Blick in sein Reservierungsbuch. »Euer Tisch ist leider reserviert«, sagt er mit einem bedauernden Achselzucken. »Ach was, das drehen wir irgendwie. Kommt mit.« Er führt uns um den Tresen herum in den hinteren Teil des Restaurants, der wie immer in warmes Kerzenlicht getaucht ist. Auf *unserem* Tisch prangt ein Reserviert-Schild, das Thomas mit einem schnellen Griff entfernt. »So, bitte schön.«

Zwanzig Minuten später steht eine riesige Platte köstlichen Sushis vor uns.

»Hmmm«, schnurre ich und kaue begeistert auf einem Inside-out-Maki mit Thunfisch, Chili-Sauce und gerösteten Erdnüssen herum. Wir genießen schweigend. Ich traue mich auch gar nicht, irgendetwas zu sagen. Und außerdem wollte ja er reden.

»Evi«, beginnt Alex schließlich und reißt mich aus meinem Sushi-Traum.

»Ja?«

»Tut es dir leid?« Ich lege die Stäbchen beiseite und schaue ihm in die Augen.

»Es tut mir unendlich leid, Alex. Wirklich. Und es wird nicht wieder vorkommen.« *Und wenn, dann verrate ich es dir nicht*, sagt eine leise Stimme in meinem Kopf. Sie kommt so überraschend, dass ich einen Hustenanfall bekomme. Was zum Teufel soll das denn jetzt? Bin ich noch ganz bei Trost? Wer ist das da in meinem Kopf, der solche Unglaublichkeiten ausspuckt? Und das, wo ich gerade damit beschäftigt bin, meine Beziehung zu kitten. Ein treues Eheweib zu werden. *Oder eine kluge Frau, die weiß, wann sie den Mund zu halten hat.* Schon wieder diese Stimme. Ich versuche, ihr keine Beachtung zu schenken und konzentriere mich stattdessen auf Alex. »Kannst du mir verzeihen?« Er nickt.

»Ich denke schon.«

»Du denkst schon?«

»Es ist nicht so einfach.« Er klingt schon wieder ein bisschen gereizt, so dass ich beschwichtigend nach seinen Händen greife.

»Natürlich nicht. Das verstehe ich.« *Warum stellt er sich so an? Schließlich habe ich ja nicht mit Benjamin gevögelt.* »Schnauze!« Entsetzt starre ich Alex an, der meinen Ausbruch jedoch gar nicht richtig mitbekommen zu haben scheint. »Entschuldige. Damit meinte ich nicht dich. Jedenfalls kann ich mir vorstellen, wie du dich fühlst. Und falls es dir damit besser geht ...« Ich muss mich kurz sammeln, bevor ich den Vorschlag über die Lippen bekomme. »Ich meine, von mir aus hast du jetzt einmal Fremdküssen gut. Falls du irgendwie ausgleichen willst.« Der Ausdruck in seinen Augen gefällt mir gar nicht. Seine Hände, die sich meinen zu entziehen versuchen, sagen eindeutig, dass er das schon wieder in den falschen Hals bekommen hat. »Nein, das ist kein Vorschlag für eine offene Beziehung.« Ich lasse seine Hände nicht entwischen. »Das möchte ich gar nicht. Aber falls du irgendwie das Gefühl haben solltest, dich ... rächen zu müssen.« Spitzen-Wortwahl, Evi. Danke. »Oder einfach so, wenn du mal jemanden triffst, dann könntest du, nur wenn du willst, meine ich ...«, stammele ich und bin froh, dass er mich unterbricht.

»Ich will keine andere Frau küssen, Evi. Nur dich.« *Tja, wenn man den Geschmack von Fleisch nicht mag, ist es ganz einfach, Vegetarier zu sein.* Ich wünschte, die Stimme würde endlich die Klappe halten. Alex beugt sich vor und ich neige mich ihm entgegen. Sein Versöhnungskuss ist weich und ehrlich und schmeckt ein bisschen nach Wasabi. »Also, vertragen wir uns wieder?«

»Ja«, sage ich voller Dankbarkeit und küsse ihn erneut. *Ja. Wir vertragen uns – bis zum nächsten Mann.*

Die nächste Woche verläuft friedlich. Alex und ich verstehen uns blendend. Der Sex ist noch immer fantastisch. Es gibt nur zwei Dinge, die mir Sorgen machen. Zum einen die aufrührerische Stimme in meinem Kopf, die sich jedes Mal zu Wort meldet, wenn es gerade besonders harmonisch zwischen uns ist. Zum zweiten die Tatsache, dass von meinem Verlobungsring weit und breit jede Spur fehlt. Nach unserer großen Sushi-Versöhnung hat Alex in seine Hosentasche gegriffen und ich war mir fast sicher, dass er den Ring hervorziehen würde. Doch leider war es nur sein Portemonnaie. Natürlich habe ich das Thema nicht angesprochen. Wie könnte ich? Er hat ihn mir weggenommen, also ist es auch seine Entscheidung, wann er ihn mir zurückgeben will. Was im Moment nicht der Fall zu sein scheint. Mich macht das ehrlich gesagt ein bisschen wahnsinnig. Die Stimme in meinem Kopf dagegen hat eine ganz einfache Erklärung. *Er ist nicht so dumm, wie du denkst. Er beobachtet dich, um zu sehen, dass du deine guten Vorsätze auch in die Tat umsetzt.* Glaubt er mir etwa nicht? *Oh, bitte, du glaubst dir doch noch nicht einmal selbst.* Mag sein. Vielleicht zweifle ich manchmal tatsächlich an meiner Willensstärke. Vor allem, wenn Joshua sich auf unserem Sofa herumfleezt und sein weißes Rippenshirt nach oben rutscht, seinen definierten Waschbrettbauch freigibt, mit dem dunkelblonden Haarstreifen, der vom Bauchnabel abwärts wächst. In Richtung seines ... Wie gesagt, ich bin mir meiner Anfälligkeit bewusst. Und bei der Vorstellung, mein Leben lang nur noch mit Alex zu schlafen, fühle ich mich immer noch unwohl. Nicht, weil es mit Alex nicht schön ist. Gerade in den vergangenen sieben Tagen ist es, wie gesagt, einfach wunderschön. Aber immer nur Pfannkuchen mit Apfelkompott? Für die Ewigkeit zu verzichten erscheint mir schier unmöglich. Deshalb mache ich es wie die Anonymen Alkoholiker und bestehe einen Tag nach dem anderen. Das funktioniert zwar ganz gut, dennoch bin ich froh, dass nach zwei Wochen Doktor Schäfer aus dem Urlaub zurück ist.

Na klar bist du froh, spottet meine innere Stimme, von der ich in den letzten Tagen schon gehofft hatte, dass sie verschwunden ist. Jedenfalls meldet sie sich jetzt, da ich im Wartezimmer der Praxis sitze, zum ersten Mal wieder zu Wort. *Du kannst es gar nicht abwarten, zurück ins Paradies zu kommen. Weil du da ungestraft rumvögeln kannst.*

»Das werde ich nicht.«

»Was haben Sie gesagt?« Die mir gegenübersitzende Frau mit dem graumelierten Kurzhaarschnitt sieht mich fragend an.

»Oh, nichts. Entschuldigen Sie. Ich habe wohl mit mir selber gesprochen.«

»Ach so.« Sie nickt freundlich. Scheint hier wohl öfter vorzukommen.

»Frau Blum? Kommen Sie doch bitte durch, Doktor Schäfer ist nun bereit.«

Bevor ich die Augen aufschlage, genieße ich für einige Atemzüge die Strahlen der Sonne auf meiner Haut. Das Gefühl des warmen Grases unter meinem Körper, den Duft der Blumen. Jemand berührt mich am Arm.

»Ich hab dich vermisst«, sagt Jesus. Wie von der Tarantel gestochen springe ich auf und bringe einen Sicherheitsabstand zwischen uns. Was nicht viel bringt. Wenn ich nicht bereits nackt wäre, würde Jesus mich mit seinen Blicken ausziehen. »Es war schön mit dir. Ich habe die ganze Zeit an dich gedacht.«

»Aha. Ja, nun«, druckse ich herum, bemüht, weder in seine schönen Augen noch auf den makellosen Körper zu blicken. »Es tut mir leid, wir können das nicht wiederholen.« Um ihn nicht ansehen zu müssen, beuge ich mich schließlich zu Rudi hinunter, der zu meinen Füßen herumhampelt, und streichele ihm über den Kopf. Er lässt es voller Genuss geschehen.

»Aber warum denn nicht? Hat es dir nicht gefallen?«

»Doch«, gebe ich widerstrebend zu, »es hat mir sehr gefallen. Aber es geht trotzdem nicht.«

»Das verstehe ich nicht.« Seine Enttäuschung ist ihm deutlich anzumerken.

»Ich bin mit einem anderen zusammen. Wir sind verlobt.« Ich will gerade zum Beweis meine Hand heben, als mir einfällt, dass ich den Ring ja gar nicht mehr trage. Also muss Jesus mir das einfach so glauben.

»Verlobt? Was ist das?«

»Das ist …« Du liebe Zeit, weiß der Mann denn wirklich gar nichts über das Leben auf der Erde? Und so was nennt sich dann Gottes Sohn. Nun muss ich also im wahrsten Sinne des Wortes bei Adam und Eva anfangen. »Ich habe einem anderen Mann das Versprechen gegeben, ihn zu heiraten.«

»Hm?« Die blauen Augen schauen interessiert, aber ratlos.

»Damit gibt man einander ein weiteres Versprechen, dass man für immer zusammenbleibt. Dass man zusammenlebt und nur noch miteinander Sex hat.«

»Warum sollte man sich so etwas versprechen?«, fragt Jesus.

»Na, du bist gut. Warum fragst du mich das?«

»Wen soll ich denn sonst danach fragen?«

»Keine Ahnung. Zum Beispiel deinen Vater.«

»Dad?« Aus kugelrunden Augen sieht er mich an. »Was hat denn mein Dad damit zu tun?«

»Vor ihm geben wir uns das Versprechen«, erkläre ich geduldig.

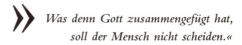

> *Was denn Gott zusammengefügt hat, soll der Mensch nicht scheiden.«*

MARKUS, KAPITEL 10, VERS 9

»Was Dad zusammenfügt?«, vergewissert sich Jesus und ich nicke bekräftigend.

»Genau. Er will, dass wir in Paaren zusammenleben. Ist ja logisch, so wie Adam und Eva. Und wenn wir verheiratet sind, dann ist es Ehebruch, wenn man mit anderen Leuten schläft.«

Jesus' Augenbrauen ziehen sich über der Nasenwurzel zusammen, so sehr konzentriert er sich darauf, meinen Ausführungen zu folgen. Seine Zungenspitze hat er in den linken Mundwinkel geschoben und kaut angestrengt darauf herum. Dabei sieht er übrigens wahnsinnig niedlich aus, aber ich gebe mir alle Mühe, dem keine Beachtung zu schenken.

»Und was passiert«, fragt Jesus, »wenn nun jemand die Ehe gebrochen hat?«

»Dann kann er nur hoffen, dass der andere ihm das verzeiht.« Mein Mund fühlt sich trocken an. »Und Gott natürlich.«

»Ich verstehe immer noch nicht, was mein Dad damit zu tun hat. Aber weißt du was? Wir könnten ihn fragen. Er ist sowieso gerade da.«

»Wo? Hier?« Nervös sehe ich mich um und werde mir schmerzlich meines fehlenden Aufzugs bewusst.

»Unten am See«, beruhigt mich Jesus. »Er presst gerade frischen Saft.«

»Er presst Saft?«, echoe ich ungläubig. Jesus nickt, als sei es das Normalste von der Welt.

»Ich habe ihm gesagt, dass ich dich abhole. Und dass es länger dauern kann.« In seinen Augen blitzt es auf, so dass ich vehement den Kopf schüttele.

»Das wird es nicht«, sage ich mit aller Überzeugungskraft, die ich aufbringen kann.

»Na schön.« Er seufzt. »Dann trinken wir eben nur Saft zusammen. Gehen wir?« Fragend sehe ich an mir herunter.

»Warte. So kann ich doch Gott nicht vor die Augen treten.«

»Wie meinst du das?«

»Naja. Nackt.« Manchmal hat er wirklich eine lange Leitung.

»Evi«, er schüttelt den Kopf und greift, ehe ich es verhindern kann, nach meiner Hand, »du redest dummes Zeug. Nun komm schon mit.« Er ist hier der Experte, ich muss ihm vertrauen. Zögernd lasse ich mich von ihm mitziehen, und einträchtig spazieren wir durch das Paradies in Richtung des Sees. Hin und wieder müssen wir auf Rudi warten, der immer noch nicht die vollkommene Kontrolle über seine Füße besitzt. Es gelingt mir, mich ein klitzekleines bisschen zu entspannen. Und ein wenig stolz bin ich auch auf mich, dass ich mich nicht von Jesus habe verführen lassen. *Vielleicht ärgerst du dich aber gerade auch in Grund und Boden*, ätzt die Stimme in meinem Kopf. *Und was würde eigentlich Alex dazu sagen, wenn er dich hier Hand in Hand mit Jesus herumspazieren sehen könnte?* Ich lasse Jesus Hand los, als hätte ich mich an ihr verbrannt. Er schaut verwundert, sagt aber nichts. Am See sitzt ein Mann auf einem umgestürzten Baumstamm mit dem Rücken zu uns.

»Hey Dad«, ruft Jesus schon von weitem und der Angesprochene dreht sich um.

15.

»Evi!«, ruft Gott und streckt mir die Hand entgegen. »Herzlich
Willkommen!« Ein wenig schüchtern, aber auch neugierig,
trete ich näher.

»Danke.« Ich lege meine Hand in seine und sehe Gott ins
Gesicht. Graumelierte Haare, ein von einem Bartschatten
überzogenes, markantes Kinn und sanfte braune Augen. Seine
verblüffende Ähnlichkeit mit George Clooney überrascht
mich nicht einmal. Schließlich ist das hier *mein* Unterbewusstsein. Seine Arme sind bis zu den Ellenbogen hinauf bekleckert
mit klebrigem, süß duftendem Saft.

»Ihr seid früher zurück als erwartet.« Er wirft seinem Sohn
einen schwer zu deutenden Blick zu. Der zuckt verlegen mit
den Schultern.

»Sie sagt, dass du verlangst, dass sie nur mit ihrem Verlobten
zusammensein darf.«

»So? Sagt sie das?« Freundlich lächelnd wendet sich Gott
wieder mir zu. »Setz dich doch.« Einladend deutet er auf den
Baumstamm und hält mir gleich darauf eine halbe Kokosnuss-
Schale hin, die mit leuchtend-rotem Saft gefüllt ist. Ich nehme
einen Schluck und fühle, wie sich alle meine Muskeln entspannen. Ob das an dem eigens von Gott gepressten Getränk
oder an seiner Gegenwart liegt, kann ich nicht sagen. Auf jeden Fall fühle ich mich gerade wunderbar. Einträchtig sitzen
wir drei nebeneinander, schlürfen unsere Schalen leer und
sehen hinaus auf die spiegelblank glitzernde Wasseroberfläche
des Sees. Die Stille wird erst unterbrochen, als Adam und Eva

kreischend an uns vorbeitollen und sich wie junge Hunde ins Wasser stürzen. Johlend und lachend planschen sie herum und tauchen einander gegenseitig unter. Obwohl Adam Eva um Hauptteslänge überragt, zieht er bei diesem Kampf den Kürzeren. Gott sieht dem Spiel eine Weile gelassen zu, doch als Adam diesmal auch nach dreißig Sekunden nicht wieder auftaucht, steht er langsam auf.

»Eva!« Seine Stimme klingt so laut wie ein Donnergrollen und ich fahre erschreckt zusammen. Jesus zuckt noch nicht einmal mit der Wimper, während Eva sich, ebenfalls ziemlich ungerührt, nach uns umdreht.

»Was denn?«

»Ich will, dass du Adam auf der Stelle loslässt.« Eva nickt zögerlich, gibt ihn dann aber frei. Er richtet sich keuchend und Wasser spuckend auf. Gott setzt sich wieder neben mich, während Eva interessiert dabei zusieht, wie Adam wieder zu Atem kommt.

»Komm, wir gehen auch einen Saft trinken«, höre ich sie sagen. Dann streckt sie Adam die Hand hin, als hätte sie nicht eben versucht, ihn zu ertränken. Doch statt sie zu ergreifen, packt Adam plötzlich ihr hüftlanges Haar und zieht daran. Eva schreit wie am Spieß.

»Du blöde Kuh«, ruft Adam. »Du doofe Ziege.« Seufzend erhebt sich Gott erneut.

»Adam, lass sie los«, donnert er. Augenblicklich zieht dieser seine Hand zurück, fährt aber mit seinen Beschimpfungen fort. »Du dumme Nuss! Du …«

»Hör auf zu schimpfen.« Mitten im Wort scheint Adam die Luft auszugehen. Finster blickend folgt er Eva aus dem Wasser hinaus.

»Hast du auch einen Saft für uns?«, erkundigt sich Eva bei

Gott, der bedauernd die Schultern hebt und auf den riesigen Haufen zerquetschter Früchte zeigt.

»Erst, wenn ihr neues Obst pflückt.«

»Das machen wir! Kommst du, Adam?« Der überlegt nur eine Sekunde, dann nickt er begeistert und die beiden laufen davon. »Bis später! Wir kommen gleich mit den Früchten zurück.«

»Aber keine vom Baum der Erkenntnis«, rufe ich ihnen hinterher. Natürlich sage ich das nur, um Gott ein bisschen zu provozieren. Ich werfe ihm einen Seitenblick zu, doch er schaut unvermindert freundlich.

»Wenn ich meinen Sohn richtig verstanden habe, gibt der Baum der Erkenntnis ja im Moment sowieso keine Frucht mehr her, oder?« Schuldbewusst senke ich den Kopf.

»Es tut mir leid«, sage ich leise.

»Tut es das?«

Nö, eigentlich nicht, behauptet meine innere Stimme.

»Nö, eigentlich nicht«, wiederhole ich laut.

»Mir übrigens auch nicht.« Jesus schüttelt heftig den Kopf und legt mir eine Hand auf den Oberschenkel. »Ganz und gar nicht.«

»Aber nur, weil all das hier nur in meinem Unterbewusstsein stattfindet«, betone ich und ziehe mein Bein weg. »Ansonsten wäre es nicht in Ordnung gewesen, mit dir zu schlafen. Verstehst du mich?« Jesus schüttelt den Kopf und ich wende mich vorwurfsvoll an Gott. »Besonders helle ist er nicht, dein Sohn. Vielleicht möchtest du ihm die Sache erklären? Mit den zehn Geboten. Dem Ehebruch und so. Oder weißt du etwa auch nicht, wovon ich spreche?«

»Selbstverständlich weiß ich, wovon du sprichst, Evi. Auch wenn das, was du »Die zehn Gebote« nennst, natürlich erst in ferner Zukunft niedergeschrieben werden wird. Nicht von mir, übrigens.«

»Sondern von Moses«, sage ich.

»Der alte Racker.« Gott schmunzelt. »Nun, er hätte sich ja auch noch größeren Blödsinn ausdenken können.«

»Blödsinn? Wieso Blödsinn? Findest du etwa, dass man andere Menschen töten sollte?«

»Das finde ich ganz und gar nicht. Ich sage ja, er wird nicht den schlechtesten Job machen, wenn er da oben auf dem Berg hockt. Aber letzten Endes wird er seiner Arbeit dann wohl doch nicht vertrauen. Und deshalb behaupten, dass ich ihm all das diktiert hätte.«

»Hast du das nicht?«

»Von mir wird Moses genau zwei Sätze hören. Keine Gebote. Vorschläge.« Er zwinkert mir zu. »Genau dieselben Vorschläge übrigens, die ich auch Adam und Eva machen werde, wenn ich sie aus dem Paradies entlassen werde.« Deren Stimmen ich in diesem Moment wieder näher kommen höre. Offensichtlich haben die beiden sich wieder vertragen.

»Warum machst du das?«, frage ich. »Warum verjagst du die Menschen aus dem Paradies? Warum stellst du ihnen die Falle mit dem Apfel? Warum …«

»Die Falle?« Gott lacht und ich spüre, wie mir das Blut in den Kopf schießt.

»Wie würdest du das denn nennen, wenn du Eva unter Vortäuschung falscher Tatsachen dazu bringst, den Apfel zu essen?«, frage ich zähneknirschend. »Sie freut sich sogar darauf, das Paradies verlassen zu dürfen. Und ist sich nicht im geringsten darüber bewusst, dass sie damit die Menschheit ins Unglück stürzen wird.«

»Ins Unglück? Empfindest du das so?« Gott geht auf mei-

179

nen scharfen Tonfall nicht ein, sondern ist gleichbleibend verbindlich, was mich nur noch mehr auf die Palme bringt. »Liebe Evi, vielleicht solltest du nicht alles glauben, was du so liest.«

»Zum Beispiel die Sache mit dem Ehebruch …«, mischt sich Jesus von hinten ein, wird aber mit einer Handbewegung von seinem Vater zum Schweigen gebracht.

»Das ist jetzt wirklich nicht der richtige Zeitpunkt, um Evi Avancen zu machen. Du siehst doch, dass sie ein wenig aufgebracht ist.« *Ein wenig aufgebracht* ist gut.

»Adam und Eva haben doch alles, was sie brauchen. Es ist so wunderschön hier.« Ich mache eine ausholende Handbewegung. »Und dann machen sie einen klitzekleinen Fehler und du nimmst ihnen alles weg. Das ist einfach nicht fair.«

»Aber ich habe doch niemals behauptet, dass das Essen vom Baum der Erkenntnis ein Fehler ist.« Der Mann ist nicht aus der Ruhe zu bringen.

»Aber in der Bibel steht doch … Ist was?« Gottes Gesicht färbt sich mit einem Mal puterrot und er beginnt, am ganzen Leib zu zittern. Nur mit Mühe kann er sich auf dem Baumstamm halten.

»Entschuldige«, bringt er immer noch bebend hervor, »aber wenn ich alleine dieses Wort höre, werde ich unglaublich sauer. Die Bibel.«

»Was ist die Bibel?«, erkundigt sich Jesus.

»Das wirst du noch sehen, mein Junge. Du wirst es sehen.«

»Die Bibel ist das Wort Gottes«, sage ich steif. Gott fährt zu mir herum.

»Nein, meine liebe Evi. Da muss ich dich leider enttäuschen. Die Bibel«, er wendet sich wieder Jesus zu, »ist im besten Falle der misslungene Versuch, die Geschichte unserer

Familie aufzuschreiben. Die von Adam und Eva und all ihren Nachfahren.«

»Nachfahren?«

»Dazu kommen wir später. Im schlechtesten Fall könnte man auch behaupten, dass gewisse Menschen Macht über andere Menschen gewinnen wollten und in meinem Namen Dinge aufgeschrieben haben, die alle in Angst und Schrecken versetzt haben. Willkürliche Verbote, Strafandrohung und Herabwürdigung sind leider ein hervorragendes Werkzeug, sich Menschen untertan zu machen. Die Reichen die Armen. Eltern ihre Kinder. Männer die Frauen. Und so weiter.«

》》 *Zur Frau sprach er: (...) Du hast Verlangen nach deinem Mann, er aber wird über dich herrschen.«*

1. MOSE 3, VERS 16

》》 *Wenn eine Frau kein Kopftuch trägt, soll sie sich doch gleich die Haare abschneiden lassen. (...) Der Mann darf sein Haupt nicht verhüllen, weil er Abbild und Abglanz Gottes ist; die Frau aber ist der Abglanz des Mannes. Denn der Mann stammt nicht von der Frau, sondern die Frau vom Mann. Der Mann wurde auch nicht für die Frau geschaffen, sondern die Frau für den Mann.«*

1. KORINTHER 11, VERS 6-9

»Über dich wird auch einiges geschrieben werden, mein Sohn.«

»Über mich?« Jesus wirft sich stolz in die Brust und ich beiße mir auf die Lippe. Wenn er wüsste, was ihm bevorsteht, wäre er vermutlich nicht ganz so guter Laune.

»Es ist nicht so, dass die Bibel ausschließlich Blödsinn verzapft, das will ich gar nicht sagen«, fährt Gott fort. »Aber ich wage zu behaupten, dass ich darin nicht besonders gut wegkomme.« Er streicht sich mit der Hand durch das Haar und in seinen Wangen erscheinen süße Grübchen. »Vielleicht irre ich mich aber auch? Vielleicht bin ich ein jähzorniger, nachtragender Zeitgenosse?«

> *Wenn du nicht auf die Stimme des HERRN, deines Gottes, hörst, indem du nicht auf alle seine Gebote und Gesetze, auf die ich dich heute verpflichte, achtest und sie nicht hältst, werden alle diese Verfluchungen über dich kommen und dich erreichen.«*

5. MOSE 28, VERS 15

»Bist du nicht, Dad.« Jesus schüttelt treuherzig den Kopf.

»Danke, mein Sohn. Evi? Bist du anderer Meinung?« Ich beiße mir auf die Unterlippe. »Nur heraus damit. Ich verspreche dir, dass du nicht Gottes Strafe fürchten musst. Hier kann jeder sagen, was er denkt.«

»Wenn du die Menschen aus dem Paradies verjagst, dann

finde ich das zumindest nicht besonders liebevoll.« War das diplomatisch genug ausgedrückt?

»Aber ich werde sie nicht rausschmeißen. Warum sollte ich das tun?«

»Weil sie gegen deine Regeln verstoßen. Weil sie den Apfel essen.«

»Wenn ich mich recht erinnere, hast du doch bereits den angeblich verbotenen Apfel gegessen. Und du bist immer noch hier. Und sauer bin ich auch nicht.«

»Hm.« Da hat er natürlich recht. Mein Blick fällt auf Rudi, der sich zu Jesus' Füßen zusammengerollt hat und liebevoll zu ihm aufblickt. Er entspricht auch nicht gerade dem Bild der Schlange, wie es in der Bibel gemalt wird. »Aber es ist doch eine Tatsache, dass die Menschen nicht für immer im Paradies geblieben sind.«

»Na und? Du bist doch auch irgendwann bei deinen Eltern ausgezogen.«

»Mein Elternhaus war jetzt nicht besonders paradiesisch.« Ich schneide eine Grimasse.

»Das tut mir leid.«

»Warum kann nicht alles so bleiben, wie es jetzt ist?«, beharre ich.

»Möchtest du das wirklich wissen?«, fragt Gott und sieht mich eindringlich an.

»Ja, schon.«

»Hand drauf?« Verwundert sehe ich auf seine mir dargebotene Rechte, und obwohl ich nicht recht kapiere, was geschieht, schlage ich ein.

»Also?« Abwartend sehe ich ihn an, als Doktor Schäfers Stimme vom Himmel auf uns herabdröhnt.

»Fünf!«

»Sag doch«, drängele ich, »ich muss gleich weg und möchte vorher noch die Antwort hören.«

»Vier.« Eva taucht neben mir auf, dicht gefolgt von Adam, der sich keuchend die Seite hält. »Drei.« Mit verschränkten Armen baut Eva sich vor uns auf.

»Keine Sorge. Du bekommst deine Antwort«, sagt Gott.

»Wer hat den Apfel vom Baum der Erkenntnis gemopst?«, fragt Eva und sieht uns der Reihe nach scharf an. Gottes blitzendweißes Gebiss verschwimmt vor meinen Augen. Mist, und ich habe jetzt gar nicht gehört, was das für zwei *Vorschläge* waren, die Gott angeblich Moses diktiert hat.

»Zwei, eins.«

Die Verwirrung ist perfekt. Ich versuche nicht einmal, Licht ins Dunkle dieses merkwürdigen Erlebnisses zu bringen. Der Einzige, der mir vielleicht dabei helfen könnte, Doktor Schäfer, hat mich natürlich, kaum dass er mich zurückgeholt hat, mit den unvermeidlichen Worten »So, dann müssen wir für heute« aus der Praxis komplimentiert. Langsam frage ich mich, warum ich dem Herrn eigentlich jedes Mal achtzig Euro in den Rachen werfe, nur damit er zweimal von fünf an rückwärts zählt. Während ich die ganze Arbeit mache und mir so spannende Geschichten ausdenke wie ein Gespräch mit Gott oder neunbeinige Schlangen. Und Corinna ist diejenige, die danach die Interpretations-Arbeit leisten muss, nicht Herr Schäfer. Dieses Mal redet sie irgendetwas von Schuldgefühlen und Vaterkomplexen.

»Ich hatte die meiste Zeit ja nicht einmal einen Vater. Wie soll ich denn da einen Komplex entwickeln?«

»Eben. Eben.« Sie nickt so heftig, als würde das ihre Theorie nur bestätigen. »Wahrscheinlich hast du dir in deinem Kopf ein Bild von ihm gemacht, das du jetzt mit dieser Gottes-Nummer aufarbeitest.«

»Wie läuft's denn eigentlich zwischen dir und Mike?« Sie verzieht das Gesicht, aber wenigstens habe ich erreicht, was ich wollte: von mir ablenken.

»Gar nicht gut.« Betrübt schüttelt sie den Kopf. »Er hat sich schon seit einer Ewigkeit nicht mehr gemeldet.«

»Hast du ihn denn angerufen?«

»Bist du verrückt? Natürlich nicht. Wenn der lieber mit dieser dickbusigen Trulla rummachen will, bitte. Soll er doch.«

»Das meinst du doch nicht im Ernst?«

»Nein, natürlich nicht. Aber was soll ich denn machen?«

Ja, Corinna hat es auch nicht leicht. Um sie ein wenig abzulenken, schlage ich ihr vor, uns am Wochenende in Heven zu besuchen. »Ein Wellness-Wochenende auf dem Bauernhof«, versuche ich ihr den Vorschlag schmackhaft zu machen. Sie zuckt mit den Schultern.

»Na klar. Warum nicht?«

»Du bist ja begeistert.«

»Entschuldige, Evi. Diese Sache beschäftigt mich nur gerade so. Ja, das wird sicher nett.«

Wie froh ich doch sein kann, dass ich Alex habe, denke ich auf dem Heimweg. Auch wenn es nicht ganz einfach zwischen uns ist, vor allem nicht in der letzten Zeit, so konnte ich mich doch immer darauf verlassen, dass er mich wollte. Dieses Rumgeeiere von Mike geht mir gewaltig auf den Zeiger. Wenn ich den in die Finger bekomme, werde ich ihm mal meine Meinung geigen. Mit etwas mehr Schwung als nötig parke ich den Wagen in der Garage ein – und höre gleich darauf einen zweistimmigen Schrei.

Wie vom Donner gerührt sitze ich im Auto und wage es zunächst nicht, mich zu bewegen. Der Schrei, oder besser gesagt, die Schreie, kamen eindeutig aus unserer Garage. Genauer gesagt, aus Richtung meiner Motorhaube. Im Zeitlupentempo öffne ich die Fahrertür.

»Hallo?« Meine Stimme klingt ganz kratzig. Ich räuspere mich. »Ist da jemand?«

»Ja. Wir sind's«, höre ich eine klägliche Frauenstimme sagen. Also doch. Es ist jemand in meiner Garage. Aber wie ist sie hier hingekommen? Und noch viel wichtiger: Habe ich sie überfahren? Dafür dass meine Füße schwer wie Blei sind, eile ich erstaunlich schnell um den Wagen herum. Aus kugelrunden Augen starren Adam und Eva mich an.

16.

Natürlich habe ich mich getäuscht. Ich muss mich getäuscht haben. Selbstverständlich sind es nicht Adam und Eva, die da auf den abgewetzten Gartenstuhlpolstern sitzen und mich ansehen. Auch wenn sie dem Pärchen aus meinem Paradies bis aufs Haar gleichen. Die Frau sieht aus wie ich. Der Mann sieht aus wie Adam. Beide sind nackt. Splitterfasernackt. Und sie zittern vor Kälte. Ich will mich schon erkundigen, ob es den beiden gut geht, als mir gerade noch rechtzeitig einfällt, dass sie ja gar nicht real sind. Nicht real sein können. Ich habe Halluzinationen, eine andere Erklärung gibt es nicht. Deshalb beschließe ich, die Trugbilder meines offensichtlich etwas überspannten Hirns einfach links liegen zu lassen. Betont lässig schlendere ich zurück zu der offen stehenden Autotür und angele mir die Handtasche vom Beifahrersitz. Alles ist vollkommen normal. Ich bin ganz alleine hier in meiner Garage. Nach einem anstrengenden Tag freue ich mich auf ein Glas Wein und vielleicht eine heiße Badewanne. Es ist sehr wichtig, dass ich mich entspanne. Obwohl ich es mir verbiete, wandert mein Blick, während ich ganz ruhig den Wagen abschließe, zu dem Pärchen zurück. Ja, sie sitzen immer noch da und schauen mich an. Schnell wende ich mich ab, um ins Haus zu gehen. Sie sind nicht da, sie sind nicht da, sie sind nicht da.

»Du hättest uns fast überfahren.« Ich bleibe stehen. »Wo willst du denn hin? Warte mal!« Obwohl mir das Ganze langsam vielleicht Sorgen machen müsste, bin ich gleichwohl fasziniert. Sie klingt so echt. Als wäre sie wirklich da. »Du kannst doch nicht einfach gehen.« Ich fechte einen inneren Kampf aus, den ich verliere. Also wende ich mich den beiden wieder zu.

»Geht es euch gut?«, frage ich. »Seid ihr verletzt?«

»Alles in Ordnung«, antwortet Eva. Adam nickt mir freundlich zu. Ich vermeide es, auf sein Geschlechtsteil zu blicken, das auf meiner Sitzauflage ruht. Ich muss Alex unbedingt sagen, dass die Dinger auf der Stelle auf den Sperrmüll wandern. Dann erinnere ich mich, dass ja all dies gar nicht real ist. Und nun fällt endlich der Groschen. Wahrscheinlich bin ich noch immer in meiner Hypnosesitzung. Na klar. So muss es sein. Doktor Schäfer hat mich in Wirklichkeit gar nicht zurückgeholt. Bedeutet das, dass auch das Gespräch mit Corinna nicht stattgefunden hat? Und mein Arbeitstag? Aber dann würde ich ja schon seit fast acht Stunden auf der Couch liegen. Ob Doktor Schäfer vielleicht hinter mir sitzend einen Herzanfall bekommen hat? Er ist ja nicht mehr der Jüngste. Was ist, wenn er tot in seinem Sessel sitzt und ich für ewig in meiner Hypnose-Welt gefangen bin? Oder zumindest so lange, bis jemandem auffällt, dass es aus der Praxis merkwürdig zu riechen beginnt? Eva ist aufgesprungen und wedelt mit der Hand vor meinem Gesicht hin und her.

»Hey, was ist denn? Träumst du?«

»Auch möglich«, nicke ich. Ist es das? Liege ich eigentlich gerade in meinem Bett? Sie sieht mich kopfschüttelnd an, dann winkt sie Adam zu uns, der brav näherkommt.

»Also, es ist ja zum Glück nichts passiert. Aber das war knapp. Sehr knapp. Egal. Alles in Ordnung.« Kann die nicht mal aufhören zu plappern? Ich muss nachdenken.

»Eva, was macht ihr denn hier?«

»Wie bitte?« Erstaunt sieht sie mich an.

»Was ihr hier macht, du und Adam?«, wiederhole ich meine Frage.

»Ich und Adam?« Die beiden sehen einander an, und mir fällt auf, dass sie eigentlich doch nicht aussehen wie das Pärchen aus dem Paradies, auch wenn unbestreitbar eine gewisse Ähnlichkeit besteht. Sie brechen in schallendes Gelächter aus. »Glaubst du, dass wir so heißen?« Misstrauisch sehe ich sie an. Ich mag es nicht, wenn man mich auslacht.

»Wie denn sonst?« Eva wischt sich die Lachtränen aus den Augen und streckt mir dann die Hand entgegen.

»Ich heiße Aurora. Das bedeutet Morgenröte. Und das hier ist Marley.«

»Der Lichtblick«, ergänzt dieser mit glänzenden Augen.

»Evi«, stelle ich mich vor.

»Die Leben Spendende.« Aurora klatscht freudig in die Hände.

»Schön wär's.« Meine Laune sinkt. Außerdem verstehe ich gar nichts mehr. Wer sind diese Leute? »Seid ihr aus dem Dorf? Aus Heven?«, frage ich zögernd. Vielleicht bin ich den beiden schon einmal zufällig begegnet, ohne sie bewusst wahrgenommen zu haben. Unisono schütteln die beiden den Kopf. »Aus Hamburg?« Wieder ein Kopfschütteln.

»Wir kommen gerade aus Dänemark. Aber unser VW-Bus ist in Flammen aufgegangen. Er steht auf einem Feld ganz in der Nähe.«

»Oh.« Mehr fällt mir dazu leider nicht ein. Unnötig zu fragen, ob die beiden Mitglieder beim ADAC sind. Wo sollten sie denn auch ihren Mitgliedsausweis aufbewahren? »Und eure Kleider?«

»Wir glauben nicht an Kleider. Wir sind nackt auf die Welt gekommen, warum sollten wir anders herumlaufen?«

»Aber ist euch denn nicht kalt?« Auch wenn wir August haben, ist das Wetter in den letzten Tagen schon wieder lausig gewesen und das Thermometer selten über achtzehn Grad geklettert. Für Freikörperkultur eindeutig zu kühl.

»Doch.« Sie nicken beide mit dem Kopf. Er klappert zur Untermalung ein bisschen mit den Zähnen.

»Dann solltet ihr euch vielleicht etwas anziehen.« Ich versuche, den ironischen Unterton in meiner Stimme zu unterdrücken. Die beiden sehen sich an, dann nicken sie wieder. Dieses Mal begeistert.

»Okay. Dann los.« Auffordernd nickt Eva/Aurora mir zu. Wie jetzt? »Na, wir haben nichts zum Anziehen. Wenn du willst, dass wir Kleider haben, musst du sie uns geben.« Das ist eine interessante Sicht der Dinge. Eigentlich könnte es mir ja egal sein. Aber sie schlottern mittlerweile zum Gotterbarmen, so dass ich sie wirklich schlecht wegschicken kann.

»Na schön. Also, ich bin gleich zurück.«

»Wir kommen mit.«

Gemeinsam betreten wir das Haus.

»Was für ein wunderschönes Gebäude. Und guck mal, Marley, ein alter Webstuhl. Kannst du weben, Evi?«

»Hm? Nein.« Ich höre ihr nur halb zu, während ich meine Schuhe ausziehe. »Alex?«, rufe ich in Richtung des oberen Stockwerks, aber dann fällt mir ein, dass der wahrscheinlich noch auf seiner abendlichen Joggingrunde ist. Eine Sekunde lang ist mir unbehaglich zumute, weil ich mit Aurora und Marley ganz alleine im Haus bin. Ist das nicht zu vertrauensselig? Vielleicht sogar dumm? Wer sagt mir denn, dass es sich nicht um ein gerissenes Gangsterpaar handelt, dessen Masche es ist, als FKK-Hippies getarnt gutgläubige Leute auszurau-

190

ben? Doch beim Anblick von Marley fällt es schwer, diesen Verdacht aufrecht zu erhalten. Er tippelt von einem Bein aufs andere.

»Ich muss mal.«

»Die Toilette ist dort.« Ich deute auf die Tür zum Gäste-WC, hinter der er eiligst verschwindet. »Komm, Aurora, wir suchen dir schon was zum Anziehen.«

»Okay!« Sie folgt mir die Stufen hinauf, durch den langen Flur und in unser Schlafzimmer. Jedes Bild, jeder Teppich wird von ihr mit begeisterten Rufen kommentiert.

»Alex?«, rufe ich noch einmal, aber er ist tatsächlich noch unterwegs. »So, hier hinein.« Ich reiche ihr die Wolldecke, die zusammengefaltet auf dem Sessel am Fenster liegt. »Die kannst du dir schon mal umlegen.«

»Danke.« Penibel wickelt sie sich ein und lässt sich dann rücklings mit Schwung auf unser Bett fallen. »Schön weich.«

»Ähm. Ja.« Froh, dass ich ihr die Decke gegeben habe, wende ich mich meinem Kleiderschrank zu. Hoffentlich verlangt Aurora jetzt nicht ein Wallekleid in Batikoptik, denn damit kann ich nicht dienen. Sie ist schon wieder vom Bett aufgesprungen und hat sich neben mich gestellt.

»Den will ich. Darf ich?« Zielsicher greift sie in den Stapel meiner fein säuberlich gefalteten Pullover und zieht aus dessen Mitte meinen roten Kaschmir-Cardigan hervor. Sie vergräbt ihr Gesicht in der weichen Wolle und schnurrt wie ein Kätzchen. »Ist der weich!«

»Ja, das ist hundert Prozent Kaschmir.« Ich greife danach und entwinde ihn ihr vorsichtig. »Den kann ich dir nicht geben.«

»Aber ich will ihn haben.« Sie lässt den Ärmel nicht los. Im Interesse des Kleidungsstücks verringere ich die Kraft, mit der ich am anderen Ende ziehe.

191

»Das geht aber nicht. Lass ihn los.« Trotzig sieht Aurora mich an, lockert dann aber ihren Griff. Schnell lasse ich den Pullover wieder im Schrank verschwinden.

»Wir finden sicher etwas anderes Schönes für dich. Hier, was hältst du davon?« Ich breite ein graues Sweatshirt vor ihr aus.

»Das ist ganz kratzig. Und die Farbe mag ich auch nicht.« Dafür, dass sie keine einzige Faser am Leib trägt, ist sie ganz schön anspruchsvoll.

»Wenn's dir nicht passt, kannst du auch nackt bleiben.«

»Hast du nicht was Buntes? So bunt wie die Blumen. Oder Grün. Grün wie das Gras. Aber meine Lieblingsfarbe ist Rot. Ist ja auch kein Wunder. Aurora heißt ja auch …«

»Morgenröte, ich weiß.« Habe ich nicht irgendwo noch einen roten H&M-Pullover rumfliegen? Oder ist er der großen Ausmist-Aktion vor dem Umzug zum Opfer gefallen? Gerade will ich in die Tiefen meines Schranks vorstoßen, als ich ein merkwürdiges Geräusch höre. Alarmiert blicke ich auf. »Hast du das auch gehört?«

»Was denn?« Jetzt höre ich es ganz deutlich. Schreie. Sie kommen aus dem Erdgeschoss. Ich stürze aus dem Schlafzimmer und die Treppe hinunter. Bei dem Anblick, der sich mir bietet, bleibe ich abrupt stehen. Auf den Bodenfliesen liegt Marley. Er schreit wie am Spieß und Blut tropft aus seiner Nase. Alex, in Joggingschuhen und mit verschwitztem T-Shirt, kniet halb über ihm und brüllt ihn an.

»Du Dreckskerl, wag es nicht, hier noch einmal aufzutauchen.« Er hebt die Faust. »Wenn du meine Frau noch einmal anfasst, dann …«

»Stopp«, schreie ich, so laut ich kann, und falle beinahe die letzten Treppenstufen herunter. »Hör auf, Alex, lass ihn in

Ruhe.« Mein Verlobter oder Nicht-Mehr-Verlobter hebt den Kopf und ich weiche erschreckt zurück, so hasserfüllt blitzt es in seinen Augen. Aber immerhin lässt er die Faust sinken und richtet sich auf. Marley schlägt die Hände vor sein blutendes Gesicht und schluchzt.

»Evi«, sagt Alex und seine Stimme klingt beängstigend ruhig, »jetzt reicht's. Das hier ist mein Haus! Triff dich mit deinem Liebhaber gefälligst woanders.«

»Mit meinem …« Erst jetzt fällt bei mir der Groschen, wie sich die Szenerie für Alex darstellen muss. Da kommt er nichts ahnend vom Laufen nach Hause und trifft im Flur auf einen nackten Typen. Mein Blick fällt wieder auf den greinenden Marley am Boden. Glaubt Alex wirklich, ich würde ihn mit so einem Mann betrügen? Na schön, schlecht sieht Lichtblick-Marley ja nicht aus, aber benehmen tut er sich wie ein Kleinkind.

»Wenn ich zurück bin, will ich, dass er verschwunden ist. Und du auch!« Mit Schwung öffnet Alex die Tür, lässt sie krachend hinter sich zuschlagen, und ich bin allein. Abgesehen vom wimmernden Marley und der Morgenröte oben.

»Alex! Warte!« Kurz bin ich versucht, ihm hinterherzurennen, dann überlege ich es mir anders. So auf hundertachtzig, wie er gerade war, werde ich sowieso nicht zu Wort kommen. Vielleicht ist es ganz gut, wenn er sich zunächst ein bisschen abregt. Nachher kann ich die Sache in aller Ruhe aufklären. Es ist ein richtig gutes Gefühl, mal zur Abwechslung ein reines Gewissen zu haben.

»Auaaaa.« Marley richtet sich auf und sieht Hilfe suchend zu mir auf. Das Blut tropft aus seiner Nase auf die weißen Bodenfliesen. Mit großen Augen schaut er darauf und stößt einen markerschütternden Schrei aus.

»Was ist denn?« Besorgt lasse ich mich neben ihm auf die Knie nieder, doch er schlägt voller Panik um sich.

»Bluuut! Ich blute!«

»Ja, ich weiß.«

»Bluuuuuut!«

»Ja doch. Ich hole dir einen nassen Waschlappen.«

Es dauert fast eine Viertelstunde, Marley das Blut abzuwischen und ihn zu beruhigen. Einer Intuition folgend stelle ich ihm einen Schokoriegel in Aussicht, und tatsächlich, es funktioniert. Die schmerzende Nase ist vergessen, und er eilt sogar vor mir die Treppe hoch. »Komm, ich gebe dir erstmal was zum Anziehen.«

»Aber dann bekomme ich einen Schokoriegel?«

»Versprochen!« Über das ganze Gesicht strahlend folgt er mir gehorsam ins Schlafzimmer. Ins menschenleere Schlafzimmer. Suchend sehe ich mich um. Wo, zum Teufel, ist Aurora jetzt schon wieder hin verschwunden? Du meine Güte, das ist ja wie einen Sack voll Flöhe zu hüten. Ich ziehe einen Trainingsanzug von Alex aus dem Schrank und werfe ihn Marley zu. »Hier, zieh das an.«

»Wohin gehst du?«

»Ich suche Aurora.« Während ich durch alle Zimmer laufe, schießt mir schon wieder die Gangster-Theorie durch den Kopf. Was ist, wenn Aurora gerade das Haus leer räumt? Andererseits, was gibt es hier außer Alex' Computerkram schon groß zu holen? In seinem Arbeitszimmer steht jedoch noch alles an seinem Platz, soweit ich das beurteilen kann. Gerade will ich den Raum verlassen, als ich durch das Fenster eine Bewegung wahrnehme. Ich trete näher. Draußen hat es zu regnen begonnen. Selbstvergessen tanzt Aurora in unserem Garten zwischen den Obstbäumen herum. Die Arme hat sie ausgebreitet, das

Gesicht in Richtung Himmel erhoben. Sie trägt meine rote Kaschmirjacke und sonst nichts. Was fällt der denn ein? Zähneknirschend pirsche ich mich an sie heran.

»Aurora!« Sie öffnet die Augen, fährt aber mit ihrem Tänzchen fort.

»Ist das nicht himmlisch?«

»Ja.« Die Frau hat ganz offensichtlich nicht mehr alle Tassen im Schrank, wie sie sich hier, unten ohne, im Kreis dreht und mit der Zunge Regentropfen auffängt. In meiner besten Kaschmirjacke, von der ich gerade wünschte, dass sie fünfzehn Zentimeter länger wäre. »Willst du nicht mit hochkommen und dir eine Hose anziehen?« Ich klinge wie ein Krankenpfleger. Sie schüttelt den Kopf und lacht glockenhell. Oder auch irre, das ist Interpretationssache. »Es wäre mir aber lieber so.« Sie hält mitten in der Bewegung inne und lässt die Arme sinken.

»Wirklich?«

Ich nicke.

»Okay.«

Das war ja einfach. Erleichtert strecke ich ihr die Hand entgegen, als ich vom Nachbargrundstück eine wohlbekannte Stimme höre.

»Brauchst du Hilfe?« Lässig wie immer steht Joshua an den Gartenzaun gelehnt, der unsere Grundstücke voneinander trennt und grinst mich an. Ich zucke zusammen. Wie lange steht er schon da? Weil er sich nicht einmal den Anschein gibt, gentlemanlike an Auroras nacktem Unterleib vorbeizuschauen, stelle ich mich vor sie. Um sie vor seinen Blicken zu schützen oder aus Eifersucht, das kann ich gar nicht so genau sagen. »Wer ist deine Freundin?« Sein Grinsen wird breiter.

»Das ist nicht meine Freundin. Sie heißt Aurora. Und

außerdem ist sie nicht alleine hier. Ich meine, ihr Mann ist auch dabei. Oder ihr Freund?« Fragend sehe ich Aurora an, die verständnislos zurückschaut. Achselzuckend wende ich mich wieder Joshua zu. »Sein Name ist Marley. Die beiden kommen aus Dänemark und ihr VW-Bus hatte eine Panne.«

»Ist in Flammen aufgegangen«, erklärt Aurora über meine Schulter.

»War's heiß in Dänemark?«, fragt Joshua. Ich bin nur eine Sekunde lang irritiert, dann kapiere ich. Eine Anzüglichkeit über ihren unzureichenden Aufzug.

»Haha. Sehr witzig.« Ich habe schon bessere Witze von ihm gehört.

»Und was macht ihr hier?« Bei der zweiten Frage tritt Aurora aus dem Schutz meiner Deckung hervor.

»Wir sind einfach da.« Naiv, aber liebenswert strahlt sie Joshua an.

»Das kann ich sehen.« Unbekümmert läuft sie auf ihn zu, und ich sehe mich genötigt einzugreifen.

»Aurora, du sollst dir jetzt endlich eine Hose anziehen.« Sofort bleibt sie stehen.

»Du, ich muss mir erst noch eine Hose anziehen. Wir können uns ja später weiter unterhalten.«

»Gerne.« Wie ein junges Fohlen hüpft sie auf mich zu. Ich möchte wetten, dass ihre Pobacken, auf die Joshuas Blick gerichtet ist, fröhlich mithüpfen. Auf der Wendeltreppe, die zu uns in den Garten führt, erscheint Marley. Er trägt die blaue Trainingsjacke, die ich ihm gegeben habe. Nur die Jacke. Was haben diese Menschen gegen Beinkleider?

»Marley, wo ist deine Hose?«

»Sollte ich die auch anziehen?« Ich weiß nicht, ob ich lachen oder weinen soll.

»Natürlich solltest du die auch anziehen. Was dachtest du denn?«

»Ich dachte, ich sollte mir was aussuchen.«

»Das ist also Marley?« Joshua lehnt noch immer am Gartenzaun und scheint sich köstlich zu amüsieren.

»Ja, das ist Marley. Und das ist nicht komisch. So, jetzt aber los ins Haus und Hosen anziehen.« Ich komme mir vor wie ein Hütehund, der seine Schäfchen antreibt, während ich Aurora vor mir her in Richtung Treppe scheuche. »Bis später, Joshua.« Dann fällt mir noch etwas ein. »Ach, falls Alex zu dir kommen sollte …«

»Ist der nicht beim Joggen? Ich habe ihn doch vor zehn Minuten in den Wald rennen sehen, als sei der Teufel hinter ihm her.« Das passt zu ihm. Wahrscheinlich wollte er sich erstmal ein bisschen die Wut rauslaufen.

»Kann sein. Aber falls er danach bei dir vorbeikommt …«

»Wieso sollte er? Ihr habt doch Besuch.«

»Sag ihm einfach, er soll bitte nach Hause kommen. Und mich erklären lassen. Okay?«

»Na klar doch. Das mache ich.«

»Danke!« Oben auf der Wendeltreppe erscheint Marley. Voll bekleidet. Ich atme erleichtert auf.

»So, ich habe eine Hose an«, ruft er triumphierend. »Was ist jetzt mit meinem Schokoriegel?«

17.

Wenige Minuten später sitze ich mit dem merkwürdigen Pärchen am Küchentisch. Selbstvergessen mampfen sie ihr Snickers und auch Aurora hat sich von dem Schock erholt, dass ich ihr nicht nur eine Jeans aufgenötigt, sondern auch die rote Kaschmirjacke gegen einen billigeren Pullover getauscht habe. Ich brauche nach all der Aufregung jetzt erst einmal einen schönen Tee. Und dann überlege ich mir, wie ich die beiden wieder loswerde.

»Ich habe noch Hunger«, sagt Marley. »Kann ich noch eins haben?«

»Nein. Das waren die letzten beiden.« Marleys Unterlippe beginnt zu zittern.

»Aber ich habe Hunger.«

»Ich auch«, fällt Aurora in das Klagelied mit ein. Insgeheim frage ich mich, warum das eigentlich mein Problem ist. Aber vielleicht ist es gar nicht so schlecht, wenn die beiden noch da sind, wenn Alex wiederkommt. So lässt sich das Missverständnis ganz leicht aufklären. Er wird ja wohl nicht denken, dass ich mit ihnen einen flotten Dreier veranstaltet habe.

»Na schön. Ihr könnt zum Abendessen bleiben«, sage ich seufzend und stehe auf, um in der Vorratskammer nach Inspiration zu suchen. »Mögt ihr Nudeln?«

»Au ja!«

»Okay.« Ich angele nach einer Packung Spaghetti, ein paar Dosen Tomaten und Knoblauch. Während ich in einem gro-

198

ßen Topf Wasser aufsetze, versuche ich, etwas mehr über meine unerwarteten Gäste herauszufinden.

»Wo kommt ihr eigentlich her?«

»Aus Dänemark«, antwortet Aurora überrascht. »Das haben wir doch schon erzählt.«

»Ich meinte, ursprünglich.«

»Ach so. Aus … Bayern.«

»Aus Bayern, soso.« Offensichtlich hat sie nicht vor, das noch zu konkretisieren. »Was macht ihr denn nun? So ohne euren VW-Bus?«

»Ach, wir dachten, vielleicht bleiben wir ein paar Tage hier?«

»Hier? In Heven?«

»Ja. Bei dir.«

»Sonst geht's euch aber gut, ja?«

»Alles bestens, danke.« Aurora strahlt mich an, während Marley das Gesicht verzieht. Statt des Knoblauchs hacke ich um ein Haar meine Fingerkuppe in kleine Teile.

»Autsch. Also jetzt mal ehrlich …«

»Aber nur, wenn der Mann nicht wiederkommt«, fordert Marley und verschränkt die Arme vor der Brust.

»Der Mann wird auf jeden Fall wiederkommen. Er wohnt hier.«

»Ich will aber hierbleiben«, beharrt Aurora, während Marley vehement den Kopf schüttelt.

»Dann haut er mich wieder. Ich hab ganz doll geblutet.«

»Er haut dich nicht noch mal«, verspreche ich Marley, bevor mir einfällt, dass ich mir damit Besuch auf unbestimmte Zeit ins Haus hole. »Es war nur ein Missverständnis.«

»Na gut, dann darf er auch hier sein«, befindet dieser großmütig. »Ich bin müde und werde mich ein bisschen hinlegen.«

Damit steht er auf und stapft aus der Küche, dicht gefolgt von Aurora, die das eine gute Idee zu finden scheint.

»Ach so? Und ich darf derweil das Essen zubereiten?«

»Genau.« Aurora lächelt mich an. Von Sarkasmus hat sie offensichtlich noch nie etwas gehört. Na schön. Eine große Hilfe wären die beiden vermutlich sowieso nicht.

»Das Gästezimmer ist durch den Flur durch ganz hinten links«, sage ich ergeben. »Aber in zwanzig Minuten gibt's Essen.« Dann greife ich zu meinem Handy. Es klingelt drei-, vier-, fünfmal und ich fürchte schon, dass nur die Mailbox drangehen wird, als Alex sich doch noch meldet.

»Was willst du?« Er klingt nicht sehr freundlich, was aber ja wohl auch nicht zu erwarten war.

»Alex, was immer du denkst, gesehen zu haben, es ist nicht das, wonach es aussieht.«

»Ach nein? Dann ist also kein nackter Mann in meinem Flur rumgesprungen?«

»Doch, schon, aber …« Ich weiß überhaupt nicht, wo ich anfangen soll. »Ich kenne den Mann nicht. Er und seine Freundin saßen in unserer Garage und haben schrecklich gefroren. Ich habe sie mit reingenommen und ihnen Kleider gegeben. Also, nachher. Nachdem du da warst. Sie sind jetzt angezogen.«

»Sind sie immer noch da?« Seine Stimme klingt weiterhin angespannt.

»Ja. Sie sind im Gästezimmer.«

»Was machen sie denn da?«

»Ähm. Sie ruhen sich aus, bevor es Essen gibt.«

»Okay, Evi, entweder erzählst du gerade den größten Mist aller Zeiten …«

»Tue ich nicht«, beteuere ich, »ehrlich. Du kannst ja Joshua fragen. Der hat Aurora gesehen. Und Marley auch. Bei uns im Garten.«

»Warte mal. Joshua …« Dann höre ich nur noch ein Rascheln, offensichtlich hat er die Hand über das Telefon gelegt. »Wir kommen rüber«, sagt er knapp und legt auf.

Keine drei Minuten später sind sie da. Alex mit gereiztem Gesichtsausdruck, Joshua tiefenentspannt wie immer.

»Was sind das für Typen? Wo kommen sie her und warum lädst du sie zum Essen ein?«, werde ich mit Fragen bombardiert. Weil ich darauf keine Antwort weiß, rühre ich konzentriert in der Tomatensoße herum und hebe ratlos die Schultern.

»Was hätte ich denn machen sollen? Ihr Auto ist kaputt.«

»Aber das ist doch nicht unser Problem.«

»Hätte ich sie einfach da draußen sitzen lassen sollen?«

»Das hätte ich auch nicht getan«, mischt sich Joshua ein und nimmt sich eine Rhabarbersaft-Schorle aus dem Kühlschrank.

»Du bist auch ein Mann«, regt Alex sich auf. »Aber eine Frau so ganz alleine, weißt du, was da alles passieren kann?« Ich kann mir nicht helfen, meine Mundwinkel wandern unaufhaltsam nach oben. Es ist immer so süß, wenn Alex' Beschützerinstinkt erwacht. »Ich werfe die beiden jetzt raus.« Damit schiebt er seine Ärmel hoch, als wollte er diesen Plan notfalls auch mit roher Gewalt in die Tat umsetzen. Er verlässt die Küche. Joshua und ich folgen ihm auf den Fersen.

»Warte, du hast da völlig falsche Vorstellungen«, rede ich auf ihn ein, »die beiden sind keine normalen Leute.«

»Sondern?«

»Ich weiß auch nicht. Komisch sind sie. Aber die tun auf jeden Fall keiner Fliege was zuleide.«

»Das kam mir auch so vor«, pflichtet Joshua mir bei. Allerdings bin ich mir bei ihm nicht sicher, ob der Anblick von Auroras Nacktheit nicht möglicherweise eine Rolle spielt.

»Das könnt ihr doch gar nicht wissen.« Mit einem Ruck stößt Alex die Tür zum Gästezimmer auf. Das Bett ist unberührt, keine Falte stört die blau-weiß-karierte Tagesdecke.

»Mann!«, fluche ich unterdrückt. »Wo sind sie denn nun schon wieder hin?«

»Das möchte ich auch gerne wissen.« Alex scheint nun endgültig die Geduld zu verlieren.

»Aurora? Marley?«, rufe ich halblaut, denn ich habe da schon so eine Ahnung. Und richtig, die Antwort kommt aus unserem Schlafzimmer.

»Wir sind hier.«

»Was zum Teufel machen die denn da drin?«, fragt Alex unverhohlen aggressiv. Die Antwort ist ganz einfach. Sie liegen in unserem Bett, eingekuschelt in unsere Decke und sehen uns freudig entgegen. Wobei Marley beim Anblick von Alex seine gute Laune verliert und sich mit einem leisen Wimmern hinter einem Kissen versteckt.

»Essen schon fertig?« Mist. Die Nudeln. Ich wäge kurz ab, ob ich die vier sich selbst überlassen kann, und entscheide mich dann dagegen.

»Joshua, würdest du bitte die Nudeln abgießen?«

»Na klar, mache ich.« Er trollt sich.

»So, raus aus dem Bett jetzt! Das wollte ich sowieso gleich frisch beziehen«, füge ich leise an Alex gewandt hinzu, der mit offenem Mund im Türrahmen steht. »Marley, hör endlich auf zu jammern, du brauchst keine Angst zu haben. Er wird dich nicht noch einmal hauen.« Marley lugt hinter seinem Schutzwall hervor. »Stimmt doch, Alex, oder?«

»Hmmmjanein«, brummelt Alex. Für Marley scheint die Sache damit erledigt zu sein. Er hüpft aus dem Bett.

»Ich dachte, du hättest ihnen Kleider gegeben.«

»Das habe ich ja auch.« So langsam bin ich der Verzweiflung nahe. »Wo sind eure Hosen? Zieht euch bitte was an. Und dann gibt es Essen.«

Wenig später sitzen wir alle gemeinsam an unserem großen Küchentisch und essen Spaghetti. Irgendwie ist es sogar ganz lustig, auch wenn ich mir zwischenzeitlich vorkomme wie die Mama von hyperaktiven Zwillingen. Alex beobachtet unsere Gäste mit kopfschüttelndem Staunen, während Joshua ziemlich unverhohlen an Aurora herumbaggert. Was Marley zu meinem großen Erstaunen überhaupt nichts auszumachen scheint. Mit höchster Konzentration zieht er eine Spaghetti nach der anderen durch die gespitzten Lippen ein, dass die Soße nur so durch die Gegend spritzt. Ich dagegen bin wahnsinnig eifersüchtig und kann meine Schadenfreude darüber, dass Aurora überhaupt nicht auf Joshuas Anmachsprüche eingeht, kaum verbergen. Allerdings überrascht es mich dann doch, dass die beiden sein Angebot, drüben bei ihm zu übernachten, so vehement ausschlagen.

»Wir bleiben lieber hier. Bei Alex und Evi«, befindet Marley, und Aurora nickt zustimmend.

»Ach so? Und wie lange gedenkt ihr, bei uns zu bleiben?«, erkundige ich mich, weil mir leider wieder entfallen ist, dass Zwischentöne und Subtext keine Stärke unserer ungebetenen Gäste sind.

»Wir haben es nicht eilig.«

»Wie schön.« Alex wirft mir ein ironisches Lächeln zu.

»Am besten geht ihr morgen bei Tageslicht mal mit Alex zu

eurem VW-Bus.« Ich versuche mich an einem konstruktiven Vorschlag. »Vielleicht kannst du sie zur nächsten Werkstatt abschleppen, Alex?«

»Da ist nichts mehr zu machen. Der ist Schrott.« Marley schüttelt den Kopf.

»Total verkohlt«, bekräftigt Aurora.

»Tja, dann …« Ratlos sehe ich die beiden an.

»Wie gesagt, ihr seid mir jederzeit herzlich willkommen«, versucht Joshua einen weiteren Vorstoß. Fast tut er mir ein bisschen leid. »Bei mir darf man auch nackt rumrennen. Kein Problem.« Mein Mitleid verflüchtigt sich.

»Für heute Nacht schlaft ihr bei uns. Danach sehen wir weiter. Ist das in Ordnung, Alex?«

»Ich kann immer noch nicht fassen, dass du vorhin diese Leute einfach so in unser Haus gelassen hast«, sagt Alex, als wir Stunden später nebeneinander in unserem frisch bezogenen Bett liegen. »Du weißt doch überhaupt nichts von ihnen. Das hätten auch Schwerverbrecher sein können, die uns ausrauben wollen. Oder Schlimmeres.«

»Ich weiß«, gebe ich zu und schiebe meine eiskalten Füße zwischen seine Oberschenkel, was er mit einem empörten Aufschrei quittiert. »Das habe ich ja zuerst auch gedacht. Aber du musst zugeben, sie wirken wirklich alles andere als gefährlich.«

»Na, ganz normal sind sie aber auch nicht.« Ich zucke mit den Schultern.

»Sie sind halt Hippies. Nur weil jemand nicht so ist wie wir, heißt das ja nicht, dass er falsch ist.«

»Sehr weise. Komm schon, das glaubst du doch selbst nicht. Ich habe das Gefühl«, er senkt die Stimme, obwohl wir beide

204

wissen, dass man uns durch zwei geschlossene Türen ganz sicher nicht belauschen kann, »die beiden sind irgendwie ein bisschen … zurückgeblieben.«

»Das kannst du doch so nicht sagen!«

»Findest du das ein normales Verhalten für zwei erwachsene Menschen, sich hier einzunisten und es uns zu überlassen, was in ihrem weiteren Leben geschieht?«

»Nein, natürlich nicht«, gebe ich zu.

»Ich telefoniere morgen mal die psychiatrischen Kliniken in der Umgebung ab.« Jetzt wird mir doch ein bisschen mulmig zumute.

»Meinst du etwa, sie sind irgendwo ausgebrochen?« Alex überlegt, dann schüttelt er den Kopf.

»Nein, glaube ich eigentlich nicht. Sie sind bloß so merkwürdig. Ich frage mich, wie sie durchs Leben und bis hierher gekommen sind. Du dich nicht? Sie wirken so vollkommen …«

»… unselbstständig«, vollende ich.

Es ist mitten in der Nacht. Das leise Ticken der uralten Kuckucksuhr von Oma Anni dringt durch die Stille. Alex atmet ruhig und gleichmäßig neben mir, aber ich kann nicht einschlafen. Das kann doch nicht sein! Nein, es ist vollkommen verrückt. Wenn ich nicht aufpasse, bin ich bald diejenige, die aus einer Klappse ausbricht. Beziehungsweise erst einmal in eine solche eingeliefert wird. Schön, unbestritten gibt es eine gewisse Ähnlichkeit zwischen Aurora und Marley auf der einen und Adam und Eva auf der anderen Seite. Aber das kann schließlich auch reiner Zufall sein. Nein, es muss reiner Zufall sein, korrigiere ich mich selbst. Denn alles andere wäre, wie gesagt, einfach vollkommen und absolut verrückt. Die

Hypnosesitzungen, meine Besuche im Paradies, das alles spielt sich ausschließlich in meinem Kopf ab. Ich bin nicht wirklich dort. Und ich habe auch nicht mit Gott gesprochen. Ergo hat der sich auch nicht den Spaß erlaubt, Adam und Eva unter Pseudonym zu mir nach Heven zu schicken, um mir irgendetwas klarzumachen. Es ist Zufall. Reiner Zufall. Aber nur mal angenommen, jetzt rein hypothetisch gesprochen, er hätte eben doch genau das getan: Was zum Teufel will er mir dann damit sagen?

Am nächsten Morgen liefere ich Marley und Aurora bei Joshua ab. Es ist mir egal, dass der beim Anblick von Aurora schon wieder Stielaugen bekommt und ich ihm damit auch noch in die Karten spiele. Der Mann ist für mich doch sowieso tabu. Und jetzt gerade ist es meine Hauptaufgabe, meinen eigenen Mann nicht zu vergraulen. Der hatte Tränen in den Augen, nachdem Marley heute früh seinen Blackberry mit in die Badewanne genommen und als Schwimmtierchen missbraucht hat. Es war ein ziemlich bleiernes Schwimmtierchen und nach dem Bad nicht mehr zu retten. Deshalb hielt ich es für das Beste, Morgenröte und Lichtblick für eine Weile aus der Schusslinie zu nehmen.

»Du verkohlst mich, Evi. Jetzt geht deine Fantasie aber wirklich langsam mit dir durch!« Wortlos halte ich Corinna mein iPhone unter die Nase, mit dem ich gestern Abend einige Fotos von Aurora und Marley geschossen habe. Eigentlich sind die für Doktor Schäfer bestimmt. Bei ihm habe ich mir nämlich für heute Abend einen Notfall-Termin besorgt. Er soll das gefälligst richten. Oder mir wenigstens erklären. Corinna starrt auf das Bild.

»Und die sehen wirklich genau so aus wie in deinen Hyp-nose-Sitzungen?«

»Nein, nicht genau so«, gebe ich zu. »Aber so ähnlich.«

»Aber sie sieht dir gar nicht so ähnlich, finde ich.«

»Nicht?« Ich betrachte das Bild genauer. »Bist du blöd? Sie könnte meine Schwester sein.«

»Finde ich gar nicht. Was meint denn Alex dazu?« Erst jetzt fällt mir auf, dass Alex darüber kein Wort verloren hat. Schon merkwürdig, oder? Aber Männer sind wohl einfach so. Angeb-lich kennen die ja nicht einmal die Augenfarbe ihrer lang-jährigen Partnerin.

»Ist ihm auch nicht aufgefallen.«

»Sag ich ja. Aber das alles ist schon vollkommen verrückt. Was für ein irrer Zufall.«

»Hmm.« Wenn es wirklich einer ist.

»Ich freu mich echt schon aufs Wochenende bei euch. Das wird super. Hoffe, die beiden sind dann noch da.«

»Hoffentlich nicht.«

»Na, dann erzählen Sie doch mal, Frau Blum«, fordert Doktor Schäfer mich auf, kaum dass ich mich auf der bequemen Couch niedergelassen habe. »Was haben Sie auf dem Herzen? Es klang ja wirklich sehr dringend.«

»Ja«, sage ich und zücke mein Handy. »Ich hab Besuch be-kommen. Die beiden hier.« Über meinen Kopf hinweg halte ich ihm das Telefon hin. »Sie können es nicht wissen, aber das sind die beiden aus dem Paradies. Das sind Adam und Eva.«

»Haben sie das gesagt?« Er klingt nicht im Mindesten er-staunt.

»Nein. Sie nennen sich Aurora und Marley.«

»Aber für Sie sind das also Adam und Eva.«

»Was heißt hier für mich? Gestern saßen sie in meiner Garage. Nackt. Angeblich kommen sie aus Dänemark und ihr VW-Bus ist abgefackelt.«

»Angeblich.«

»Ja, angeblich«, sage ich. »Und bezahle ich Sie eigentlich dafür, dass Sie immer nur wiederholen, was ich sage?«

»Glauben Sie das?« Aaaaah! Der Mann macht mich wahnsinnig. Ja, ich lasse mich sogar dazu hinreißen, mit beiden Fäusten auf das Sofa einzuschlagen.

»Ich sehe schon, hier komme ich nicht weiter.«

»Frau Blum, haben Sie schon einmal etwas von dem Prinzip *Innen wie Aussen* gehört? Danach spiegelt unsere Außenwelt alles wider, was in unserem Inneren vorgeht. Vor allem jene Anteile, die wir verdrängen.«

»Das verstehe ich nicht.«

»Das müssen Sie auch gar nicht verstehen. Vielleicht geht es einfach darum, eine Erfahrung zu machen. Wenn Sie wollen, kann ich Sie gerne wieder in Hypnose versetzen. Vielleicht finden Sie dort Antworten.«

18.

Als ich im Paradies die Augen aufschlage, fühle ich mich erleichtert. Ja, tatsächlich kommt mir diese Welt mittlerweile
vertrauter und normaler vor als meine Realität. Wenigstens
weiß ich, was mich hier erwartet. Jesus, der lässig an einem
Baum ganz in meiner Nähe sitzt und Rudi den Kopf streichelt; Adam, der auf dem Rücken im Gras liegt und die vorü-
berziehenden Wolken beobachtet; und Eva, die neben mir
hockt und offensichtlich nur darauf gewartet hat, dass ich endlich die Augen aufschlage.

»Da bist du ja wieder.« Ich blinzele zu ihr hoch. »Beim
letzten Mal bist du so plötzlich verschwunden. Ich weiß gar
nicht, ob du es mitbekommen hast.« Sie macht eine drama-
tische Pause. »Der Apfel der Erkenntnis ist verschwunden.«

»Oh.« Ich bemühe mich, mir mein schlechtes Gewissen
nicht anmerken zu lassen.

»Ich hatte schon Adam in Verdacht. Dass er ihn gepflückt
und versteckt haben könnte. Ich habe ihn richtig in die Man-
gel genommen.« Sie lässt sich resigniert auf die Wiese fallen.
»Aber er wusste von nichts.«

»Warum sollte Adam denn den Apfel verstecken?«

»Na, weil es ihm so gut hier gefällt. Ich glaube, tief in seinem Inneren will er gar nicht weg.« Kopfschüttelnd sieht sie
zu Adam hinüber, der nun die Augen geschlossen hat und
sanft vor sich hin schnorchelt. »Er fühlt sich einfach zu wohl
hier.«

»Und du dich nicht?«

»Nun ja«, unschlüssig wiegt sie den Kopf hin und her, »es ist ja nicht übel hier.«

»Nicht übel?« Das ist ja wohl die Untertreibung des Jahrtausends.

»Aber mal ehrlich, Evi.« Sie setzt sich wieder auf. »Wie lange kann man schwimmen gehen und Nickerchen halten, bevor man vor Langeweile zugrunde geht?«

»Ziemlich lange, würde ich sagen.«

»Irgendwann hängt es dir zum Hals raus. Mir hängt es zum Hals raus.« Sie sagt es mit erhobener Stimme, so, dass auch die anderen Paradiesbewohner es mitbekommen. Jesus wirft mir einen verschwörerischen Blick zu, während Adam sich mit beleidigtem Gesichtsausdruck aufrichtet.

»Ich habe den Apfel aber nicht genommen«, ruft er zu uns hinüber. »Und ja, es gefällt mir sehr gut hier.«

»Es ist stinklangweilig«, ruft Eva zurück. Mit gesenkter Stimme fährt sie in meine Richtung fort: »Ich weiß, er ist noch nicht soweit. Aber ich halte es hier langsam nicht mehr aus. Vor allem, weil Jesus mir erzählt hat ...« Erschrocken hält sie inne und schlägt sich die Hand vor den Mund. »Mist. Das darf ich dir nicht erzählen.«

»Was darfst du mir nicht erzählen?« Neugierig rücke ich näher an sie heran.

»Naja«, einen Augenblick lang ringt sie mit sich, »du darfst es aber nicht weitersagen.«

»Ich schwöre!«

»Also, es ist nämlich so: Wenn wir endlich hier raus sind, aus dem Paradies, meine ich, dann erwarten uns richtig tolle Sachen.«

»Was denn für Sachen?«

»Arbeit zum Beispiel.«

»Okay«, sage ich gedehnt. Auch wenn mein Job mir unbestritten Spaß macht, reißt mich das jetzt nicht vom Hocker. Eva scheint mir meine mangelnde Begeisterung anzumerken.

»Aber Arbeit ist noch nicht das Beste.«

»Sondern?« Sie sieht sich um, als befürchte sie, ein heimlicher Zuhörer könnte plötzlich auftauchen. Dann beugt sie sich zu mir hinüber und flüstert in mein Ohr.

»Sex.«

»Ach.«

»Es klingt«, sie kichert, »vollkommen verrückt. Man macht es mit dem Schniedelwutz und der Pullermaus.« Ich beiße mir auf die Unterlippe, um nicht laut loszulachen, aber Eva fährt ungerührt fort. »Es soll wunderschön sein. Das Beste, was es gibt. Und jetzt halt dich fest.«

»Ja?«

»Wenn man es tut, dann kriegt man auch noch eine wunderschöne Belohnung dafür.«

»Was denn für eine Belohnung?«

Ihr Gesicht nimmt einen feierlichen Ausdruck an.

»Babys«, flüstert sie, »man bekommt Babys.«

»Fängst du schon wieder damit an?« Adam ist unbemerkt näher gekommen und lässt sich neben uns nieder. »Ich sage doch, ich habe den Apfel nicht genommen. Außerdem verstehe ich die Ungeduld nicht. Der Baum wird wieder Früchte tragen, dann essen wir sie eben dann.«

»Du willst doch gar nicht davon essen«, sagt Eva und sieht ihn giftig an. »Du willst lieber tagein tagaus hier in der Sonne rumlümmeln und gar nichts tun.«

»Das habe ich nicht gesagt«, verteidigt sich Adam und sieht

mich Hilfe suchend an. »Aber es ist doch schön hier. Solange wir hier sind, sollten wir es genießen.«

»Ich will aber Babys haben.«

»Die können wir doch immer noch bekommen. Später.« Diese Diskussion zwischen Mann und Frau gibt es also offensichtlich schon seit Anbeginn der Menschheit.

»Später.« Sie speit ihm das Wort geradezu vor die Füße. »Du hast doch bloß Angst.«

»Habe ich nicht.«

»Hast du wohl. Vor der Verantwortung. Du hast gar keine Lust, dein Leben selber in die Hand zu nehmen. Du findest es toll, dass Dad uns sagt, was wir tun sollen.«

»Warum auch nicht?«

Eva sieht ihn verächtlich an und wirft mir dann einen Blick zu, als wollte sie sagen: Siehst du? Er ist ein hoffnungsloser Fall. Dann steht sie auf und geht mit wehenden Haaren davon. »Was hat sie bloß? Ich verstehe das nicht.« Ratlos sieht Adam ihr hinterher. In seinen braunen Augen steht echte Verzweiflung. »Sie ist in letzter Zeit so unzufrieden. So aufrührerisch. Dabei geht's uns doch gut hier.« Ich tätschele ihm ein wenig den Unterarm, aber mir fällt beim besten Willen nichts ein, womit ich ihn trösten kann. »Ich geh schwimmen«, meint er schließlich achselzuckend und lässt mich alleine. Ich sehe mich nach Jesus um, der immer noch an seinen Baum gelehnt dasitzt und mich nicht aus den Augen lässt. Von Rudi ist weit und breit nichts zu sehen. Jesus zwinkert mir zu und ich sehe schnell in die entgegengesetzte Richtung. Das ist nicht der richtige Zeitpunkt für Flirtereien. Nun bin ich schon eine ganze Weile hier, und habe immer noch nicht herausgefunden, ob zwischen Aurora und Marley und Eva und Adam ein Zusammenhang besteht. Und wer könnte mir diese Frage am besten beantworten? Na logisch, Gott natürlich.

Von unten herauf grinst Jesus mich an.

»Du siehst hübsch aus.«

»Danke. Wo ist dein Vater?«

»Huh, was machst du denn für ein Gesicht? Bist du sauer?«

»Was? Nein.« Ich zwinge mich zu einem Lächeln.

»Doch. Du bist sauer. Ein seltener Anblick hier im Paradies. Wobei Eva in der letzten Zeit schon ungewohnt reizbar ist.«

»Ist mir aufgefallen. Also, ist Gott hier irgendwo? Ich würde gerne mit ihm sprechen.« Jesus nickt wissend.

»Weil er dir Besuch geschickt hat?« Wie vom Donner gerührt stehe ich da.

»Das weißt du?«

»Klar weiß ich das.« Bevor ich weiter nachfragen kann, warum, weshalb und wieso, ertönt aus der Ferne Evas Stimme.

»Rudi, was machst du denn schon wieder da oben?« Jesus sieht sich suchend um und steht rasch auf.

»Bestimmt ist er wieder auf einen Baum geklettert und kommt nicht runter«, meint er besorgt und greift ganz selbstverständlich nach meiner Hand. »Komm.«

Eva steht vor dem Baum der Erkenntnis und lugt in das dichte Blätterwerk.

»Das kann doch wohl nicht wahr sein. Lernst du es eigentlich nie?« Sie wirft Jesus einen schrägen Seitenblick zu, bevor sie sich flink an den Aufstieg macht. Höher und höher klettert sie in die Baumkrone, bis sie unseren Blicken fast vollkommen entschwunden ist.

»Halte durch, Rudi«, ruft Jesus und zerquetscht mir beinahe

213

die Hand. »Sie ist gleich bei dir. Er hat Schwierigkeiten mit dem Klettern.«

»Ja, das habe ich schon mitbekommen. Könnte vielleicht an der ungleichen Verteilung seiner Beine liegen«, kann ich mir nicht verkneifen zu sagen. Jesus fährt so heftig zu mir herum, dass ich zusammenzucke.

»Ja«, sagt er laut. »Danke. Endlich erkennt das mal jemand. Ich habe es Dad vom ersten Tag an gesagt. Eine totale Fehlkonstruktion.« Bevor ich etwas erwidern kann, unterbricht uns ein spitzer Schrei aus luftiger Höhe.

»Was ist? Ist ihm was passiert? Rudi, bist du in Ordnung?«, ruft Jesus besorgt.

»Ja, alles okay«, kommt es von oben. »Er hat nur … Ach, nichts. Wir kommen gleich runter.« In atemloser Spannung beobachten wir die Rettungsaktion. Wie schon einmal turnt Eva, Rudi um den Hals geschlungen, den Baum herunter und übergibt ihn an den erleichterten Jesus.

»Danke«, sagt dieser.

»Keine Ursache. Ich … muss weg. Evi, kommst du?«

»Äh, nun ja …« Unschlüssig sehe ich von einem zum anderen. »Ich habe mit Jesus eigentlich noch etwas zu besprechen.«

»Kannst du das nicht nachher machen?« Eindringlich sieht sie mich an. »Es ist wichtig.« Na schön, ein paar Minuten vielleicht. Ein Blick auf meine Armbanduhr erinnert mich daran, dass ich eine solche ja hier gar nicht trage, aber mein Zeitempfinden sagt mir, dass ich noch genügend Zeit habe, bis Doktor Schäfer mich zurückholt. Evas glühende Wangen und ihr verheißungsvoller Blick machen mich neugierig genug, um zustimmend zu nicken.

»Okay. Gehen wir. Bis später, Jesus!«

Eva eilt so schnell von dannen, dass ich Mühe habe, mit ihr Schritt zu halten. Erst als wir außer Sichtweite sind, dreht sie sich zu mir um und hält mir, über das ganze Gesicht strahlend, einen dicken, rot schimmernden Apfel entgegen.

»Guck mal, was Rudi gefunden hat«, quietscht sie begeistert.

» *Die Frau antwortete: Die Schlange hat mich verführt und so habe ich gegessen.«*

1. MOSE 3, VERS 13

Die Frucht sieht wirklich zum Anbeißen aus. Wie auch sonst. Sie leuchtet im Sonnenlicht und unwillkürlich strecke ich die Hand danach aus, doch Eva ist schneller und versteckt den Apfel schnell wieder hinter ihrem Rücken. »Nix da.« Vehement schüttelt sie den Kopf. Ich ziehe die Hand zurück.

»Ich wollte ihn doch nur mal anfassen.«

»Ach ja?« Ihre Augenbrauen wandern in die Höhe. »So wie den letzten?« Ertappt zucke ich zusammen.

»Den letzten?«, frage ich unschuldig.

»Den hast du doch gegessen, oder etwa nicht?« Kurz erwäge ich, einfach alles abzustreiten, dann entscheide ich mich aber doch für die Wahrheit.

»Ja«, gebe ich zu. »Woher weißt du das?« Sie geht auf meine Frage jedoch nicht ein.

»Und du hattest Sex, oder?« Ein neugieriges Glimmen erscheint in ihren Augen. Ich nicke erneut. »Mit Jesus?«

215

»Woher weißt du das?«

»Keine Ahnung.« Sie zuckt die Schultern und wirft spielerisch den Apfel ein paar Mal in die Höhe und fängt ihn wieder auf. Dann stockt sie plötzlich. »Warte mal. Dann …«, ein glückliches Lächeln breitet sich auf ihrem Gesicht aus, »dann bekommst du ja ein Baby!« Schön wär's, denke ich. Aber ich will ihr die Freude nicht verderben.

»Weißt du«, beginne ich mit der Aufklärungsstunde, »man bekommt nicht jedes Mal, wenn man Sex hatte, ein Baby. Meistens muss man es öfter machen.«

»Man muss?« Sie runzelt die Stirn. »Aber es macht doch Spaß, oder?«

»Ja, schon.«

»Du meinst also, man darf? Man darf öfter Sex machen, um ein Baby zu bekommen?« Der Einfachheit halber nicke ich.

»Ja, genau.« Dieser Jungfrau zu erzählen, dass Sex ab einem gewissen Zeitpunkt leider nicht mehr viel mit Spaß, dafür sehr viel mit Pflicht und Stress zu tun hat, ist mir jetzt wirklich zu anstrengend. Außerdem will ich ihr die Sache ja nicht gleich vermiesen. Und vielleicht sollte ich mir von ihrer positiven Haltung mal eine Scheibe abschneiden. Während ich mir diese Gedanken mache, sieht Eva grüblerisch auf den Apfel in ihrer Hand, bis ihr Gesicht plötzlich aufleuchtet.

»Evi, kannst du mir helfen?«

»Wobei denn?«

»Ach, ich möchte ein bisschen Obst pflücken. Vielleicht ein paar Beeren«, sie deutet auf die stacheligen Sträucher ganz in unserer Nähe, die sich unter der Last von reifen, duftenden Himbeeren und Brombeeren biegen. »Und einige Orangen oder Kiwis.« Sie zeigt in Richtung der entsprechenden Bäume.

»Ich verstehe. Du willst wohl einen Obstsalat machen, hm?«

»Was?« Sie macht das harmloseste Gesicht der Welt. »Ach so, ja. Ich habe gerade so einen Appetit darauf.«

»Soso. Und Adam bekommt auch ein Schälchen ab, was?« Sie stemmt die Hände in die Hüften und schiebt die Unterlippe vor.

»Was soll ich denn sonst machen? Ich brauche ihn doch für den Sex. Oder?« Kurz wirkt sie verunsichert.

»Auf jeden Fall brauchst du ihn für das Babymachen«, antworte ich diplomatisch.

»Dann los.« Entschlossen geht sie zu den Sträuchern.

Kurze Zeit später spazieren wir gemeinsam zurück zur Lichtung. In jeder Hand hält Eva eine ausgehöhlte, halbe Kokosnuss mit appetitlich duftendem Obstsalat. Für meinen Geschmack fehlt ja noch ein Klacks Vanillequark, aber ich habe sowieso dankend abgelehnt, als sie mir ebenfalls eine Portion anrichten wollte. Lieber nicht. Mit einem etwas mulmigen Gefühl in der Magengrube sehe ich ihr dabei zu, wie sie auf Adam zugeht, der am Fuße eines Zitronenbaumes vor sich hin döst. Als Evas Schatten auf sein Gesicht fällt, öffnet er die Augen und setzt sich auf.

»Was habe ich jetzt schon wieder gemacht?«, fragt er ängstlich, aber Eva schüttelt lächelnd den Kopf.

»Gar nichts.«

»Wirklich?« Das Misstrauen weicht großer Erleichterung. »Das ist ja mal was ganz Neues.« Eva lacht glockenhell und lässt sich neben Adam ins Gras fallen, während ich mich in diskretem Abstand von den beiden halb hinter einem Busch verstecke. Sie stupst ihn spielerisch in die Seite und bietet ihm eine der Schalen an.

»Hast du Hunger? Ich hab Obstsalat gemacht.«

» *Die Frau sah: Die Früchte waren*
so frisch, lecker und verlockend –
und sie würden sie klug machen!
Also nahm sie eine Frucht, biss hinein
und gab auch ihrem Mann davon.
Da aß auch er von der Frucht.«

1. MOSE 3, VERS 6

»Obstsalat? Was soll das denn sein?«

»Das sind verschiedene Früchte, die ich zusammengemischt habe.«

»Wozu?«, fragt Adam. »Man kann die Früchte doch auch einzeln essen.« Eva unterdrückt ein Stöhnen und ich kann es ihr nicht verdenken. Der Mann ist wirklich wahnsinnig unflexibel.

»Kombiniert schmecken sie noch viel besser«, erklärt sie ihm geduldig.

»Aber hätte Dad die Früchte dann nicht gleich zusammen an einem Baum wachsen lassen, wenn er gewollt hätte, dass wir sie so essen?« Noch immer weigert Adam sich, nach der Schale zu greifen, die Eva ihm unter die Nase hält. »Vielleicht sollten wir ihn lieber vorher fragen.«

»Das kannst du ja gerne machen, wenn er wiederkommt. Das wird allerdings nicht vor heute Abend der Fall sein.« Achselzuckend stellt Eva die Schale auf den Boden und macht sich über ihre eigene Portion her. Eine Weile sieht Adam ihr beim

Essen zu, bis er das Interesse verliert und sich zurück ins Gras fallen lässt. Fast tut mir Eva ein bisschen leid. Sie hat sich solche Mühe gegeben. Allerdings sieht sie gar nicht besonders enttäuscht aus. Genüsslich verspeist sie den Obstsalat bis auf den letzten Bissen und stößt einen lang gezogenen Seufzer aus. »Hmmmmmmmmmjaaaaaa.« Sie leckt sich die Finger ab. »Ooohh. Jaaaaaa.«

»Alles okay mit dir?« Adam richtet sich auf und sieht sie besorgt an. Eva wendet sich ihm zu, den Daumen noch immer im Mund.

»Hmmmm. Es geht mir wunderbar.«

»Hast du dich geschnitten?«

»Nein.« Sie schüttelt den Kopf und wirft ihr Haar über die Schulter zurück.

»Warum lutscht du denn an deinem Daumen?«

»Nur so. Weil es sich gut anfühlt.«

»Es fühlt sich gut an?« Halbherzig steckt Adam nun seinerseits den Daumen in den Mund. »So ein Quatsch.«

»Doch«, besteht Eva auf ihrer Meinung, aber ihre Stimme hat den tadelnden, ungeduldigen Ton verloren, mit dem ich sie in letzter Zeit so oft mit Adam habe sprechen hören. Sie klingt weich und liebevoll, fast wie ein Schnurren. »Hier«, sie hält ihm ihren Daumen hin. »Lutsch mal dran.«

»Iiihhh.« Adam schiebt ihre Hand weg. »Den hast du doch grade im Mund gehabt.«

»Das macht doch nichts.«

»Das ist eklig.« Fast fühle ich mich bemüßigt, dazwischenzugehen. So wird das nie was. In Evas Gesicht wechseln sich Verletztheit und Begehren ab. Hinter mir spüre ich eine Bewegung, und als ich mich umdrehe, steht Jesus dicht vor mir.

»Na?« Um seine eisblauen Augen entstehen die niedlichs-

219

ten Lachfältchen, die ich je gesehen habe. Auch ohne Obstsalat bin ich kurz davor, lang hinzuschlagen. Schnell mache ich einen Schritt nach hinten.

»Na.«

»Und? Hat Eva ihn schon überredet? Rudi hat mir von dem Apfel erzählt«, fügt er beruhigend hinzu. Eine Sekunde lang wundert mich diese Aussage. Er hat ihm davon erzählt? Aber wie denn? Dann wird mir bewusst, dass ich es immerhin mit Gottes Sohn zu tun habe. Sicher hat er kein Problem damit, die Sprache der Tiere zu verstehen. Und im Grunde ist es ja sowieso egal. Ich schüttele den Kopf. Immer mal wieder muss ich mich daran erinnern, dass all das hier ja schließlich nicht real ist. Auch wenn es sich verdammt echt anfühlt, wie Jesus jetzt nach meiner Hand greift. Prompt stellen sich die Härchen auf meinem Unterarm auf. Sein Duft weht zu mir herüber. Interessanterweise riecht er nach »Cool Water«. Ein Parfum, das ich das letzte Mal vor fast zwanzig Jahren gerochen habe. An Tobias. Meiner ersten großen Liebe. Die Gänsehaut breitet sich auf meinem gesamten Körper aus. Mit aller Willenskraft, die ich aufbringen kann, entziehe ich ihm meine Hand.

»Eva hat die Frucht gegessen. Aber Adam noch nicht.« Über meine Schulter hinweg linst Jesus zu den beiden hinüber. Eva, die mittlerweile auf dem Rücken liegt und die Hände auf ihre Brüste gelegt hat, daneben Adam, fassungslos.

»Was machst du? Juckt's dich da?«

»Nein. Hmmmmm. Oooooohh. Jaaaaa.«

»Soll ich lieber Dad rufen?«

»Der ist doch nicht da.«

»Oder Jesus?«

»Nein. Oooohh, Adam.«

»WAS IST DENN MIT DIR?« Mittlerweile vollkommen verzweifelt packt er Evas Schultern und rüttelt sie. In seinen Augen glitzern Tränen. Sie schlingt ihren Arm um seinen Hals, zieht ihn zu sich herab und küsst ihn stürmisch auf den Mund. »Was machst du da? Lass das!« Er reißt sich los und springt auf. Eva sieht zu ihm auf.

»Geh doch nicht weg.« Ihre Stimme ist weich wie Samt, als hätte es die brüske Abfuhr nicht gegeben. Adam dagegen ist vollkommen aus dem Häuschen.

»Ich verstehe dich nicht mehr. Was ist bloß los?«, jammert er, während Eva die Beine anzieht und sich auf alle Viere begibt. Im Zeitlupentempo bewegt sie sich auf Adam zu und bewegt sich dabei so elegant und geschmeidig wie eine Wildkatze. Ihre Hüften schwingen sanft hin und her, das Haar fällt ihr halb ins Gesicht, die weichen Lippen sind halb geöffnet, die Augen blitzen vor Verlangen. Voller Entsetzen sieht Adam, blind für die Verlockung, auf sie hinunter. Endlich hat Jesus ein Einsehen.

»Na, was ist denn hier los?«

»Gott sei Dank, Jesus, dass du da bist. Es ist was mit Eva.« Vollkommen aufgelöst rauft Adam sich die Haare. »Sie ist irgendwie krank oder so.« Jesus tätschelt ihm beruhigend den Arm.

»Mach dir keine Sorgen, mein Freund. Das wird schon wieder. Ich kümmere mich um sie. Setz dich doch. Du bist ja selber ganz blass um die Nase.« Adam nickt heftig.

»Mir ist schwindelig. Ich sollte mich wirklich hinsetzen.« Adam lässt sich ins Gras plumpsen und zieht mich mit sich. »Vor ein paar Minuten war sie noch ganz normal. Und dann plötzlich, wie aus heiterem Himmel, hat sie so komische Sachen gemacht«, redet er wie ein Wasserfall auf mich ein. »Und sie gibt Laute von sich, als hätte sie große Schmerzen. Aber sie behauptet, dass alles in Ordnung ist.«

»Hmm.« Ehrlich gesagt höre ich ihm nur mit halbem Ohr zu. Meine Aufmerksamkeit ist gefesselt von Eva, die, noch immer kniend, zu Jesus aufblickt.

»Hallo Jesus.« Ihre Stimme klingt tief, rauchig, verführerisch. Misstrauisch kneife ich die Augen zusammen. Er wird doch nicht …? So war das ganz gewiss nicht gemeint von Gott. Er hat doch wohl Adam und Eva erschaffen, damit sie ein Paar werden. Und nicht, damit Jesus dann dazwischenfunkt. Was macht der eigentlich hier im Paradies? Er ist doch wohl höchstens so etwas wie ein geduldeter Besucher. Ein Zaungast. Und außerdem hat er mit mir geschlafen. Da kann er doch jetzt nicht einfach zu Eva überlaufen?

»… an ihrem Finger zu lutschen. Kannst du dir das vorstellen. Oh, mir ist wirklich ganz komisch zumute«, brabbelt Adam weiter, während ich Eva und Jesus beobachte.

»Na, Eva.« Jesus lacht sein niedliches Lachen und zwinkert ihr zu. Kein Wunder, dass sie aussieht wie eine Löwin, bereit zum Sprung. Sie setzt sich auf ihre Fersen und präsentiert ihm so, wahrscheinlich unbewusst, ihre wohlgeformten Brüste.

»Naaaaa, Jesus«, säuselt sie.

»Da hast du dann wohl doch endlich vom Baum der Erkenntnis genascht?«

»Hhmmmmm.« Sie nickt und wirft ihm unter gesenkten Lidern einen lasziven Blick zu.

»… ganz flau im Magen. Weil ich mich so erschrocken habe«, jammert Adam. »He, Evi, hörst du mir überhaupt zu?«

»Und ob ich dir zuhöre.« Das ist die Idee. Ich hangele nach der Kokosnussschale mit dem unberührten Obstsalat und halte sie ihm hin. »Hier. Du solltest dringend etwas essen.«

»Nein, lieber nicht.«

»Doch«, sage ich nachdrücklich. »Du bist unterzuckert.«

»Was bin ich?«

»Unterzuckert. Das bekommt man, wenn man nicht genug gegessen hat.«

»Du, Jesus? Willst du dich nicht zu mir legen?« Mit einem Seitenblick muss ich feststellen, dass Eva sich im warmen Gras räkelt und dabei äußerst verführerisch wirkt. Sogar auf mich. Jesus steht zwar noch immer, einen gewissen Sicherheitsabstand wahrend, vor ihr, aber lange kann es nicht mehr dauern. Hektisch wende ich mich wieder Adam zu.

»Du musst ganz schnell was essen, sonst bekommst du möglicherweise die gleichen Symptome wie Eva.« Mit kugelrunden Augen sieht er mich an, dann greift er nach dem Obstsalat und schlingt ihn herunter.

»Jesus«, rufe ich zu ihm hinüber, der mittlerweile neben Eva kniet.

»Berühr mich«, haucht sie. »Berühre meinen Körper.« Seine ausgestreckte Hand erstarrt in der Luft, als ich ein zweites Mal, bestimmter dieses Mal, nach ihm rufe.

»Jesus!«

»Ja?« Er zieht die Hand zurück und sieht mich unschuldig an. Ich schwenke die leere Kokosnussschale. Er nickt und steht auf.

»Warte. Wo willst du hin?« Enttäuscht richtet Eva sich auf, während ich mich wieder Adam zuwende. Noch hockt er da wie ein Schluck Wasser in der Kurve. Vor lauter Nervosität nage ich auf meiner Unterlippe herum. Das gibt es doch nicht. Warum setzt die Wirkung nicht ein? Plötzlich beginnen seine Augenlider zu flackern und er schaut hinunter in seinen Schoß.

»Guck mal«, flüstert er ergriffen. Ich folge seinem Blick und wende ihn sofort wieder ab. Was hatte ich denn anderes erwartet als eine gewaltige Erektion? Mit einem Ruck hebt Adam den Kopf. Huch! Das nenne ich mal eine Verwandlung. Vom Jungen zum Mann in weniger als drei Sekunden. Mit hungrigen Augen sieht er mich an. Sanft nehme ich sein Gesicht in beide Hände, er lehnt sich leicht nach vorne, wohl, um mich zu küssen, doch ich wende seinen Kopf mit Nachdruck zur Seite, so dass sein Blick auf Eva fällt.

»Eva«, sagt er rau. Mit einem Satz ist er bei ihr. »Eva.«
»Adam.« Sie öffnet ihre Arme und er sinkt hinein.

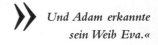

Und Adam erkannte sein Weib Eva.«

1. MOSE 4, VERS 4

Mit bedeutend leichterem Herzen spaziere ich nach der Therapiestunde, für die ich heute meine Mittagspause geopfert habe, zurück ins Büro. Jetzt nur mal angenommen, dass in meinem Leben tatsächlich gerade etwas Magisches passiert. Dass sich Adam und Eva irgendwie aus meinen Hypnose-Sitzungen materialisiert und als Marley und Aurora zu uns nach Heven gekommen sind. Oder dass es einen Gott gibt, mit dem ich tatsächlich gesprochen habe, und der mir mit unseren Hausgästen klar machen wollte, dass der Genuss des Apfels weniger mit Ungehorsam gegen ihn sondern vielmehr mit dem Erwachsenwerden der Menschheit zu tun hatte. Nur mal angenommen, dass eine dieser Varianten stimmt: Dann müsste doch jetzt eigentlich alles in Ordnung sein, oder? Adam und Eva haben vom Baum der Erkenntnis gegessen und vögeln sich fröhlich durch das Paradies, und Marley und Aurora können abzischen. Zurück nach Dänemark oder wohin auch immer. Und Alex und ich haben das Haus wieder für uns allein. Ich freue mich auf einen gemütlichen Abend mit ihm, ein Glas Rotwein, vielleicht ein schöner Film und dann … Es ist nicht zu leugnen, dass mir das Liebesspiel von Adam und Eva ein bisschen Appetit gemacht hat. Und auch ihr Kommentar, dass Sex ja eigentlich ein Vergnügen ist. Ein großer Spaß, der es nicht verdient hat, dass man ihn zum reinen Funktionsakt degradiert, um ein Kind zu zeugen. Apropos. Ich fische mein Telefon aus der Handtasche hervor und öffne meine Kinderwunsch-App. »Your period is 4 days late«, steht auf dem Display. Ungläubig starre ich darauf. Das kann gar nicht sein. Da muss ein Fehler vorliegen. Ich rechne kurz nach, und tatsächlich. Eigentlich hätte ich schon längst meine Tage bekommen müssen. Mein Herz verfällt in einen rasenden Galopp. Ganz ruhig, Evi, ganz ruhig. Das muss noch nichts zu bedeuten haben. Dennoch beschleunige ich meine Schritte.

Während ich mit zitternden Fingern den Schwangerschaftstest aus seiner Verpackung fummele, schüttele ich über mich selbst den Kopf. Wie konnte ich denn meinen Zyklus so aus den Augen verlieren in den letzten Wochen? Das ist mir ja noch nie passiert. Andererseits war ja auch eine Menge los. Die Verlobungsparty, mein Geständnis, der Streit mit Alex, und jetzt unser Hausbesuch. Da kann man das schon mal vergessen. Ich pinkele in den Becher, den ich aus der Büroküche gemopst habe und auf dem unter der Zeichnung eines erigierten Penis der Schriftzug »Hallo Girls, habt Ihr 15 Minuten Zeit und 20 Zentimeter Platz?« steht. Das grenzt meiner Meinung nach schon an sexuelle Belästigung am Arbeitsplatz und sollte wirklich jemand aus diesem sexistischen Geschirr trinken, dann geschieht ihm das ganz recht. Ich dippe die Spitze des Schwangerschaftstests in den Urin und zähle nervös bis Zwanzig. Dann setze ich die Plastikkappe auf den Test und leere den Becher in der Toilette aus. Während ich ihn im Waschbecken ausspüle und dabei, Sexismus hin oder her, auch ein bisschen Seife verwende, schiele ich immer wieder auf das neben mir liegende Stäbchen. Mir ist ein bisschen flau im Magen. Ja, richtiggehend übel ist mir. Weil ich schwanger bin? Oder nur vor Aufregung? Nervös sehe ich auf die Uhr. Gleich ist es soweit. Noch wenige Sekunden. Mein Puls rast. Vielleicht besser, wenn ich mich hinsetze. Ich sollte meine Hoffnung nicht zu hoch schrauben. Dies ist nicht der erste Schwangerschaftstest, den ich mache. Und auch nicht das erste Mal, dass meine Regel sich verspätet. Aber vier Tage, nein, so spät kam sie noch nie. Ich knabbere an meinen Fingernägeln herum, hole tief Luft und schaue auf das digitale Fenster des Schwangerschaftstests. Schwanger oder nicht schwanger?

19.

Schwanger. Ungläubig starre ich auf das Wort, das vor meinen Augen verschwimmt.

»Dann bekommst du ja ein Baby«, echot Evas Stimme in meinem Kopf. Ob ich es schon wusste? Tief in meinem Unterbewusstsein? Hier ist er nun also, der Moment, auf den ich seit drei Jahren sehnsüchtig gewartet habe. Mein erster Impuls ist, sofort Alex anzurufen. Das Handy schon in der Hand, halte ich inne. Das ist keine Nachricht, die man einfach so am Telefon durchgibt. Ich möchte ihm in die Augen sehen, wenn er erfährt, dass er endlich, endlich Vater wird. Aber irgendwohin muss ich mit meinen Neuigkeiten, sonst platze ich. Auch wenn einem die Frauenärzte ja immer wieder einschärfen, am besten in den ersten zwölf Wochen kein Wort über die Schwangerschaft zu verlieren. Wegen der Gefahr einer Fehlgeburt. Mir wird heiß und kalt. Nein! Das wird nicht geschehen. Ich habe so lange gewartet. Schützend lege ich eine Hand auf meinen Unterleib. Das fängt ja gut an. Der Knirps ist gerade mal ein Zellklumpen, und schon mache ich mir Sorgen. Mit zitternden Fingern greife ich nach dem Becher, doch er gleitet mir aus der Hand und zerschellt in tausend Stücke. Ungerührt starre ich auf die Bescherung. Macht nichts. Ich werde ein Kind in diese Welt bringen. Je weniger Sexismus, desto besser.

»Was grinst du denn so wie ein Honigkuchenpferd?«, fragt Corinna neugierig, als ich mich wieder an meinem Schreibtisch niederlasse. Der Vorsatz, vielleicht wenigstens bis zum

Besuch beim Frauenarzt zu warten, bis ich meiner besten Freundin von meiner Schwangerschaft erzähle, löst sich in Luft auf.

»Ich bin schwanger!«, platze ich damit heraus, beziehungsweise flüstere ich ihr ins Ohr.

»Nein!«

»Doch!« Die Kollegen sehen nur meinen Rücken, also krame ich in meiner Handtasche nach dem Schwangerschaftstest und halte ihn ihr triumphierend hin.

»Aber das ist ja … Süße, das ist …«

»Ich weiß!« Wir springen gleichzeitig auf und fallen einander in die Arme. Corinna legt ein spontanes Tänzchen aufs Parkett. Unsere Kollegen glotzen uns an, als hätten wir den Verstand verloren.

»Guckt nicht so blöd, Evi …«

»Pssssst«, zische ich ihr ins Ohr. Um dem ganzen Büro die frohe Kunde zu überbringen, dazu ist es entschieden zu früh.

»… hat in einem Preisausschreiben gewonnen«, vollendet Corinna geistesgegenwärtig den Satz und ich kichere.

»Was haste denn gewonnen?« Hildegard versucht gar nicht erst, ihre Missgunst vor mir zu verheimlichen. Sie schaut noch griesgrämiger als sonst. Corinna sieht mich fragend an und mein Kopf ist wie leergefegt.

»Ein … ein …«

»… einen Motorroller«, kommt Corinna mir zur Hilfe.

»Genau. Einen Motorroller habe ich gewonnen.« Ich nicke.

»Und darum freuen wir uns.« Erneut nimmt Corinna mich in die Arme und drückt mich fest an sich, während von hier und da ein paar Glückwünsche ausgesprochen werden.

»Ja nun«, sagt Hildegard, »sind ja sehr gefährlich, die Dinger. Hat sich schon manch einer mit totgefahren.«

»Was ist denn hier schon wieder los?« Wie aus dem Boden
gewachsen steht Herr Hybel plötzlich mitten im Raum. »Ist
das hier eine Party? Haben Sie nichts zu tun?« Alle wenden
sich wieder ihren Bildschirmen zu, auch Corinna und ich
lassen uns schnell wieder auf unsere Bürostühle fallen und
tun schwer beschäftigt. Einigermaßen besänftigt lässt Hybel
den Blick über seine Schäfchen gleiten und brummelt vor
sich hin. Bevor er in seinem Büro verschwindet, dreht er sich
noch einmal zu uns um: »Übrigens, hat zufällig jemand von
Ihnen meinen Kaffeebecher gesehen? Dunkelblau mit weißer
Schrift?«

»Was stand denn drauf?«, frage ich mit unschuldigem
Augenaufschlag.

»Ähm, nun, also, das weiß ich gar nicht so genau«, behauptet er, obwohl er über seinem Hemdkragen merklich rot an-
läuft. »Irgendein Werbeslogan.«

»Soso.« Ich lächele zuckersüß. »Nein, den habe ich leider
nicht gesehen.«

Am Nachmittag ruft mich Alex auf dem Handy an. Corinna
hat mir beigepflichtet, dass eine so tolle Nachricht einer gewissen Form bedarf. Statt die Steuererklärung für die Firma
Nagelkamp zu machen, habe ich mich in diversen Internet-
foren umgesehen, um mir diesbezüglich Anregungen zu holen.
Die Leute kommen schon auf die verrücktesten Ideen.

»Hallo mein Herz!«

»Wann kommst du nach Hause?« Ups? Er wirkt ein wenig
angespannt. Aber meine gute Laune kann heute nichts trüben.

»Vermisst du mich?«

»Wenn du es so formulieren willst. Also? Wann?« Mein
flirtiver Tonfall scheint ihm gar nicht aufzufallen.

»Ähm, na, so wie immer.«

»Okay.« Er stöhnt.

»Naja.« Ich beginne in dem Stapel Papier zu wühlen, der sich neben meiner Tastatur befindet. Nagelkamp muss ich auf jeden Fall noch fertig machen, aber der Rest kann eigentlich auch bin morgen warten. »Vielleicht schaffe ich's ne halbe Stunde früher.«

»Wäre gut, ja«, sagt er knapp.

»Was ist denn los? Ist alles okay?« So schlechte Laune hat Alex wirklich äußerst selten. Und wenn, dann hat sie bei ihm, weil er nicht, wie wir Frauen, einer ständigen hormonellen Berg-und-Tal-Fahrt ausgeliefert ist, wenigstens einen konkreten Grund. »Hast du dir den Wagen von Marley und Aurora mal angeschaut?«

»Hmm, ja. Der Motor ist zu einem Klumpen zusammengeschmolzen. Keine Ahnung, wie die das gemacht haben. Ich hab ihn gemeinsam mit Joshua zur nächsten Werkstatt geschleppt.«

»Das war aber nett von euch.«

»Ja, find ich auch. Die beiden haben sich natürlich null gekümmert.«

»Tut mir leid. Wie geht's denn so mit ihnen? Ich meine, sind sie noch bei Joshua? Ist alles in Ordnung?«

»Komm einfach nach Hause, ja?«

Ach, es wird schon nicht so schlimm gewesen sein, beruhige ich mich selbst, als ich um fünf Uhr auf die Autobahn in Richtung Heven auffahre. Und außerdem sollte ich vielleicht einmal damit aufhören, mich für die Sache verantwortlich zu fühlen. Was kann ich denn dafür, dass diese beiden Hippies bei uns aufgeschlagen sind? Ja, vielleicht eine ganze Menge. Vielleicht sind sie uns von Gott gesandt worden. Vielleicht aber auch nicht. Alex müsste ich mit dieser Theorie gar nicht erst kommen. Der ist durch und durch rational. Und zudem noch Atheist. Wenn ich es wage, abends im Schlafzimmer mal eine Meditations-CD einzulegen, um die Chakren mit Energie aufzufüllen, dann kugelt er sich nach spätestens zwanzig Sekunden vor Lachen. Und wenn ich ihm erzähle, dass es mit dem Parkplatz-Bestellen beim Universum immer besser funktioniert, dann erzählt er mir was von Zufall. Kurzum, Alex ist so spirituell wie ein Turnschuh. Aber ich liebe ihn trotzdem. Ob unser Kind auch so ein kleiner Informatiker werden wird? Neben mir auf dem Beifahrersitz liegt ein kleines Päckchen mit einer hellblauen Schleife, in dem sich die entzückendsten Babyschühchen befinden, die *Baby Waltz* zu bieten hatte. Corinna schlug ja vor, Alex den Schwangerschaftstest auf den Abendbrotsteller zu legen, aber das fand ich, obwohl die in Urin getauchte Spitze ja in der Plastikverkleidung steckt, ein bisschen unhygienisch. In Hybels Tasse zu pinkeln ist eine ganz andere Sache.

Mit klopfendem Herzen betrete ich unser Haus. Das Päckchen in meiner Handtasche scheint Wellen von Energie auszusenden. Ich kann es kaum noch erwarten. Am liebsten würde ich die Treppe hinaufrasen, die Tür zu Alex' Arbeitszimmer aufreißen und losjubeln.

»Ich bin schwanger, schwanger, schwanger!« Aber weil ich weiß, dass ich mich im Nachhinein darüber ärgern würde, reiße ich mich zusammen und gehe gemessenen Schrittes die Stufen hinauf.

»Alex? Bist du da?« Über den Flur kommt er mir entgegen. Der Vater meiner Kinder. Ich seufze verzückt. Wenn es ein

Junge wird, dann soll er genau so aussehen wie Alex. »Hallo!«
Ich strahle ihn an.

»Hallo.« Er strahlt nicht ganz so. Oder besser gesagt, überhaupt nicht. Hat wohl einen anstrengenden Tag gehabt. Wobei
ich immer dachte, dass Männer nichts lieber tun, als sich mit
Autos zu beschäftigen. Und so einen ausgebrannten VW-Bus
von einer Wiese schleppen, noch dazu mit seinem besten
Kumpel Joshua, das muss doch eigentlich ein Highlight gewesen sein. Bis zu diesem Moment jedenfalls. Zum Abendbrot
gibt es dann den wahren Höhepunkt des Tages. Zärtlich streiche ich Alex durch die verstrubbelten Haare.

»Wie war dein Tag?«

»Okay. Komm mit, ich möchte was mit dir besprechen.« Er
nimmt meine Hand und zieht mich durch den Flur in Richtung Wohnzimmer. Mit einer Handbewegung lädt er mich
ein, auf dem Sofa Platz zu nehmen. Ein bisschen verwirrt setze
ich mich hin, während er an den altmodischen Barschrank
tritt, den wir ebenfalls von Oma Anni geerbt haben. Zu ihren
Lebzeiten stand nur eine Flasche scheußlich süßer Likör darin,
aber Alex hat ihn mittlerweile mit einer bunten Auswahl ge-
nießbarer Alkoholika bestückt. »Willst du auch einen Drink?«
Ich blinzele überrascht. Vor dem Essen? Nicht, dass wir nicht
gerne mal ein Glas trinken, aber doch normalerweise erst
nach Sonnenuntergang. Und für mich ist das Thema Alkohol
für die nächsten neun Monate ja sowieso gestorben. Was Alex
aber nicht wissen kann.

»Nein, danke!« Ich schüttele den Kopf.

»Irgendwas anderes?«

»Nein.« Er schenkt sich einen Whiskey ein, prostet mir zu,
leert das Glas in einem Zug und füllt es erneut. Erstaunt
beobachte ich ihn dabei. »Bist du in Ordnung?«

»Ja.« Er setzt sich zu mir auf die Couch. Kommt es nur mir so vor, oder wahrt er dabei so eine Art Sicherheitsabstand? Wahrscheinlich ist es reiner Zufall. Ich rücke ein Stück an ihn heran, und ein Hauch seines Parfums weht zu mir herüber. Mir wird bewusst, dass ich es seit Ewigkeiten nicht mehr wahrgenommen habe. Muss an der Schwangerschaft liegen. Ich habe mich heute im Internet ein bisschen schlau gemacht. Ehrlich gesagt ist dabei die Bilanz von Nagelkamp auf der Strecke geblieben. Kann ich nicht ändern. Jedenfalls gibt es etliche Symptome, die schon ganz früh in der Schwangerschaft auftreten können. Jedes einzelne davon hat sich innerhalb des Nachmittags bei mir eingestellt. Müdigkeit, Heißhunger, Übelkeit, Spannungsgefühl in den Brüsten und eben auch ein schärferer Geruchssinn. Corinna hat mich ausgelacht.

»Du riechst gut«, sage ich zu Alex und lege meine Hand an seinen Hals. Irgendwie will ich ihn die ganze Zeit berühren.

»Ähm, danke. Das Parfum hast du ja auch ausgesucht.« Ich lächele und bin überzeugt, mein Geheimnis nicht mehr eine Minute lang für mich behalten zu können. Deshalb greife ich nach meiner Handtasche. »Also, Evi, worüber ich mit dir sprechen wollte ...«

»Ich muss dir auch was sagen«, unterbreche ich ihn.

»Ich zuerst.« Er leert sein Glas in einem Zug und donnert es geradezu auf den Couchtisch. Vielleicht bin ich aber auch nur sehr geräuschempfindlich. Muss gleich heute Abend mal im Internet nachsehen, ob das auch eine Nebenwirkung der Schwangerschaft ist. Meine Hand ruht auf dem Päckchen, das sich noch immer in meiner Tasche befindet.

»Okay. Dann du zuerst.« Auffordernd lächle ich ihn an. Auf diese eine Minute kommt es nun mit meinen Nachrichten auch nicht mehr an. Trotz meiner Ungeduld, oder vielleicht auch wegen ihr, koste ich jede Sekunde, die es nun noch ein Geheimnis ist, aus.

»Ich hab noch mal nachgedacht. Über dich und diesen Benjamin.« Ich kann förmlich spüren, wie mein Lächeln verrutscht und meine Hochstimmung in den Keller sinkt. Über Benjamin will er mit mir reden? Das Thema war doch schon mehr oder weniger durch, wenn ich das alles richtig verstanden habe. In rasendem Tempo ziehen die Bilder der letzten Minuten noch einmal vor meinem inneren Auge vorbei. Sein distanzierter Blick, der Alkohol am Nachmittag und am schlimmsten: »Wir müssen reden.« Mir schießen die Tränen in die Augen. So heftig und so unvermittelt, dass ich auch diesen Ausbruch nur auf die Schwangerschaft schieben kann.

»Du kannst mich doch jetzt nicht verlassen. Ich dachte, du hättest mir verziehen. Das ist nicht fair«, schluchze ich. Alex starrt mich verständnislos an. Dann schüttelt er den Kopf.

»Nein, Evi, beruhige dich. Das hast du falsch verstanden. Ich will dich doch gar nicht verlassen.« Mitten in einem besonders tiefen Schluchzer halte ich inne.

»Nein?«

»Nein.« Er tätschelt unbeholfen meinen Unterarm. Statt des Päckchens ziehe ich eine Packung Tempos aus meiner Tasche und putze mir lautstark die Nase. Muss der mich so erschrecken?

»Musst du mich so erschrecken?«

»Tut mir leid.« Ein wenig hilflos hebt er die Schultern.

»Was wolltest du denn nun sagen?« Ich bemühe mich, tief durchzuatmen und meinem Baby Liebe und Licht zu schicken. Alles in Ordnung, Kleines. Mama und Papa bleiben zusammen.

»Ich habe über deinen Vorschlag nachgedacht.«

»Was denn für einen Vorschlag?«

»Na, den mit der offenen Beziehung. Dass wir auch mit anderen schlafen können.« Ich glotze ihn an wie eine Kuh, wenn es donnert. »Ich weiß, ich habe das damals ziemlich abgeschmettert.«

»So kann man das auch nennen. Rausgeworfen hast du mich.«

»Vielleicht war ich zu harsch.«

Das Schweigen zwischen uns breitet sich aus wie eine dunkle, klebrige Masse.

»Was willst du denn jetzt damit sagen?«, bringe ich schließlich mühsam hervor, als ich die Stille nicht mehr ertrage. Meine Zunge fühlt sich ganz trocken und geschwollen an.

»Ich will damit sagen, dass ich bereit bin, diesem Modell eine Chance zu geben.«

»Dem Modell einer offenen Beziehung?«, vergewissere ich mich. Er zuckt mit den Schultern. »Du willst, dass wir auch mit anderen schlafen?«

»Naja, das versteht man wohl darunter, oder?«

Ich nicke langsam. Woher kommt denn bloß dieser plötzliche Sinneswandel? Ich verstehe überhaupt nichts mehr. Als ich das Thema auch nur angetickt habe, ist er doch sofort in die Luft gegangen. Und jetzt soll das plötzlich in Ordnung sein? Und warum kommt er auf diese Idee ausgerechnet jetzt? Heute, wo der Gedanke, mit anderen Männern zu schlafen, mir selten ferner lag. Ich habe doch im Moment ganz andere Prioritäten. Vermutlich könnte ich jetzt sogar mit Joshua ein halbwegs vernünftiges Gespräch führen, ohne zu sabbern. Das ist schon eine Ironie des Schicksals. *Be careful what you wish for.*

»Ich verstehe das nicht, Alex. Du hast mir doch ziemlich

deutlich zu verstehen gegeben, dass alleine der Gedanke daran dich abstößt. Und dass Treue einen großen Wert für dich hat.« Wieder ein Schulterzucken.

»Vielleicht ist das aber auch eine veraltete Einstellung. Versteh mich bitte nicht falsch, bei dem Gedanken, dich mit einem anderen Mann … also, das begeistert mich immer noch nicht. Aber vielleicht ist das tatsächlich die Beziehungsform der Zukunft.« Ich mustere ihn misstrauisch. Und dann fällt endlich der Groschen.

»Wie heißt sie?« Abrupt steht er auf, um sich einen neuen Whiskey einzuschenken.

»Was willst du eigentlich? Das Ganze war doch dein Vorschlag«, blafft er mich an. Getroffene Hunde bellen also tatsächlich. »Wieso tust du jetzt so, als hätte ich nicht mehr alle Tassen im Schrank?« Weil sich die Situation verändert hat, möchte ich sagen. Weil wir bald eine Familie sind. »Was ist? Bist du etwa plötzlich nicht mehr scharf auf andere Typen? Vor ein paar Wochen hättest du dich doch noch am liebsten von diesem Benedikt im Fahrstuhl vernaschen lassen.«

»Benjamin«, korrigiere ich automatisch. Blöder Fehler.

»Ist mir scheißegal, wie dein Stecher hieß«, blökt Alex und trinkt dieses Mal direkt aus der Flasche.

»Er ist nicht mein …«

»Halt die Klappe.« Ich schließe den Mund. Mann, ist der plötzlich sauer. Ob er sich beruhigen würde, wenn ich ihm von meiner Schwangerschaft erzähle? Er wendet mir sein erstarrtes Gesicht zu und ich entscheide mich dagegen. Das hier ist nicht der richtige Zeitpunkt.

»Was willst du von mir hören?« Ich versuche, die Ruhe, die ich nicht fühle, zu bewahren und meiner Stimme einen sanften Tonfall zu verleihen.

»Ich will gar nichts hören.« Er lässt die Flasche sinken. »Vielleicht finde ich es einfach unfair, wenn du hinter meinem Rücken mit anderen Männern rummachst, während ich den treuen Ehemann mime.«

»Aber ich mache nicht mit anderen Männern rum. Also, bis auf das eine Mal.«

»Weiß ich das?« Schon wieder klingt er so aggressiv.

»Nein. Das musst du mir einfach glauben.«

Darauf geht er gar nicht ein. Stattdessen beginnt er, wie ein Tiger im Käfig vor mir auf und ab zu laufen.

»Es wäre einfach ausgleichende Gerechtigkeit.«

»Aber ich dachte, du willst gar nicht mit anderen schlafen.« Das hatte er doch gesagt, oder etwa nicht? »Und wegen mir musst du jetzt nicht damit anfangen«, versuche ich einen Scherz, der leider komplett nach hinten losgeht.

»Ich habe Neuigkeiten für dich, Evi, die ganze Welt dreht sich nicht allein um dich.« Aua, das hat gesessen.

»Jetzt sag mir endlich, wer sie ist!« In mir herrscht ein wahres Gefühlschaos. Die vorrangigste Emotion ist vermutlich die Eifersucht auf jene Unbekannte, die in meinem tugendhaften Alex solch niedere Instinkte weckt. Andererseits fühle ich mich ihm aber auch merkwürdig verbunden. Die Kluft zwischen uns, ich die arme Sünderin und er der treue Heilige, scheint kleiner geworden zu sein. Doch bevor er den Mund öffnen und mir antworten kann, höre ich seltsame Geräusche aus dem hinteren Teil des Hauses. »Was ist denn das?« Ich spitze die Ohren, was gar nicht nötig ist, denn die Stimmen werden schnell lauter.

»Ooooohhh, jaaaaaa! Maaaaaaaaaaarleeeeeeyyy!« Vom Lichtblick ist eher ein brünftiges Röcheln zu hören als verständlich artikulierte Laute.

»Was machen die denn?« Erschrocken springe ich auf und laufe in den Flur, wo sich mir ein unerwartetes Bild bietet, auf das ich gut hätte verzichten können. Rasch wende ich den Kopf, aber der Anblick der auf allen vieren knienden Aurora, die von Marley durch den Flur gevögelt wird, hat sich bereits auf meiner Netzhaut eingebrannt.

»Oh jaaaa. Hmmm, das ist gut. Tiefer, tiefer, tiefer.« Entsetzt sehe ich Alex an, der mir gefolgt ist und mit verschränkten Armen am Türrahmen lehnt. In Erwartung seines Wutanfalls beiße ich mir auf die Unterlippe. Jetzt sind die beiden wirklich zu weit gegangen. Aber Alex rastet nicht aus. Er steht einfach nur da und beobachtet das Pärchen, das in einem ziemlichen Tempo auf uns zugerammelt kommt. Alleine bei der Vorstellung tun mir schon die Knie weh. Mir die Hand vor die Augen haltend wende ich mich ihnen wieder zu.

»Hört sofort auf damit! Oder geht wenigstens in ein Zimmer, wo ihr alleine seid!« Genauso gut könnte ich gegen eine Wand schreien.

»Du fühlst dich so gut an, Auroraaaa.«

»Oh, Maaarleeeeey. Oh ja, oh ja, oh ja!«

»Willst du nicht auch mal was sagen?« Noch immer steht Alex wie festgenagelt im Türrahmen. Im Gegensatz zu mir hat er keine Scheu, das Pärchen bei seiner Vögelei zu beobachten.

»Sie waren schon in allen Zimmern.«

»Wie meinst du das?«

»Wie ich es sage. Als ich mit Joshua von der Werkstatt zurückgekommen bin, hatten sie seinen Marihuana-Vorrat entdeckt und lagen vollkommen bekifft in seinem Wohnzimmer herum. Und dann haben sie, na ja, damit angefangen. Und nachdem sie all seine Zimmer durch hatten, sind sie zu uns rüber gekommen.«

»Willst du damit sagen, dass sie es auch in unserem Schlaf-zimmer getrieben haben?« Ich weiß selber nicht, warum mich dieser Gedanke mehr als alles andere entsetzt. Schließlich tun sie es gerade zu meinen Füßen. In meinem Flur. »In unserem Bett?«

»In, vor, unter. Dreimal ja.« Alex grinst. »Da werden wir wohl die Bettwäsche gleich noch einmal wechseln müssen.«

»Findest du das komisch?« Er hebt beschwichtigend die Hände.

»Hey, kein Problem. Ich mache das.«

»Es geht mir doch nicht um die blöde Bettwäsche!«, fauche ich ihn an, aber das geht im gesteigerten Geräuschpegel von Marley und Aurora beinahe unter. Sie gibt einen gleichbleibend hohen, sehr lang gezogenen Ton von sich, als versuche sie sich an der »Königin der Nacht«, während sein Röhren in tiefe, kehlige Schreie übergeht.

»Jahaaa, hrrrrmmjaaaa, uuffffzz, hrroooojaaahh.« Mit einer Mischung aus Faszination und Ekel luge ich durch meine Finger hindurch. Die beiden haben sich bis unmittelbar vor unsere Füße vorgearbeitet und erreichen in diesem Moment gemeinsam den Höhepunkt.

»Aaaaaaaaaaaaaaaaaaaahhhhh!«

»Hrrrmmmppppppppppffff oooooooooooooohhhoooo.« Marley verzieht das Gesicht, als hätte er schlimmste Qualen zu erleiden, dann kollabiert er und bleibt flach atmend auf Aurora liegen. Wie absurd ist das alles, bitte schön? Und was würden die Hevener Dorfbewohner wohl dazu sagen, dass es im Bauern-hof von Oma Anni zugeht wie in einem Swingerclub? Müh-sam kämpft Aurora sich unter Marleys Körper hervor.

»Schon vorbei?«, fragt sie enttäuscht. Marley grummelt nur etwas Unverständliches und dreht sich auf den Rücken.

»Pause«, jappst er. »Ich brauch ne Pause.«

»Ach, hallo, Evi. Alles klar?« Die Morgenröte scheint meine Anwesenheit tatsächlich erst jetzt zu bemerken. Ohne meine Antwort abzuwarten, wendet sie sich von mir weg und macht einen Schritt auf Alex zu. Und dann noch einen. Und noch einen. Ganz dicht steht sie vor ihm, ihre Brustwarzen nur Millimeter von seinem Hemd entfernt. »Und du? Alles klar?« Sie wirft ihr langes Haar über die Schultern zurück und rückt noch ein klitzekleines Stückchen näher an ihn heran. Ich sehe Alex Blick und mir wird plötzlich sehr schlecht. Seine Augen wandern über ihren nackten Körper und geben die verspätete Antwort auf meine Frage nach der anderen Frau.

»Ja. Alles klar.« Er lächelt. Es ist dieses halbe Lächeln, das mir von Anfang an so gut an ihm gefallen hat. Bei dem sich nur der eine Mundwinkel hebt und ein bezauberndes Grübchen in seine linke Wange zaubert, während die andere Seite seines Gesichtes unbeweglich bleibt. Es gibt ihm so etwas Verschmitztes, Jungenhaftes. Ich liebe es, wenn er mich so ansieht. Die Eifersucht durchfährt mich wie ein Stromschlag, weil er sie so ansieht. Die Synapsen in meinem Gehirn haben natürlich längst die richtigen Schlüsse gezogen. Sie wissen genau, was hier vor sich geht. Was es mit Alex plötzlicher Wandlung, seiner Weltoffenheit auf sich hat. Mit einer leichten Kopfbewegung deutet Aurora auf mich, ohne Alex dabei aus den Augen zu lassen.

»Hast du sie gefragt?«

20.

Aurora wickelt sich eine Haarsträhne um den Finger und zwirbelt sie im Zeitlupentempo.

»Ja.« Alex schluckt.

»Und? Was hat sie gesagt?«

»Ich bin hier«, sage ich laut. »Warum fragst du mich nicht einfach selber?« Sie wendet den Kopf halb zu mir und ich funkele sie wütend an.

»Also? Was hältst du von der Idee?« Sie lächelt, als hätte sie mir soeben ein Auto geschenkt.

»Ich … ich …« Mir fehlen die Worte. Und das passiert nicht sehr häufig. Alex greift nach meiner Hand.

»Wir sind gleich wieder da.« Er zieht mich in die Küche und schließt die Tür sorgfältig hinter sich. Schweigend stehen wir voreinander, dann platze ich damit heraus.

»Aurora? Ist das dein Ernst? Und woher dieser plötzliche Sinneswandel? Wenn ich mich richtig erinnere, fandest du sie gestern noch ziemlich doof.«

»Ich fand sie überhaupt nicht doof.«

»Richtig. *Zurückgeblieben* war das Wort deiner Wahl.«

»Da kannte ich sie eben noch nicht so gut. Und ich bin schließlich auch nur ein Mann.« Er ist auch nur ein Mann? Was sind das denn für neue Töne? »Ich meine, wahrscheinlich hattest du recht. Vielleicht ist es doch ganz normal, dass man auf andere Menschen reagiert. Auch wenn man in einer festen Partnerschaft ist.« Soso. Jetzt hatte ich also plötzlich recht damit. Vor zwei Wochen hat er mich noch in Schimpf und

Schande aus dem Hause gejagt, aber wenn es ihm in den Kram passt, ist das Ganze nicht so schlimm.

»Ich dachte, du willst keine andere Frau küssen. Nur mich«, wiederhole ich seinen Treueschwur aus dem Raw like Sushi. Konsterniert sieht er mich an. Offensichtlich habe ich ihn damit aus dem Konzept gebracht. »Also willst du doch andere Frauen haben«, hake ich nach. »Plural. Das hier ist keine Racheaktion für meinen Ausrutscher im Fahrstuhl?«

»Ich bin kein rachsüchtiger Typ«, behauptet er steif. Bis heute warst du auch kein fremdvögelnder Typ, möchte ich ihn am liebsten anschreien. Stattdessen versuche ich, wenigstens etwas Positives aus der Situation für mich zu ziehen. »Ich bin also kein schlechter Mensch wegen Benjamin? Sag es!« Ich lasse ihn nicht eher aus der Küche, bis er das zugegeben hat. Er überlegt, dann schüttelt er langsam den Kopf.

»Ich hätte mir gewünscht, dass du es nicht hinter meinem Rücken getan hättest«, sagt er dann. »Aber nein. Du bist kein schlechter Mensch.« An der Tür, gegen die ich mit dem Rücken lehne, klopft es zaghaft.

»Alex? Kommst du?«

»Moment noch«, beschwichtigt sie Alex, während ich weniger höflich bin. Ich reiße die Tür auf.

»Ja. Moment noch! Gib uns ein paar Minuten, um zu entscheiden, ob mein Mann dich poppen darf oder nicht.«

»Okay.« Aurora nickt und scheint kein bisschen beleidigt ob meines rüden Tonfalls. »Ich fände es jedenfalls sehr schön. Wenn er mich poppen würde.«

»Ja, danke. Das hast du hinreichend klargemacht.« Ich pfeffere ihr die Tür vor der Nase zu und atme tief durch. Okay, Evi. Ganz ruhig. Die Schwangerschaftshormone jetzt mal abgezogen – du meine Güte, richtig, ich bin ja schwanger! Das hatte ich in den letzten zehn Minuten allen Ernstes vergessen. Also, hormonell bedingte Überemotionalität mal beiseite, was halte ich denn nun von der Angelegenheit? Alex hat recht, es war mein Vorschlag. Und auch, wenn ich gerade im Babyfieber bin, mache ich mir dennoch nichts vor: Die Lust auf fremde Männer wird sich bei mir wieder einstellen. Ich sehe in seine Augen, sehe die Vorfreude darin. Autsch, das tut weh. Aber vielleicht kann ich mich daran gewöhnen. Aber ich habe auch Angst. Dass es der Anfang vom Ende ist, gerade jetzt, wo wir ein Kind bekommen.

»Meinst du nicht, wir sollten erst noch mal in Ruhe darüber sprechen?«, frage ich vorsichtig. »Und ein paar Grundregeln aufstellen?«

»Was denn für Grundregeln?«

»Naja, wie wir das Ganze handhaben sollen. Ob wir einander davon erzählen oder nicht zum Beispiel.«

»Keine Einzelheiten«, kommt es wie aus der Pistole geschossen.

»Ob es irgendwelche Tabus gibt. Ob wir anderen davon erzählen oder nicht ...« Alex trippelt von einem Fuß auf den anderen.

»Ist das jetzt so wichtig?« Er hat den quengeligen Tonfall eines Kindes, dem man sein Spielzeug weggenommen hat. Aurora kratzt von außen an der Küchentür.

»Ja, es ist wichtig«, beharre ich. Er zieht ein Gesicht. Na schön. »Aber das können wir auch noch nachher besprechen.« Das Leuchten in seinen Augen bricht mir fast das Herz. »Nur noch eine Sache, Alex.«

»Ja. Was denn?« Er scharrt schon ungeduldig mit den Hufen.

»Kondome sind Pflicht.«

»Natürlich.« Er nickt eifrig und klopft sich auf die Hosen-.tasche. Aha. Offensichtlich war sich da jemand schon ziemlich sicher, wie das Gespräch ausgehen würde. Ich schlucke eine scharfe Bemerkung hinunter und öffne die Tür.

»Viel Vergnügen.«

Er stürzt förmlich aus der Küche und sieht sich suchend nach Aurora um, die ihren Platz im Flur aufgegeben hat. Eine Sekunde lang regt sich in mir die Hoffnung, Marley könnte sich inzwischen erholt und eine weitere Runde ein-geleitet haben. Aber der liegt noch immer reglos auf den Holzdielen.

»Hier bin ich«, erklingt Auroras Stimme vom Sofa und Alex läuft wie ferngesteuert darauf zu. Ich folge ihm. Nicht, dass ich scharf darauf wäre, aber in diesem verdammten Haus muss ich zwangsläufig am Wohnzimmer vorbei, um nach draußen zu gelangen. Mit laszivem Blick liegt Aurora auf der Couch, die Hand zwischen ihren gespreizten Schenkeln und lächelt Alex verführerisch entgegen. »Hab schon mal ohne dich ange-fangen.«

Marley rappelt sich mühsam in eine sitzende Position auf und lehnt sich gegen die Wand, als ich durch den Flur stolpere.

»Ach, hi, Evi.« Er lächelt erschöpft, aber freundlich.

»Hi.« Ich steige über seine langen Beine hinweg, doch er fasst mich am Handgelenk.

»Wo willst du hin?« Tja. Gute Frage eigentlich.

»Raus.«

»Willst nicht stören?« Er nickt in Richtung des Wohnzim-mers. »Das ist nett von dir. Aber wir könnten doch in der Zwischenzeit ...« Mit leisem Zweifel guckt er in seinen

Schoß. »Also, vielleicht nicht sofort, aber …« In diesem Moment beginnt Aurora zu stöhnen. Es dröhnt laut in meinen Ohren.

»Nein, danke!« Ich entreiße ihm mein Handgelenk. »Ich muss weg.«

»Gib mir nur noch ein paar Minuten«, ruft er mir hinterher. »Na gut. Dann halt nicht.«

Ziellos irre ich durch Heven, bis ich schließlich vor dem Iltis lande und entschlossen hineingehe. Ich brauche dringend etwas zu trinken. Aber Alkohol ist für die werdende Mutter auch in dieser absoluten Ausnahmesituation eine schlechte Idee. Für Kaffee ist es schon ein bisschen spät und der Gedanke an Cappuccino aus der Dose verhagelt mir das letzte bisschen Lust darauf. Also Tee? Wie aufregend. Mein Freund schläft mit einer anderen, und ich ertränke meinen Kummer in einem beruhigenden Aufgussgetränk. Der Schankraum ist vollkommen leer, Dörthe stürzt sich auf mich wie auf eine verloren geglaubte Tochter.

»Min Deern, wie schön. Komm rein, komm rein.«

»Ja, danke.« Sie zieht mich hinter sich her in Richtung Tresen. Das war von mir eigentlich anders gedacht. Ich wollte mich an einen der Fensterplätze setzen, Hände und Herz an meinem Becher wärmen und der Sonne dabei zusehen, wie sie über den Feldern untergeht. Ein gemütlicher Plausch ist das Letzte, wonach mir der Sinn steht. »Das ist ja schön, dass du mein erster Gast bist, der die neue Kaffeemaschine ausprobiert. Wo du doch aus der großen Stadt kommst. Und all die vielen Kaffeehäuser kennst. Zum Vergleich. Wie heißen die noch gleich? Balldach?«

»Balzac?«, tippe ich ins Blaue und sie nickt glücklich.

245

»Richtig. Und dann diese amerikanische Kette. Schtabax!«
Das lasse ich mal gelten. Mit einer einladenden Handbewegung gibt sie mir zu verstehen, auf einem der Hocker vor der Bar Platz zu nehmen. »Da können wir jetzt aber konkurrieren, das sag ich dir.« Ihr üppiger Busen schwillt vor Stolz noch um eine weitere Körbchengröße an. »Schau!« Und dann sehe ich sie. Die neue Kaffeemaschine. Das heißt, besonders neu sieht sie eigentlich nicht aus. »Hab ich gebraucht gekauft. Ganz billig. Über das Internet.«

»Wow.« Das hochmoderne Ungetüm aus glänzendem Chrom wirkt seltsam fehl am Platze.

»Was möchtest du?« Sie zieht einen handgeschriebenen Zettel zu sich heran. »Espresso? Latte Macchiato? Café Latte? Oder ... ach, schau einfach selbst.« Sie schiebt mir das Stück Papier hin, doch ich schüttele den Kopf.

»Danke, aber ich möchte einen Tee, bitte. Pfefferminz, wenn du hast.«

»Tee?« Sie blinzelt. »Wieso Tee? Ich hab doch die neue Maschine.«

»Tut mir leid, ich möchte einfach lieber Tee. Sonst kann ich heute Nacht nicht schlafen.« Nicht, dass die Chance auf süße Träume ohne Kaffee deutlich besser stünden.

»Na, wenn du meinst.« Kopfschüttelnd stellt sie den Wasserkocher an. »Eigentlich bin ich ganz froh, dass ich mich dem Ding noch nicht stellen muss.« Von einem Regal hangelt sie ein verstaubtes Glas herunter, öffnet den Deckel und gibt einen Löffel Kaffeepulver in ihren Becher. Innerlich schüttelt es mich. Kein Wunder, dass der Cappuccino hier immer so grauenhaft geschmeckt hat. Zwei Minuten später stellt sie mir einen Becher vor die Nase, in dem ein Beutel Pfefferminztee hängt. »Zucker?« Ich schüttele den Kopf, sie lehnt sich gemütlich auf ihre Seite des Tresens und sieht mich neugierig an. »Und? In welcher Woche bist du?«

Ich bin noch dabei, mich von dem Schreck zu erholen, als ich merke, dass wir nicht mehr alleine im Schankraum sind. Nils steht in der geöffneten Tür und hat offensichtlich die letzte Frage von Dörthe mit angehört. Er sieht nicht gerade glücklich aus, als er auf uns zukommt.

»Ach, hallo Evi. Das sind ja tolle Neuigkeiten. Herzlichen Glückwunsch!«

»Nein«, wehre ich ab. »Es ist doch gar nicht ...« Es fällt mir schwer, die Schwangerschaft rundheraus abzustreiten. Bringt das nicht möglicherweise Unglück? Aber zu früh zu viele Menschen einzuweihen, bringt doch angeblich ebenfalls Unglück. Eine Zwickmühle. Fremde vor dem Vater des Kindes einzuweihen fühlt sich aber keinesfalls richtig an, weshalb ich nachdrücklich den Kopf schüttele. »Ich bin nicht schwanger.«

»Nicht?« Ein Hoffnungsschimmer erscheint in Nils wasserblauen Augen.

»Verstehe«, nickt Dörthe. »Noch ganz am Anfang.« Nils blickt irritiert zwischen uns hin und her.

»Also doch?«, fragt er enttäuscht.

»Nein«, sage ich.

»Du musst auf mich keine Rücksicht nehmen.« Er strafft den Rücken und macht ein tapferes Gesicht. Ich stehe kurz davor, ihm das Gleiche an den Kopf zu werfen wie Alex mir vor einer Viertelstunde. *Die ganze Welt dreht sich nicht nur um dich.* Aber ich tue es nicht. Der Gedanke an Alex vertreibt meine Streitlust so schnell, wie sie gekommen ist. Vor meinem inneren Auge flackert wieder das Bild von dem vögelnden

247

Pärchen in unserem Flur auf. Nur dass den männlichen Part dieses Mal nicht Marley übernommen hat. Sondern Alex.

»Mir ist ein bisschen übel«, flüstere ich und kralle mich am Rand des Tresens fest.

»Sag ich doch.« Dörthe lächelt wissend und reicht mir einen orangenen Putzeimer über die Theke.

»Nein, danke. Es geht schon.« Ich atme tief ein und aus, während Nils mich misstrauisch beäugt.

»Bist du jetzt schwanger oder nicht?«, verlangt er zu wissen. So langsam finde ich ihn ein bisschen unverschämt.

»Wie geht's eigentlich Lotte?«, pariere ich mit einer Gegenfrage. Sie hat den gewünschten Effekt. Er läuft knallrot an.

»Es geht ihr gut. Uns geht's gut. Man wird sich doch wohl noch unterhalten dürfen«, stammelt er. »Ich wollte sowieso nur ein Feierabendbier trinken. Ein Pils bitte.«

»Mach ich dir, min Jung.« Stocksteif steht er neben mir und hat den Blick starr auf den Zapfhahn gerichtet.

»He, es war nicht böse gemeint.« Ich versuche die Situation zu entkrampfen. »Ich wollte mich doch nur nach Lotte erkundigen.«

»Nach meiner Freundin. Ganz richtig.« Er nickt und vermeidet es nach wie vor hartnäckig, mich anzusehen. »Ich kann froh sein, dass ich sie habe.« Das Wort bleibt mir im Halse stecken. Was er da von sich gibt, ist ja weder Lotte noch ihm selbst gegenüber besonders freundlich. Das wird Nils wohl jetzt auch bewusst, denn er stottert: »Nein, wirklich. Ich bin sehr glücklich. Lotte ist … die Frau meiner Träume.« Er sieht ganz unglücklich aus. Vor meinem inneren Auge erscheint Lotte. Ihr gutmütiges, rundes Gesicht. Der lachende, volle Mund. Aber eben auch die etwas zu üppige Figur und die Aknenarben auf den Wangen. Andererseits, Nils ist ja nun auch nicht unbedingt eine Schönheit. Pfui, Evi, was sind das denn für böse Gedanken? Bin ich ein besserer Mensch, nur weil ich Größe 38 trage? Sicher nicht. Und ist Alex ein besserer Mann? Vielleicht hat er keine Haltung wie ein Fragezeichen, volles Haupthaar und gerade Zähne, aber dafür vögelt er in diesem Moment mit einer anderen Frau. In unserem gemeinsamen Zuhause. Während Nils sich für seine unschuldige Schwärmerei für mich gerade in Grund und Boden schämt. Er reißt Dörthe das fertig gezapfte Bier mit so viel Schwung aus der Hand, dass ein guter Teil des Inhalts über seine Hand und auf den Tresen schwappt. »Tschuldigung.« Mit seinem Hemdsärmel wischt er die Bescherung auf und verzieht sich, vor sich hin murmelnd, an den Stammtisch.

»Die jungen Leute heute.« Dörthe schüttelt mit einem nachsichtigen Lächeln den Kopf und ich brauche eine Sekunde, um zu begreifen, dass sie damit den vierzigjährigen Nils meint. Und mich wohl auch. Alles eine Frage der Perspektive. »Weißt du, was euer Problem ist?« Sie wischt mit einem schmuddelig aussehenden Geschirrhandtuch über die Theke.

»Nein.« Jetzt bin ich ja mal gespannt.

»Zu viele Möglichkeiten.« Sie greift nach dem Wisch mit den Kaffeespezialitäten und schwenkt ihn wie eine Trophäe. »Guck doch. Bis gestern gab es hier nur Pulverkaffee. Dazu Zucker, Milch, Sahne. Das war's. Und jetzt. Guck dir das an. Weißt du, wozu das führt?«

»Nein«, sage ich abermals.

»Dass du Tee trinkst. Dazu führt es.«

»Aber ich habe doch …«

»Ja, ist schon klar. Du bist schwanger, das weiß ich doch.« Ehe ich das richtig stellen kann, oder eben nicht, schneidet sie mir das Wort ab. »Das ist doch ein Gleichnis. Ein Gleichnis, verstehst du?«

»Äh. Ja.« Ehrlich gesagt nein.

»Mit der Liebe ist das genauso. Früher gab es Pulverkaffee. Da ist man zum Tanztee gegangen mit dem, der gefragt hat. Und wenn man den nicht ganz blöd gefunden hat, dann hat man ihn geheiratet.« Verstohlen luge ich in den Raum hinter dem Tresen, ob Dörthes Mann Horst dort vielleicht irgendwo herumlungert. Obwohl ich mich um Unauffälligkeit bemüht habe, hat sie meinen Blick bemerkt. »Horst ist nicht da. Glaubst du, dem sage ich das? Glaubst du, dann wären wir seit fünfunddreißig Jahren verheiratet? Wir haben uns füreinander entschieden und fertig. Das heißt nicht, dass ich nicht auch mal einen anderen angesehen habe.« Ihre Augen bekommen einen verträumten Ausdruck. »1998, da hatten wir hier in der Gemeinde einen Pfarrer, ich kann dir sagen.«

»Der Pfarrer?« Ich verschlucke mich an meinem Tee und speie ihn hustend aus. Ungerührt wischt Dörthe auch diese Bescherung weg.

»Warum denn nicht?« Sie zuckt gleichmütig die Achseln. »Da war ja nichts. Das war das Gute an unserer Zeit. Wenn wir uns einmal festgelegt haben, sind wir dabeigeblieben. Und dann war das auch in Ordnung, sich in den Pfaffen zu vergucken. Ich sage ja nicht, dass eure Generation nicht so einige Vorteile hat. Gerade was ihr Mädels mittlerweile so alles machen könnt. Schon toll. Wusstest du, dass du heute sogar zur Armee gehen kannst als Frau? Schon toll.«

»Naja«, finde ich.

»Darum geht's doch nicht, Deern. Nur um die Möglichkeit. Aber da gibt es eben auch Nachteile, wenn man immer alles haben kann. Es fällt einfach schwerer, sich zu entscheiden. Wer von euch jungen Leuten bleibt denn heute auch nur seinem Handtelefon treu? Hm? Benutzt ihr das, bis es kaputt ist?« Schuldbewusst denke ich an das wenige Monate alte iPhone in meiner Tasche. Aber bei mir stand nun einmal eine Vertragsverlängerung an. Da habe ich es fast geschenkt bekommen. Dennoch habe ich plötzlich Mitleid mit dem armen Vorgänger, der vollkommen intakt, aber vergessen in meiner Schreibtischschublade liegt. »Nein, tut ihr nicht. Und mit den Beziehungen ist das ganz genau so. Ich hab mit zwanzig geheiratet. Heute bequemt man sich doch erst jenseits der Dreißig zu einer Entscheidung. Und die wird dann auch immer wieder angezweifelt.« Ich laufe knallrot an, was Dörthe aber zum Glück nicht mitbekommt, weil ihr Blick sich auf Nils heftet, der in sein halbleeres Bierglas starrt. »Nu schau ihn dir an, 'n Häufchen Elend. So lange hat er drauf gewartet, dass er endlich ne Frau kriegt. Und jetzt grämt er sich, weil er in dich so 'n bisschen verknallt ist. Brauchst gar nicht den Kopf zu schütteln. Das weiß ich doch längst. Der kommt jeden Abend rein und schaut, ob du da bist.«

»Ehrlich?«

»Ja. Seit neuestem kommt er mit Lotte. Aber gucken tut er noch immer. Kann man ihm ja nicht verdenken. Hübsche Deern, die du bist.«

»Danke.« Wider Willen werde ich rot.

»Hat der liebe Gott ja so gedacht, dass wir uns hingezogen fühlen, nicht? Muss ja so sein, alleine für die Fortpflanzung. Sonst wärst du ja jetzt auch nicht ... Ach, nee, stimmt, bist du ja nicht.« Sie lächelt verschwörerisch. »Nu geh mal hin zu ihm und sag ihm, dass ihr gute Freunde seid.«

»Was soll ich?«

»Na, ihn 'n bisschen aufmuntern. Nu mach schon.«

»Aber ...« Ich habe ganz andere Sorgen, will ich eigentlich sagen. Aber was das für Sorgen sind, das kann ich Dörthe ja nun schlecht verklickern. Vermutlich würde sie vom Glauben abfallen. Mein Tee ist mittlerweile kalt. Ich rutsche seufzend von meinem Barhocker. Nach Hause kann ich jetzt sowieso noch nicht. Und selbst wenn die beiden, nun ja, fertig wären, bin ich trotzdem nicht besonders scharf darauf, einem von beiden in die Augen zu sehen. Mir wird klar, dass ich, seit ich unser Haus verlassen habe, noch keine wirklich ruhige Minute hatte, um mich mit meiner neuen Situation vertraut zu machen. Ich bin ja jetzt eine Frau in einer offenen Beziehung.

»Hey, Nils.« Verlegen bleibe ich vor dem Stammtisch stehen. Er sieht zu mir auf und dann schnell wieder weg. Innerlich verwünsche ich Dörthe. Was für eine Schnapsidee. Was soll ich ihm sagen? Der Bruchteil einer Sekunde hat ausgereicht, um in seinen Augen die Gefühle abzulesen, die er für mich hat. Der arme Kerl. Ein Ruck geht durch meinen Körper. Ist es das, was Joshua sieht, jedes Mal, wenn ich ihn ansehe? Ich hoffe doch wohl nicht! Und wenn doch? Na gut, darum kümmere ich mich später. Viel wichtiger ist jetzt, die Nummer mit Nils zu einem guten Ende zu bringen. Was soll ich ihm sagen? Hilfe suchend sehe ich zu Dörthe hinüber, doch die spült vor sich hin summend ihre Gläser. Ich lasse mich Nils gegenüber auf die Bank gleiten. Was sage ich ihm bloß? Was würde ich von Joshua hören wollen? Noch während ich darüber nachdenke, hat er nach meinen Händen gegriffen, die ich unvorsichtigerweise auf die Tischplatte gelegt hatte.

»Evi«, sagt er erstickt und dann noch mal. »Evi.« Okay. Höchste Zeit, die Kuh vom Eis zu holen.

»Nils«, sage ich mit fester Stimme, »jetzt hör mir mal gut zu.«

»Ja?«

»Es kann nicht sein.« Ich muss mich nicht einmal um einen ernsthaften Tonfall bemühen, obwohl die Situation von meiner Seite aus ziemlich komisch ist. Aber das Drama, das sich in Nils' Augen abspielt, reicht für uns beide. »Ich bin mit Alex verlobt. Und er ist dein Freund.«

»Ich weiß«, flüstert er.

»Und du hast Lotte.« Wenn auch erst seit ein paar Wochen. »Wir wollen doch niemandem wehtun. Oder?«

»Nein, das wollen wir nicht.« Ich kann ihm ansehen, wie sehr er es genießt, dieses *Wir*.

»In einem anderen Leben«, sage ich und blicke mich noch mal verstohlen um, ob auch niemand uns belauscht, »hätten wir vielleicht eine Chance gehabt.«

»In einem anderen Leben.« Er nickt feierlich.

»Aber nicht in diesem Leben.« Es ist mir wichtig, das noch einmal zu betonen. »In diesem Leben haben wir uns anderen versprochen.«

»Das mit der Liebe ist komplizierter als ich dachte«, sagt er nachdenklich und ich nicke.

»Das kannst du laut sagen.«

Nach diesem Gespräch hat Nils es sehr eilig, nach Hause zu kommen. Zu Lotte. Am Tresen bezahlt er nicht nur sein Pils, sondern galanterweise auch meinen Tee. Dann kommt er in seinem storkeligen Gang auf mich zu und hält mir die Hand hin.

»Also dann, Evi.«

»Also dann, Nils.« Sein Händedruck ist erstaunlich fest, ebenso wie sein Blick. Der devote, verliebte Ausdruck ist daraus verschwunden. So schnell ging das? Da werde ich ja jetzt fast ein bisschen neidisch. Braucht es nur so ein Gespräch, um die Gefühle abzuschalten? Er beugt sich zu mir und flüstert: »Ich werde dich nie vergessen.«

»Ähm, ja.« Diesen Abend werde ich ebenfalls auch niemals vergessen. Aus diversen Gründen.

»Viel Glück.«

»Dir auch.« Ich sehe ihm hinterher. Dörthe kommt um die Theke herum und legt den Arm um mich.

»Was immer du ihm gesagt hast, das hast du gut gemacht, Deern!«

21.

Die Dämmerung ist über das Dorf hereingebrochen und noch immer weiß ich nicht, wohin. So setze ich einfach einen Fuß vor den anderen und hänge meinen Gedanken nach. Plötzlich überkommen mich schwere Schuldgefühle. Mich. Was Doktor Schäfer wohl dazu sagen würde? Während mein Mann mit einer anderen Frau schläft, stapfe ich hier draußen durch die Dunkelheit, ohne Zuflucht, ohne Obdach – und ich bin diejenige, die sich schuldig fühlt. Aber wenn ich ganz ehrlich zu mir bin, ohne meinen Ausrutscher mit Benjamin, meinen Vorschlag mit der offenen Beziehung, wäre alles anders gekommen. Dann würde ich jetzt mit Alex in unserem gemütlichen Wohnzimmer sitzen, ein knisterndes Feuer im Kamin, und ihm die kleinen Schühchen präsentieren, die ich noch immer mit mir herumtrage. Und dann würde er *mich* küssen, *mich* umarmen. Energisch schüttele ich den Kopf, um die Bilder zu vertreiben, die sich schon wieder in meine Gedanken einzuschleichen versuchen. Das bringt doch nichts. Warum quäle ich mich selber? Schließlich habe ich ihm sogar das Okay gegeben.

»Evi.« Hat da jemand meinen Namen gerufen? »Evi. Evi, warte doch mal?« Ich brauche einen Moment, um mich zu orientieren. Mein Weg hat mich mitten in den Wald geführt, der rechts an Joshuas Grundstück anschließt. »Evi.« Und da kommt er zwischen den Bäumen hervor.

»Hallo Joshua.« Selbst in seinem ausgeleierten Jogginganzug verliert er nichts von seiner Anziehungskraft auf mich.

Eher im Gegenteil. Der Schweiß rinnt ihm in Strömen über das schöne Gesicht, während er vor mir auf der Stelle joggt.

»Hallo Evi. Was machst du denn hier draußen so alleine?«

»Ach. Das ist eine lange Geschichte.« Ich mache eine wegwerfende Handbewegung.

»Ist mit Alex alles in Ordnung?« Irritiert sehe ich ihn an. »Weil er nicht zu unserem gewohnten Treffpunkt zum Joggen gekommen ist. Ich habe ihn sogar noch angerufen, aber er ist nicht ans Telefon gegangen.« Ja. Das kann ich mir vorstellen. »Er ist doch nicht krank oder so?«

»Nein, mach dir keine Sorgen. Alex geht es … bestens.« Ich setze mich wieder in Bewegung und Joshua läuft im Schritttempo neben mir her. »Lauf ruhig weiter. Ich will dich nicht aufhalten.«

»Bin schon vierzig Minuten unterwegs. Auslaufen ist wichtig.« Er lächelt mich an. Ich kann nicht anders, als zurückzulächeln. »Schön, dich mal alleine zu sehen.«

»Ehrlich?«, rutscht es mir heraus.

»Na klar. Du weißt doch, dass ich dich mag. Oder?« Das Blut schießt mir in die Wangen. Muss der Mann so direkt sein? »Keine Sorge«, er hebt abwehrend die Hände, »ich weiß, dass du tabu bist. Alex ist mein Kumpel. Keine Frage. Aber man kann auch lieben, was man nicht haben kann.« Lieben? Hat er tatsächlich *Lieben* gesagt? Das ging ihm jetzt aber leicht von der Zunge. »Weißt du«, fährt er unbekümmert fort, »das Gefühl bleibt doch schließlich dasselbe. Ob ich dich jetzt haben kann oder nicht. Ich freue mich einfach immer, wenn ich liebenswerte Menschen um mich habe. Auch wenn …«

»… du sie nicht haben kannst«, vollende ich seinen Satz. Das klingt fast zu schön und zu simpel, um wahr zu sein. Vielleicht muss man für diese Form der bedingungslosen Liebe eine sehr hohe spirituelle Stufe erklommen haben? Wenn ich einfach so in Joshua verknallt sein könnte, ohne den Schmerz des Nicht-Haben-Dürfens, dann wäre alles einfacher. Moment mal. Was heißt hier eigentlich Nicht-Haben-Dürfen? Ich darf doch jetzt. Und warum soll ich eigentlich den ganzen Abend durch den Wald irren, während Alex sich mit Aurora vergnügt? »Aber was würdest du sagen, wenn du mich doch haben könntest?« Ganz schnell habe ich das gesagt, damit mich nicht der Mut verlässt.

»Kann ich aber nicht.«

»Aber wenn doch«, dränge ich. »Alex und ich, wir haben jetzt eine offene Beziehung.« Es braucht eine Sekunde, bis die Nachricht einsickert. Dann prustet er los.

»Sehr witzig, Evi. Wirklich. Fast hätte ich's geglaubt.«

»Aber es ist wahr«, beharre ich. Joshua gluckst noch immer.

»Eine offene Beziehung.« Er wischt sich eine Träne aus dem Augenwinkel, was ich jetzt wirklich ein bisschen übertrieben finde. So abwegig ist der Gedanke ja nun auch nicht. »Der ist wirklich gut. Du und Alex, ihr seid das altmodischste Paar, das ich mir vorstellen kann. Das beweist doch alleine schon die Tatsache, dass ihr miteinander verlooobt«, er zieht das Wort in die Länge, »seid. Kennst du heutzutage sonst noch zwei Menschen, die sich verlooooben?« Seine Augen gleiten auf der Suche nach dem Ring zu meinen Händen hinunter. Verlegen winde ich die Finger ineinander, versuche, sie seinem Blick zu entziehen. »Wo ist denn dein Ring?«

»Zuhause in der Seifenschale«, lüge ich. »Zum Händewaschen nehme ich ihn immer ab und habe wohl vergessen, ihn wieder anzulegen.« Er muss nicht wissen, dass Alex mir das Schmuckstück nach unserem großen Streit nicht zurückgegeben hat.

257

»Pass bloß auf, dass das nicht zur Regel wird.« Er grinst mich frech an. »Sonst könnte manch einer auf die Idee kommen, du seist eine freie Frau.«

»Ich bin eine freie Frau!«

»Ja doch. Du weißt doch, was ich meine.« Er legt mir den Arm um die Schulter und zieht mich an sich. Wie ein großer Bruder. Ich stolpere gegen ihn, mein Schuh verhakt sich in einer Wurzel. Ich reiße ihn mit mir, als ich zu Boden gehe. Die Mischung aus Moos, Erde und frühem Laub fühlt sich angenehm an. Viel weicher, als man denken würde. Ich sehe hinauf in den Himmel, grau und rosa, alles fühlt sich an wie in einem Traum. Unwirklich. Vor allem Joshuas Körper, so dicht an meinem. Seine Haare kitzeln mich am Kinn. Ein leises Glucksen, dann stützt er sich auf die Unterarme und schaut mich an. »Nicht so stürmisch, junge Dame.«

Einem Impuls folgend strecke ich die Hände nach ihm aus, lege sie um seinen Nacken und ziehe ihn zu mir herunter. Seine Lippen treffen meine und ich vergesse Alex und Aurora. Ich bin ganz hier. Sein Mund ist weich und warm und schmeckt salzig. Ich küsse ihn voller Leidenschaft, denn es kann nicht lange dauern, bis er sich zurückzieht. Bis er sagt: Das geht nicht, Evi. Das können wir nicht machen. Alex ist mein Freund. Aber er lässt sich Zeit. Sein Unterarm schiebt sich unter meinen Nacken und er erwidert meinen Kuss. Die Zeit steht still.

»Das geht nicht, Evi«, sagt er irgendwann doch. »Das können wir nicht machen. Alex ist mein Freund.«

»Aber ich hab es dir doch gesagt. Wir sind in einer offenen Beziehung.«

»Seit wann?« Ich sehe auf meine Armbanduhr.

»Seit eineinhalb Stunden etwa.«

Zweifelnd sieht er mich an.

»Doch, wirklich. Alex schläft in diesem Moment mit Aurora.«
Noch nie habe ich gesehen, wie jemandem die Kinnlade
herunterfällt. Habe das immer für eine Redensart gehalten.
Bis jetzt. Joshuas Kiefer sackt herab.

»Du verkohlst mich.«

»Tu ich nicht. Ehrlich.« Noch immer kopfschüttelnd rappelt Joshua sich auf und streckt mir die Hand hin. Ich greife
danach und lasse mir hochhelfen. Dann gehe ich zum Angriff
über. »Was ist? Gehen wir jetzt zu dir?« Manche Gelegen-
heiten muss man beim Schopfe packen. Und wann wird eine
solche Chance wiederkommen? Innerlich distanziere ich
mich von Alex. Der tut schließlich in diesem Moment genau
dasselbe. Irgendwie bin ich sogar ganz froh, seinen Ring
nicht zu tragen. Was nichts daran ändert, dass ich sein Baby
trage. Wie lange habe ich auf dieses Kind gewartet? Wieviele
Jahre? Warum läuft unser Leben ausgerechnet jetzt so vollkommen aus dem Ruder? Warum habe ich es ihm nicht erzählt? Und wenn ich es getan hätte, wäre dann alles anders?
Würde er sich mit Aurora auf dem Sofa wälzen, wenn er es
wüsste? Energisch schiebe ich die Gedanken beiseite. Ich
habe ihm nichts gesagt und kann es jetzt nicht mehr ändern.
Morgen ist auch noch ein Tag. Dann wird sich alles klären.
Der heutige Abend fühlt sich losgelöst an. Das Knacken in
den Bäumen ringsum, ein leichter Wind auf meiner Haut, die
unwirklichen Farben des Himmels über uns. Joshua steht vor
mir. Zum Greifen nahe. Ich will ihn, seit ich ihn im Flotten
Iltis zum ersten Mal gesehen habe. Entschlossen greife ich
nach seiner Hand.

»Ich will aber nicht, dass es Ärger gibt mit Alex.« Obwohl er sich um Protest bemüht, werden Joshuas Einwände halbherziger, je näher wir seinem Hof kommen. »Es gibt da ja gewisse Grundregeln.«

»Bei uns nicht«, sage ich schnell, um ihm und mir selbst diesen Gedanken aus dem Kopf zu schlagen. Da ist Alex eben selber schuld. Er konnte es ja nicht abwarten, Aurora zu bespringen. Wenn wir uns ein bisschen mehr Zeit für das Gespräch genommen hätten, das immerhin unsere gesamte Beziehung auf Dauer verändern wird, statt das mal eben in zwei Minuten in der Küche abzufrühstücken. Tja, aber so kann er sich nicht darüber beschweren, dass ich mit seinem besten Kumpel ins Bett gehen werde. Okay, die Argumentation hinkt, das ist mir selbst klar. Wenn ich mir vorstelle, Alex würde mit Corinna … Aber die ist ja zum Glück weit weg im fernen Hamburg. Und außerdem geht es darum gerade überhaupt nicht. Kann ich mal bitte aufhören, dauernd an Alex zu denken? An meine Beziehung mit ihm? Das tut er umgekehrt schließlich auch nicht. Ich werde gleich mit Joshua schlafen. Alleine bei dem Gedanken spüre ich ein angenehmes Kribbeln. Es wird wunderschön werden. Vor meinem geistigen Auge sehe ich uns auf einem Schafsfell vor dem offenen Kamin liegen. Obwohl ich nicht weiß, ob er das eine oder andere überhaupt besitzt. Für meine Fantasie ist es aber genau das richtige Setting. Langsam, unendlich langsam streift er mir die Kleider vom Körper, küsst jeden Zentimeter nackter Haut, den er freilegt, und sagt mir, wie schön und begehrenswert er mich findet. Ich seufze leise.

»Hast du was gesagt?«

»Nein, nein.« Endlich sind wir bei Joshua Zuhause angekommen. Bevor er die Tür aufschließt, sieht er mich noch einmal aus seinen wunderschönen blauen Augen an.

»Habt ihr wirklich eine offene Beziehung?«

»Ja.«

»Dann los.« Plötzlich sehr unternehmungslustig nimmt er mich bei der Hand. Zielstrebig zieht er mich hinter sich her, bis wir in seinem Schlafzimmer stehen. Er knipst das Licht an, und ich sehe mich um.

»Oh.« Eine nackte Glühbirne baumelt von der Decke und erleuchtet den kahlen Raum. Auf dem Boden liegt eine Matratze mit zerwühltem Bettzeug. Sonst nichts. Vermutlich muss ein Künstler so wohnen und schlafen. Er braucht sicher Raum für Inspiration und so. Suchend sehe ich mich um, ob nicht wenigstens irgendwo ein halb heruntergebranntes Teelicht steht, das ein etwas schmeichelhafteres Licht spenden könnte.

»Keine Sorge«, Joshua hechtet zum Bett, »hab alles da.« Verwundert sehe ich ihm dabei zu, wie er hinter der Matratze entlangtastet. Hat er etwa meine Gedanken gelesen? Sind wir einander schon jetzt so nah? »Ha!« Triumphierend reißt er den Arm hoch und präsentiert eine Familienpackung Kondome.

»Ach ja. Sehr gut.« Ich nicke ein klein wenig verstimmt. Er steht auf und nimmt mich in seine Arme. Meine Nase landet dabei direkt unter seiner Achselhöhle. Schnell drehe ich den Kopf. Die andere Seite riecht auch nicht viel besser. Na gut, wie soll er auch riechen, so kurz nach dem Joggen?

»Willst du nicht kurz duschen?« Hoffentlich findet er mich jetzt nicht spießig oder pingelig. Oder noch schlimmer, ist verletzt. Aber er hebt den Arm und schnuppert unbekümmert.

»Puh. Ja. Sollte ich vielleicht.« Er grinst und wendet sich in

Richtung Tür. »Mach's dir schon mal gemütlich.« Raus ist er aus dem Zimmer, und ich sehe mich ratlos um. Gemütlich machen? Na, der ist gut. Wie stellt er sich das denn vor? Ich schüttele die zerknüllte Bettdecke aus und lege sie ordentlich auf die Matratze. Dabei entdecke ich ein großes Mottenloch in dem hellgrauen Stoff. Nun ja, für solche Kleinigkeiten haben Männer ja grundsätzlich keinen Sinn. Von Alex jetzt mal abgesehen. An den will ich gerade nicht denken. Stattdessen wandere ich durch den Flur. Vielleicht kann ich ja doch noch irgendwo eine Kerze auftreiben? Hinter einer Tür beginnt die Dusche zu rauschen, zwei Türen weiter stoße ich auf das Wohnzimmer mit angrenzender Küche. Auch hier ist die Einrichtung, freundlich ausgedrückt, asketisch. Ein Schaffell vor dem Kamin? Fehlanzeige. Beim zweiten Nachdenken würde es mich als Vegetarierin beziehungsweise Pescetarierin aber sowieso in Gewissenskonflikte stürzen, mich darauf zu legen. Mit meinem Gewissen möchte ich mich jetzt allerdings nicht näher befassen. Stattdessen ziehe ich in der uralten Einbauküche mit der scheußlichen, dunkelgrünen Verkleidung wahllos einige Schubladen auf. Selbstverständlich ohne fündig zu werden. Das heißt, ich finde eine ganze Menge. Nur eben keine Teelichter. Sondern einen Haufen Schrott. Aus dem Kühlschrank kommt mir ein schimmeliger Geruch entgegen, sodass ich ihn schnell wieder schließe. Kerzen hätte ich darin sicher sowieso nicht gefunden. Ich muss dringend Alex warnen, niemals etwas aus diesem Kühlschrank zu sich zu nehmen. Vor allem aber muss ich Alex für die nächsten Stunden aus meinen Gedanken verbannen. Das Rauschen der Dusche ist nicht mehr zu hören. Ich haste zurück ins Schlafzimmer. Mitten im Raum stehe ich, als Joshua hereinkommt. Mein Blick gleitet über seinen nackten Körper. Er ist perfekt. Die

Davidstatue von Michelangelo kann ihm nicht das Wasser reichen. Überrascht sieht er mich an.

»Du bist ja immer noch angezogen.«

»Ähm. Ja.« Was soll ich dazu auch anderes sagen? Das hat er sehr schlau festgestellt.

»Worauf wartest du noch?« Mit einem Satz landet er auf der Matratze, dreht sich auf den Rücken und verschränkt die Arme hinter dem Kopf. Erwartungsvoll sieht er mich an. Ich trete unsicher von einem Bein aufs andere.

»Wie jetzt?«

»Na, willst du die Klamotten etwa anbehalten?«

»Nein. Natürlich nicht.«

»Dann mal los!« Will er etwa, dass ich jetzt für ihn strippe? Und dann auch noch bei dieser Beleuchtung? Nie im Leben! Ich muss mich an den Gedanken gewöhnen, dass meine Fantasie und die Realität in diesem Punkt doch eklatant auseinander klaffen. Natürlich dachte ich, wir würden uns gegenseitig ganz zärtlich ausziehen. Aber sicher, nach der Dusche ist Joshua schon nackt, und wahrscheinlich wäre es einfach albern gewesen, sich dann wieder anzuziehen, um sich gleich danach wieder die Kleider vom Leib zu reißen oder gleiten zu lassen. Also, wie komme ich jetzt raus aus meinen Klamotten und unter die Bettdecke, ohne mich Joshuas Blicken unter der erbarmungslosen Deckenfunzel auszusetzten? Noch immer stehe ich stocksteif mitten im Raum. Was für Unterwäsche trage ich heute eigentlich? Passen BH und Höschen überhaupt zusammen? Vermutlich nicht. Schließlich war ich auf all das nicht vorbereitet. Und für Sex mit Alex hole ich ja schon lange nicht mehr die schwarze Spitzenwäsche hervor. Warum eigentlich nicht? Weil wir schon so lange zusammen sind? Und man sich dann einfach nicht mehr solche Mühe gibt wie

263

am Anfang? Vielleicht sollte ich das aber. Vielleicht wäre es die bessere Idee, Energie in meine bestehende Beziehung zu stecken, statt hier mit Joshua ...

»Evi?« Seine Stimme reißt mich aus meinen Gedanken. »Ist alles in Ordnung? Du wirkst irgendwie so weggetreten?«

»Nein, nein. Ich meine, ja. Alles bestens. Ich habe nur gerade ...«

»... an Alex gedacht?«

»Überhaupt nicht. Ich hab Durst.« Das ist die Lösung. »Hast du vielleicht was zu trinken für mich?«

»Na klar.« Er steht auf. Ich seufze leise. Mit so einem Körper würde ich wahrscheinlich auch so unbekümmert nackt herumspringen. »Was möchtest du? Wein? Bier? Sekt? Wir könnten auch einen Joint zusammen rauchen.«

»Ähm, nein danke. Hast du einen Saft?« Er nickt. Mir fällt der schimmelige Kühlschrankgeruch wieder ein.

»Oder warte. Am liebsten ein Glas Wasser. Einfach Leitungswasser.«

»Kommt sofort.« Kaum ist er aus der Tür, reiße ich mir die Sachen vom Leib. Stiefel, Bluse, Rock, Strumpfhose, der blaue BH und das rot-weiß-gestreifte Höschen fliegen zu Boden und ich hechte unter die Bettdecke. Sekunden später steht Joshua mit einem Wasserglas im Türrahmen und sieht auf mich herunter. »Hier.«

»Dankeschön.« Du liebe Güte, ich liege vollkommen nackt in Joshuas Bett. Oder besser gesagt auf seiner Matratze. Die Decke mit der Rechten an meinen Oberkörper gepresst, ergreife ich mit der linken Hand das Getränk. Ich trinke durstig, während Joshua sich wieder neben mir auf die Matratze fallen lässt. Auf der Seite liegend, den Kopf lässig aufgestützt, lächelt er mich an. Vorsichtig stelle ich das Glas auf den Boden und wende mich ihm zu. Tief durchatmen. Ganz ruhig, Evi. Es gibt überhaupt keinen Grund, nervös zu sein. Dies ist eine einmalige Gelegenheit. Ich werde sie nutzen. Ich werde wunderschönen, einzigartigen, leidenschaftlichen Sex mit diesem Bild von einem Mann haben. Erwartungsvoll sehe ich ihn an. Diese Augen, oh Mann. Er grinst.

»Sollen wir dann?« Ich nicke.

»Ja.«

»Gut.« Ich rolle mich ebenfalls auf die Seite, so, dass wir einander gegenüberliegen. Unsere Gesichter zwanzig Zentimeter voneinander entfernt. Ich strecke meine Hand aus, lege sie auf seine Brust, spüre seinen Herzschlag. Dann lehne ich mich ihm entgegen und schließe erwartungsvoll die Augen. Doch nichts passiert. Meine Lippen bleiben ungeküsst. Dafür fasst eine Hand nach meinen Brüsten und knetet daran herum. Ich öffne meine Augen wieder. Zu Joshuas Verteidigung muss ich sagen, dass er von meinen geschürzten Lippen überhaupt nichts mitbekommen hat. Sein Blick klebt auf meinem Dekolleté. »Die sind toll«, murmelt er.

»Danke«, sage ich und schiele an mir herunter. In der Seitenlage sehen meine Brüste aus wie Capri-Sonne-Tüten, nicht besonders vorteilhaft jedenfalls, aber Joshua scheinen sie ja glücklicherweise trotzdem zu gefallen. Ich rücke dichter an ihn heran und unternehme einen zweiten Anlauf. Drücke meine Lippen auf seine und er erwidert meinen Kuss. Meine Schultern entspannen sich. Ich lege den Arm um Joshuas Nacken und lasse mich, ihn zu mir herunterziehend, ins Kissen fallen. Küssen ist immer gut. Küssen verliert in einer langjährigen Beziehung leider viel zu sehr an Bedeutung. Warum kann man stundenlang mit jemandem auf dem Sofa herumknutschen, wenn man ihn gerade erst kennengelernt hat? Weshalb hört das auf, wenn man zusammenwohnt? Wird zum reinen Vorspiel degradiert? Küssen ist doch das Schönste der Welt. Küssen beruhigt mich. Meinen nicht abreißen wollenden Gedankenstrom. Ob das hier vielleicht ein Fehler ist. Was Alex gerade so macht. All das tritt in den Hintergrund. Zumindest für dreißig Sekunden. Solange währt der Kuss. Dann löst Joshua seinen Mund von meinem und wendet sich ab. Irritiert hebe ich den Kopf.

»Was ist?«

»Nichts.« Mit dem Rücken zu mir hockt er auf dem Matratzenrand.

»Was tust du denn?« Ich richte mich auf und lege ihm die Hand auf die Schulter. Ein reißendes Geräusch ertönt, dann ein Schnalzen, in hohem Bogen fliegt die Kondompackung durch das Zimmer. Zum zweiten Mal innerhalb einer halben Stunde bestätigt sich, dass das Herunterklappen einer Kinnlade nicht nur sprichwörtlich zu nehmen ist. In diesem Fall ist es meine eigene. Ich kann es nicht fassen. Mit einem zufriedenen Grinsen wendet sich Joshua mir wieder zu.

»So. Bin soweit«, sagt er und rückt an mich heran. Reflexartig lege ich ihm beide Hände auf die Brust. Dieses Mal nicht, um zärtlich darüber zu streicheln, sondern um ihn abzuwehren. Versteht der Mann das etwa unter dem Begriff Vorspiel? Ein Kommentar über meine Brüste, dreißig Sekunden Küssen und das Überziehen des Kondoms? Meine Enttäuschung ist grenzenlos. Sicher, dass die Männer im Allgemeinen dem »davor« und »danach« jetzt nicht die gleiche Bedeutung beimessen wie wir Frauen, das ist hinlänglich bekannt. Darüber habe auch ich schon genug Artikel in diversen Frauenzeitschriften gelesen. Aber zumindest beim ersten Mal kann man sich doch vielleicht etwas mehr Mühe geben, oder etwa nicht?

Und gerade bei Joshua hatte ich gedacht … Tja, was habe ich denn eigentlich gedacht? Natürlich, dass er da ganz anders ist. Zärtlich, verschmust, rücksichtsvoll. Dabei trotzdem leidenschaftlich und männlich. Allerdings habe ich in diesem Zusammenhang auch von knisterndem Kaminfeuer und (künstlichem) Schaffell geträumt. Von leiser Hintergrundmusik, Kerzenschein und frisch bezogener Bettwäsche. Eine Gänsehaut, aber dieses Mal nicht aus Erregung, überläuft meinen Körper, als mir das volle Ausmaß der Realität bewusst wird, in der ich mich befinde. Nackt auf einer schmuddeligen Matratze. Zerrissene Bettwäsche. Die nackte Glühbirne unter der Decke. Mein Blick fällt auf Joshua. Nein, zum Glück hat der sich, auch nachdem der Schleier gefallen ist, nicht in einen verpickelten Kerl mit Halbglatze und Bierbauch verwandelt. Er sieht noch immer extrem gut aus. Doch als er Anstalten macht, sich auf mich zu rollen, verstärkt sich der Druck meiner Hände auf seiner Brust. Ja, gut möglich, dass ich ihm sogar einen leichten Stoß versetze. Mit einem Aufschrei kugelt er von der Matratze. Vielleicht war der Schubser doch ein bisschen kräftiger als beabsichtigt. Vielleicht enthielt er meine ganze Wut über die unsanfte Landung in der Wirklichkeit, Wut auf mich selbst, eher als auf den Kerl neben mir. Verwirrt sieht Joshua mich an. Fast tut er mir ein bisschen leid, denn er hat ja keine Ahnung, was sich in den letzten Sekunden in meinem Kopf so alles abgespielt hat. Dass die Frau, die eben noch ganz wild darauf war, mit ihm zu schlafen, es sich jetzt anders überlegt hat.

»Autsch. Was war denn das?«

»Tut mir leid«, sage ich. Er krabbelt zurück auf die Matratze, während ich auf der anderen Seite herausklettere und nach meinen Klamotten greife.

»Hab ich was verpasst?« Das kann man so sagen. Allerdings. Aber ihm das jetzt zu erklären, würde tatsächlich zu weit führen. Möglicherweise würde es ihn sogar verletzen. Dass es nicht er war, den ich gemeint habe. Sondern meine Fantasieversion von ihm. Dass er mit dieser bis auf die huskyblauen Augen nicht so wahnsinnig viel gemein hat. Nein, das werde ich ihm nicht sagen.

»Tut mir leid. Ich habe es mir anders überlegt.« Schnell schlüpfe ich in meine Klamotten. Plötzlich ist es mir sogar egal, in diesem schrecklichen Licht vor ihm zu stehen. Ihm meine ausgeblichene Unterhose zu präsentieren. Oder die Dellen an meinen Oberschenkeln. Es ist mir gleichgültig. Wichtig ist nur eins. Alex.

»Aber eben konntest du es doch gar nicht abwarten.« Enttäuschung macht sich auf Joshuas Gesicht breit.

»Tut mir echt leid.«

»Ist schon okay.« Er zuckt die Achseln und sieht auf seinen Schoß hinunter. Offensichtlich ist ihm die Lust mittlerweile auch vergangen. »Wenn du nicht willst. Kein Problem.«

»Danke.« Ich bin ehrlich erleichtert. Sicher, das sollte natürlich auch kein Problem sein. In einer perfekten Welt sollte es den Beteiligten jederzeit freistehen, ihre Meinung zu ändern. Die Welt ist jedoch nicht perfekt. Ich kenne diverse Kerle, die an Joshuas Stelle jetzt einen ziemlichen Aufstand gemacht hätten. Während ich die letzten Knöpfe meiner Bluse schließe, lächele ich ihm sogar zu. Denn er ist eben wirklich insgesamt ein netter Kerl. Daran hat sich nichts geändert.

»Ist wahrscheinlich auch ganz normal beim ersten Mal. Das stellt ja dein ganzes bisheriges Lebenskonzept auf den Kopf, mit der offenen Beziehung. Da muss man sich erstmal freimachen …«

»... von den Daumenschrauben der Gesellschaft. Ja, ich weiß.«

»Irgendwo hab ich noch ein Buch zu dem Thema rumfliegen. Es heißt ›Liebe lässt frei‹. Soll ich dir das mal leihen?«

»Gerne. Irgendwann mal. Ich muss jetzt los.« Als ich schon fast aus der Tür bin, fällt mir noch etwas ein. »Joshua? Vielleicht bleibt das besser unter uns? Falls das in Ordnung ist?«

»Das ist deine Entscheidung, Evi. Obwohl ich finde, dass absolute Offenheit in einer Beziehung der Grundstein ist. Das Fundament sozusagen.«

»Ja. Danke.« Damit mag er sogar recht haben. Dennoch habe ich das Gefühl, dass Beziehungsratschläge von Joshua nicht aus besonders fundierter Quelle kommen. Jedenfalls nicht für eine Beziehung, wie ich sie mir vorstelle.

Als ich aus dem Hof ins Freie trete, ist es stockdunkel draußen. Ich sehe hoch in den sternenklaren Himmel und atme tief durch. Das war knapp! Verdammt knapp! Meine Schuldgefühle halten sich zu meiner eigenen Verwunderung in Grenzen. Sicher, ich habe nackt neben Joshua gelegen. Ihn geküsst und meine Brüste berühren lassen. Aber mehr ist schließlich nicht passiert. Konnte nicht passieren. Und warum? Weil er nicht der war, den ich mir zusammengesponnen habe. Aber auch, weil ich Alex liebe. Mit einem Mal bin ich vollkommen sicher, dass auch er die Sache mit Aurora nicht durchgezogen hat. Wie könnte er? So verführerisch sie auch sein mag, bleibt Alex doch immer noch Alex. Mein Alex. Bestimmt ist es ihm genauso ergangen wie mir. Jetzt frage ich mich sogar, ob er überhaupt vorhatte, mit Aurora zu schlafen. Oder ob er mich damit nur auf die Probe stellen wollte. Mir klarmachen, wie blödsinnig die Idee wirklich ist. Mit schnellen Schritten eile ich nach

Hause. Was für eine Fehlleitung. Was für eine Schnapsidee. Eine offene Beziehung, ausgerechnet wir! Joshua hat recht, tief in unseren Herzen sind wir altmodisch. Und einander verbunden. Es ist eben ein Unterschied, ob man von anderen Männern träumt oder mit ihnen ins Bett geht. Ein himmelweiter Unterschied. Mit zitternden Fingern krame ich meinen Haustürschlüssel hervor. Ich bin so aufgeregt, dass ich kaum das Schlüsselloch finde. Alex hatte recht. Treue ist ein Wert. Ein Wert, den es sich zu erhalten lohnt. Und ich lag einfach falsch. Das werde ich ihm sagen. Endlich öffnet sich die verflixte Tür und ich betrete das Hauptgebäude des Hofes, den ich jetzt, wie alles andere, mit neuen Augen sehe. Dieser Hof ist mein Zuhause. Unser Zuhause. Hier werden wir unser Kind großziehen.

»Alex«, rufe ich in Richtung des ersten Stockwerks, während ich eilig die Stufen emporklettere. Statt des Gerufenen erscheint Aurora am Treppenabsatz. Mit zerzaustem Haar, leuchtenden Augen und in meinen Morgenmantel gehüllt, den sie an der Taille nur unzureichend zusammengebunden hat.

»Hallo, Evi.«

»Hallo, Aurora.« Forschend sehe ich sie an. »Wo ist Alex?«

»Er duscht gerade.« Sie sagt es mit einem geradezu seligen Lächeln auf den Lippen. Mein Hals fühlt sich plötzlich sonderbar eng an. Ich versuche zu schlucken, doch es ist unmöglich.

»Er duscht?«

»Ja. Wir haben ganz schön geschwitzt, weißt du? Soll ich ihn rufen?« Hilfsbereit wendet sie sich in Richtung Badezimmer. Am liebsten würde ich sie am Arm zurückreißen. Mich ganz dicht vor sie hinstellen und sagen: »Das hier ist immer noch mein Haus. Und der da unter der Dusche ist mein Mann.« Dann würde ich ihr *meinen* Bademantel herunterreißen und sie *meine* Treppe, wenn schon nicht hinunterschubsen so doch -geleiten, damit sie endlich *mein* Leben verlässt. Was fällt der ein? Ist das der Dank dafür, dass ich sie bei uns aufgenommen, eingekleidet und bekocht habe? Aber natürlich sage ich gar nichts. Weil ich tief im Inneren weiß, dass meine Wut sich gegen die falsche Person richtet. Eigentlich ärgere ich mich über mich selbst. Ich bin an allem Schuld.

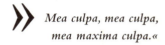

Mea culpa, mea culpa, mea maxima culpa.«

Ich habe diesen Schlamassel angerichtet durch mein Gefasel von einer offenen Beziehung. Und so habe ich Alex in die Arme einer fremden Frau getrieben. Mein Magen krampft sich schmerzhaft zusammen. Aurora ist schon fast an der Badezimmertür, als ich sie zurückrufe.

»Warte! Stör ihn nicht.« Erstaunlicherweise klingt meine Stimme fest und klar. »Ich muss sowieso noch mal kurz weg.«

»Wohin gehst du denn?«

»Weg.« Beinahe falle ich die Treppe herunter, so eilig habe ich es, aus dem Haus zu kommen.

In hohem Bogen fliegt meine Handtasche auf den Rücksitz des Autos. Ich muss erst einmal weg hier. Um wieder einen klaren Kopf zu bekommen. Erst der Anblick von Aurora hat es mir klargemacht: Alex hat mit einer anderen Frau geschlafen. Er hat das tatsächlich durchgezogen. Wie ist das möglich? Dass es so wehtut, hätte ich mir nicht träumen lassen. Wird sich unsere Beziehung davon erholen können? Werde ich verzeihen können, was eigentlich gar nicht meins zu verzeihen ist? Die Gedanken in meinem Kopf rasen schneller und schneller, fast fühlt es sich an, als würde meine Schädeldecke unter dem Druck zu explodieren drohen. Ich stecke den Zündschlüssel ins Schloss und drehe ihn um. Jaulend startet der Motor. Ich muss jetzt zu Corinna. Sie ist die Einzige, die ich jetzt sehen will. Mit einiger Mühe lege ich den Rückwärtsgang ein, meine Hand ist so schweißnass, dass sie vom Schaltknüppel rutscht. Dann drücke ich aufs Gas und schieße aus der Garage. Mit quietschenden Reifen wende ich den Wagen, dass die Kiesel hinter mir nur so spritzen. Aus dem Augenwinkel nehme ich wahr, dass die Haustür geöffnet wird und eine Gestalt heraustritt. Mag sein, dass sie winkt und mir etwas zuruft. Schon rase ich durch die Hofeinfahrt und schlage scharf ein, um auf die Dorfstraße abzubiegen. Wo kommt der Baum so plötzlich her? Es kracht ohrenbetäubend. Wie in Zeitlupe geht ein Ruck durch meinen Körper, der nach vorne fliegt und dann vom Lenkrad abrupt gestoppt wird. »Mein Platz im Auto ist hinten, und vor der Fahrt mach ich KLICK«, singt Rolf Zuckowski in meinem Kopf. Nicht mal einen Airbag hat die verflixte Karre, denke ich, bevor es schwarz um mich wird.

22.

Als ich wieder zu mir komme, liege ich ausgestreckt auf dem Rücken, wage es aber nicht, meine Augen zu öffnen. Denn mir tut nichts weh. Überhaupt nichts. Das kann nichts Gutes bedeuten. Ich erinnere mich noch genau an den Aufprall. Hüftknochen, Brustkorb, Kinn. Das Lenkrad war hart. Ich habe Blut geschmeckt, weil ich mir auf die Zunge gebissen habe. Aber jetzt spüre ich gar nichts. Eine schreckliche Gewissheit macht sich in mir breit. Ich bin tot! Panik ergreift mich. Tot! Ausgerechnet jetzt, wo ich endlich schwanger bin. Oder war? Meine Hand tastet nach meinem Bauch. Tränen schießen mir in die Augen.

»Mama hat vergessen, sich anzuschnallen«, flüstere ich meinem Baby zu, von dem ich nicht weiß, ob es noch da ist. »Mama ist so dumm gewesen.«

»Was redet sie da? Hallo? Evi, geht es dir gut?« Ich reiße die Augen auf und schließe sie gleich darauf wieder, weil das grelle Licht mich blendet. Das Licht am Ende des Tunnels? Aber irgendwie hatte ich mir das immer ganz anders vorgestellt. Irritierend auch die Hand, die in meinem noch immer nicht schmerzenden Gesicht herumtatscht. »Evi, wach auf. Aufwachen!«

»Ich bin wach!« Diesmal vorsichtiger, hebe ich langsam erst das linke, dann das rechte Augenlid und sehe mitten in Joshuas Augen. Dann nehme ich den wuchernden Bart und die überschulterlangen, struppigen Haare wahr und muss mich korrigieren. Es ist Jesus. Nicht Joshua. In einiger Entfernung höre ich aufgeregtes Geschnatter. Langsam richte ich mich auf. »Bin ich tot?« Forschend schaue ich mich um. »Ist dies hier der Himmel?«

»Wie kommst du denn darauf?«

»Ich hatte einen Unfall.« Prüfend bewege ich Arme und Beine, drehe den Kopf hin und her. Alles scheint unversehrt. »Es war ein ziemlich schwerer Unfall, fürchte ich. Da war ein Baum. Mitten auf der Straße. Wie ist er da hingekommen?«

»Ich weiß es nicht.« Mitfühlend sieht Jesus mich an.

»Vielleicht war er nicht auf der Straße. Sondern daneben. Ich habe ziemlich stark am Lenkrad gerissen. Da hab ich mich vielleicht etwas verschätzt.«

»Das ist gut möglich.«

»Es hat furchtbar geknallt. So ein Mist, das Auto ist bestimmt Schrott. Ein Totalschaden.« Einen Moment lang tut es mir leid. Wegen Alex. Er hat das Auto so gemocht. Dann regt sich ein anderes Gefühl. »Ha! Das geschieht ihm ganz recht. Weißt du«, plötzlich schießen mir die Tränen in die Augen, »er hat mit Aurora geschlafen. Das ist das Hippiemädchen, das bei uns … Aber das weißt du sicher.«

»Du hast doch auch mit mir Liebe gemacht.«

»Aber das war nicht real«, verteidige ich mich, »es ist nur in meinem Kopf passiert. Das ist etwas ganz anderes.«

»Für mich war es sehr real.« Jetzt sieht Jesus ganz geknickt aus.

»Bin ich nun tot oder nicht?«, frage ich harscher als beabsichtigt. »Und mein Baby?«

»Es geht ihr ausgezeichnet.«

»Ihr?« Mein Herz macht einen kleinen Hüpfer. »Es ist ein Mädchen?«

»Ja.« Jesus nickt. »Ein Mädchen. Und es geht ihm gut. Du

dagegen hast dir ganz schön den Kopf gestoßen.« Unwillkürlich fährt meine Hand hoch zu meinem Gesicht. Ertastet
meine Stirn. Die Wangen, den Mund.

»Ich spüre nichts.«

Jesus schüttelt den Kopf.

»Nein. Aber du wirst. Wenn du aufwachst.« Hinter ihm erscheint Eva. Sie scheint ausgezeichneter Laune zu sein. Als sie
meiner ansichtig wird, stürzt sie fröhlich auf mich zu.

»Evi! Wie schön, dass du gekommen bist. Beim letzten Mal
haben wir uns gar nicht verabschiedet. Ich war«, eine leichte
Röte überzieht ihr Gesicht, »etwas abgelenkt. Aber dass du
jetzt da bist, um uns zu verabschieden. Ach, Evi!« Noch einmal
drückt sie mich ganz fest an sich. Erst jetzt wird mir ihr Aufzug bewusst. Sie trägt einen Umhang aus schwer definier-
barem Tierfell. Die Tierschützerin in mir schreit empört auf.
Eva fängt meinen Blick auf und dreht sich stolz vor mir hin
und her.

»Wie findest du es?«

»Nun ja.« Durch das Umherschwingen weht eine Wolke
von Totem-Tier-Geruch zu mir herüber.

»Es ist natürlich noch nicht perfekt, aber ich hatte wenig
Zeit. Es geht gerade alles drunter und drüber hier. Mit den
ganzen Vorbereitungen und so.«

»Vorbereitungen?«

»Na, für unseren Auszug. Aus dem Paradies.« Sie strahlt wie
ein Honigkuchenpferd, während Jesus sie wohlwollend beobachtet. »Du glaubst nicht, was es alles zu erledigen gibt. Adam
hat den ganzen Tag über Vorräte gesammelt.« Ich sehe in die
Richtung, die ihr ausgestreckter Finger mir weist. Ein Berg
von Gemüse und Früchten türmt sich auf, an dessen Fuß ein
reichlich erschöpft wirkender Adam sitzt und matt zu mir

herüberwinkt. »Ich dagegen habe mich um unsere Kleider gekümmert.« Ihre Augen blitzen vor Begeisterung. »Denn draußen, außerhalb des Paradieses, du wirst es nicht glauben, aber
da gibt es …« Sie macht eine kleine Kunstpause. »… schlechtes
Wetter.«

»Was du nicht sagst.«

»Regen. Sturm. Hagel. Schnee. Kälte. Man muss sich was
überziehen, damit man nicht«, sie klatscht vergnügt in die
Hände, »erfriert.«

»Toll.« Ich werfe Jesus einen Blick zu und rolle mit den
Augen. Die werden sich noch wundern. »Und wo hast du das
Fell her?« Beim besten Willen kann oder will ich mir nicht
vorstellen, dass Eva ein unschuldiges Tier abgeschlachtet hat.
Sie wirft Jesus einen fragenden Blick zu.

»Von mir«, sagt dieser schnell und flüstert mir dann zu:
»War schon tot.«

>> *Gott, der HERR,*
machte Adam und
seiner Frau Röcke aus Fellen
und bekleidete sie damit.«

1. Buch Mose, Kapitel 3, Vers 21

»Wie soll ich es nennen? Was meinst du?« Ehrfürchtig streicht
Eva über ihren unförmigen Umhang.

»Mantel?«, schlage ich vor. Sie legt das Gesicht in nach-
denkliche Falten. Dann hellt sich ihre Miene auf.

»Mantel. Das ist gut. Das gefällt mir.« Sie greift nach meinen Händen und zieht mich hoch. »Nun komm mit. Das Fest fängt gleich an.«

Mittlerweile ist auch über das Paradies die Nacht hereingebrochen. Aber was für eine Nacht. Selbst der beeindruckende Sternenhimmel über Heven ist ein Dreck dagegen. Auf der Lichtung, ganz in der Nähe des Baums der Erkenntnis, brennt ein riesiges Lagerfeuer. Darum herum haben sich, wie es scheint, sämtliche Tiere des Paradieses versammelt, um gebührend Abschied zu feiern und nebenher einen Großteil der von Adam zusammengetragenen Früchte zu verspeisen. Den ganzen Berg hätte er aber ja sowieso nicht mitschleppen können, beruhige ich mich selbst und bediene mich ebenfalls. Mit einiger Überredungskunst hat Eva Adam dazu gebracht, mit ihr zu tanzen, und nun hüpfen und springen die beiden rund um die züngelnden Flammen, klatschen in die Hände und berühren sich zwischendurch auf unsittliche Weise. Bevor ich wieder unfreiwillig Zeugin eines Liebesaktes werde, lasse ich meinen Blick weiterschweifen. Zu Jesus und Gott, die ein paar Meter von mir entfernt im Schneidersitz sitzen und in ein angeregtes Gespräch vertieft sind. Ich starre vor mich hin, das Feuer knistert, die zu einem weißen Rauschen verschwimmenden Stimmen treten in den Hintergrund, meine Gedanken wandern zu Alex. Wie wird es zwischen uns sein, wenn ich aus meiner Ohnmacht erwache? Vorausgesetzt, dass ich daraus erwache. Kurz bekomme ich Angst, möglicherweise in ein Koma gefallen zu sein. Auf unbestimmte Zeit an diesem idyllischen Ort festzuhängen ist keine besonders angenehme Vorstellung. Wenn ich Eva glauben darf, wird das auf die Dauer ziemlich langweilig. Und auch wenn Jesus ein süßer Typ ist, sehne ich mich doch nach Alex zurück. Der mit

Aurora geschlafen hat. Autsch. Richtig. Da war doch was. Wie konnte er nur? Typisch Mann. Alle gleich. Sicher, ich weiß, dass ich albern bin. Wie oft habe ich mich als der Mann in unserer Beziehung gefühlt, wenn ich heimlich irgendwelchen gut gebauten Kerlen hinterhergeschaut habe, während Alex nur Augen für mich hatte? Er ist eben nicht typisch Mann. Umso schmerzhafter ist das Ganze. Und was der mir wegen einer harmlosen Knutscherei im Fahrstuhl für Sachen an den Kopf geworfen hat. Als könnte ihm so etwas nie passieren. Gerade will ich mich so richtig schön hineinsteigern in meine Wut, als die lauter werdenden Stimmen von Gott und Jesus mich unterbrechen. Neugierig sehe ich zu den beiden herüber. Gott hat die Arme über der Brust verschränkt und den Oberkörper halb abgewandt.

»Dad, jetzt hör mir doch mal zu. Ich habe ja nicht gesagt, dass er nicht gut ist.«

»Du solltest ihn wirklich so akzeptieren, wie er ist. Wenn dir das nicht gelingt, ist das dein Problem.«

»Aber ich akzeptiere ihn so wie er ist. Rudi ist mein bester Freund.« Gott hat sich mittlerweile ganz abgewendet und schweigt beharrlich. Hilfe suchend schaut Jesus sich um, fängt meinen Blick auf und winkt mich herbei. »Evi, jetzt sag du doch auch mal was!« Auffordernd klopft er auf das Stück Wiese zu seiner Rechten und ich lasse mich neben ihm nieder.

»Gerne. Wozu?«

»Zu Rudi.«

»Was ist denn mit ihm?«

»Genau.« Gott dreht sich wieder zu uns um und schenkt mir ein strahlendes Perlweiß-Lächeln. »Nichts ist mit ihm. Gar nichts. Danke, Evi.« Jesus rollt genervt die Augen gen Himmel.

»Du findest ihn also perfekt, ja?« Jesus Blick bohrt sich

förmlich in mich. »Rudi?«, ruft er dann so laut, dass ich zusammenzucke. »Rudi!« Es dauert nur eine Minute, da taucht die bebeinte Schlange zwischen zwei Büschen hervor. »Da bist du ja. Komm her, mein Freund. Na, komm zu mir«, lockt Jesus und haut sich auf die Oberschenkel. »Schnell, schnell. Hier zu mir.«

»Ja. Wenn du so … also …«, brummelt Gott in seinen nicht vorhandenen Bart, während Rudi sich mit leuchtenden Augen in Bewegung setzt.

»Guter Junge. Na, komm zu Jesus.« Also, ich an Rudis Stelle würde mir veräppelt vorkommen. Aber der ist so mit seinen neun Füßen beschäftigt, dass ihm seine Degradierung zum Schoßhündchen gar nicht aufzufallen scheint. Hochkonzentriert, jedenfalls deute ich sein rastloses Züngeln so, setzt er sich mit all seinen Beinchen in Bewegung, nimmt auf dem Weg zu uns sogar noch Fahrt auf. Einen Augenblick lang glaube ich daran, dass er es schafft, bevor er sich verheddert, unsanft auf dem Bauch landet und die letzten Meter mit einem vorwurfsvollen Ausdruck in den Augen auf uns zu schliddert. Ich streichele ihm tröstend den Kopf, während Jesus vollends zufrieden scheint. Triumphierend wendet er sich seinem Vater zu. »Das nennst du also Vollendung?«

»Ich mag es nicht, wenn du an meinen Schöpfungen herumkritisierst. Jede einzelne ist ein Kunstwerk«, beharrt Gott, »und ein Kunstwerk ist nie vollendet. An einem interessanten Punkt lässt man es einfach sein.«

»Und das nennst du interessant? Evi!« Sein spitzer Ellenbogen trifft mich zwischen den Rippen.

»Aua.«

»Sag doch auch mal was.«

»Naja.« Ich möchte mich ja hier mit niemandem anlegen.

Habe ja selbst zu Hause schon genug familiäre Probleme. Und Rudi zu beleidigen liegt mir ebenfalls fern. »Vielleicht die eine oder andere Schönheitskorrektur ...«

»Wie viele?« Scharf sieht Jesus mich an und ich wage nicht, mich noch länger herauszureden.

»Neun«, sage ich leise.

»Wie bitte? Ich habe dich nicht verstanden.«

»Neun«, wiederhole ich lauter.

»Na schön«, knurrt Gott und erhebt sich, »ihr habt gewonnen. Aber wenn er euch hinterher nicht gefällt, dann beschwert euch nicht bei mir. Das habt ihr euch selber zuzuschreiben. Komm, Rudi.« Zufrieden sieht Jesus den beiden hinterher, wie sie in Richtung Wald verschwinden, bevor er den Arm um meine Schultern legt. Sofort versteife ich mich und rücke ein Stück von ihm ab.

»Was hast du denn?«

»Nichts.« Scheinbar interessiert sehe ich Adam und Eva zu, deren Herumgehüpfe in Kombination mit der Schmuserei möglicherweise den Grundstock für den späteren Paartanz liefert.

»Können wir denn nicht Freunde bleiben?«

»Doch, natürlich.« Ich nicke heftig, weiche aber zurück, als er mich erneut zu umarmen versucht. »Freunde, die sich nicht berühren.«

»Wenn du meinst.« Er zuckt mit den Achseln.

»Und die sich möglichst nicht mehr so häufig sehen. Und sich auch nicht daran erinnern, dass sie einmal mehr waren als Freunde.«

»Evi.« Irritiert durch die glucksenden Geräusche neben mir sehe ich ihn an. Eine Sekunde lang hatte ich angenommen, er weint. Doch das Gegenteil ist der Fall. Jesus scheint sich prächtig über mein Dilemma zu amüsieren. »Hast du es denn noch immer nicht kapiert?« Er boxt mir spielerisch auf den Arm. Verständnislos schüttele ich den Kopf. Er deutet in Richtung Waldrand. »Jeder macht mal einen Fehler. Du. Ich. Alex. Mein Vater.« Er macht eine klitzekleine Pause. »Dein Vater. Deine Mutter. Wir alle machen Fehler. Und das ist okay.«

»Was haben denn meine Eltern damit zu tun?«, schnauze ich ihn an.

»Alles«, antwortet er.

Zehn Minuten später höre ich ein leises Rascheln im Gras und dann schlängelt sich Rudi in ungeahnter Eleganz an uns vorbei. Gott läuft ein paar Schritte hinter ihm her und begutachtet mit unverhohlenem Stolz sein Werk. Ich freue mich. Tatsächlich ist mir bei Rudis Anblick jedes Mal eine Gänsehaut den Rücken heruntergelaufen. Diese unterschiedlich langen Beine, und dann auch noch in ungerader Anzahl, nein, das wirkte einfach unnatürlich. Nun, da er endlich aussieht wie eine normale Schlange, so, wie ich sie kenne, kann ich zu meiner gewohnten Phobie zurückkehren. Ich gebe einen quiekenden Laut von mir und ziehe die Beine dicht an mich heran. Rudi gleitet an mir vorbei und auf Eva zu, die mit einem freudigen Aufschrei auf ihn zustürzt.

»Rudi. Du siehst ja toll aus. Richtig schnittig. Findest du nicht, Adam?« Ohne sich für die Antwort zu interessieren, hebt sie Rudi hoch und legt ihn sich um den Hals. »Na? Wie sehe ich aus?« Sie summt vor sich hin, kreist die Hüften und wiegt sich im Takt der selbst erfundenen Melodie. Die Schlange bewegt sich im gleichen Rhythmus, schlingt sich dabei einmal und noch einmal um ihren Hals. Mir fällt als erstes auf, dass Evas Schlangentanz mehr und mehr zu einem

Taumeln wird. Ich stürze auf sie zu, als ihr die Beine wegknicken. Sie ist hochrot im Gesicht. Todesmutig packe ich Rudis Schwanz, der sich merkwürdig trocken anfasst. In meiner Phantasie fühlten sich Schlangen immer glitschig und widerlich an. Mit der anderen Hand greife ich nach seinem Kopf und befreie Eva. Es geht ganz leicht. Als er wieder auf dem Boden liegt, schaut Rudi sogar entschuldigend zu uns hoch. Mit beiden Händen umschlingt Eva ihre Kehle und ringt nach Luft.

»Puh, das war knapp. Danke Evi.«

»Kein Problem.«

»Dieses Mistvieh.« Sie tritt nach der Schlange, die geschickt ausweicht und sich ein wenig zurückzieht. Adam kommt herbei und legt Eva den Arm um die Schulter.

»Na na. Beruhige dich. Das hat er sicher nicht mit Absicht getan.«

»Und wenn doch?« Sie hustet erneut.

»Wir machen doch alle mal Fehler«, sagt Adam sanft. Aber dabei sieht er nicht sie an, sondern mich.

»Stimmt«, ruft Gott von seinem Sitzplatz. »Wir alle machen Fehler.« Ich sehe von einem zum anderen, sie sehen beide unverwandt zu mir.

»Ist ja gut, Leute. Ich hatte es schon beim ersten Mal verstanden.«

»Trotzdem werde ich mich von Rudi und seiner Art lieber fernhalten, wenn wir draußen sind«, höre ich Eva vor sich hin murmeln, während sie und Adam ihr Gepäck zusammensuchen. »Sicher ist sicher.«

>> *Da sprach Gott der HERR zu der*
Schlange: Weil du solches getan hast,
seist du verflucht vor allem Vieh und vor
allen Tieren auf dem Felde. Auf deinem
Bauche sollst du gehen und Erde essen dein
Leben lang. Und ich will Feindschaft setzen
zwischen dir und dem Weibe und zwischen
deinem Samen und ihrem Samen. Derselbe
soll dir den Kopf zertreten, und du wirst ihn
in die Ferse stechen.«

1. MOSE 3, VERS 14, 15

Beladen wie die Packesel steht das Paar schließlich vor uns,
Hand in Hand und mit unternehmungslustig funkelnden
Augen. Mit einiger Sorge betrachte ich das Gepäck, das sie sich
auf den Rücken gebunden haben und das hauptsächlich aus
Vorräten und Tierfellen besteht. Trotz der ziemlich verfressenen
Festgemeinschaft müssen es mindestens zwanzig Kilo sein, bei
Adam sogar noch mehr. Ich mache mir ein bisschen Sorgen
um seine Bandscheiben, will aber die allgemeine gute Stim-
mung nicht zerstören. Mein Blick fällt auf Gottes Gesicht.
Seine Laune scheint nicht die beste zu sein, obwohl er versucht, sich das nicht anmerken zu lassen. Wieder und wieder
wischt er sich verstohlen mit dem Handrücken über die Augen.
Man könnte fast annehmen, dass er weint. Doch als er sich an
seine Schützlinge wendet, ist seine Stimme fest und klar.

»Eva. Adam. Meine geliebten Kinder. Jetzt ist es also soweit.« Die beiden nicken eifrig. Eva gibt vor Aufregung und
Freude einen quiekenden Laut von sich. »Ihr seid erwachsen

geworden.« Eine Weile starrt er vor sich hin und schüttelt den Kopf, als könne er selbst nicht fassen, wie schnell die Zeit vergangen ist. Dann räuspert er sich, und dieses Mal kann ich eindeutig eine Träne seine Wange herunterrollen sehen. »Und damit ist nun die Zeit gekommen, dass ihr in die Welt hinausgeht und euer eigenes Leben lebt.«

»Dass wir Babys bekommen«, plappert Eva dazwischen und vollführt einen kleinen Hüpfer.

»Und arbeiten«, ergänzt Adam.

»So ist es.« Gott schluckt, räuspert sich erneut, und fährt fort. »Ich hoffe nur, dass ich euch gut vorbereitet habe. Dass ihr bereit seid. Und dass ihr euer Glück findet.«

»Eine Frage bitte.« Adam meldet sich, als sei er in der Schule.

»Ja?«

»Dieses Glück, das wir finden sollen. Kannst du uns sagen, wo wir am besten danach suchen?« Eva verdreht die Augen und versetzt ihm einen Rippenstoß.

»Mensch, Adam, darum geht es doch gerade, dass wir das selber herausfinden sollen.« Ratlos sieht Adam sie an.

»Das verstehe ich nicht. Wieso sagt Dad es uns nicht einfach? Dann würde es doch viel schneller gehen mit dem Glück finden. Oder?«

»Aber es wäre nur der halbe Spaß!«

»Na gut. Dann schlage ich vor, du hältst dir einfach die Ohren zu. Ich möchte es aber gerne wissen.« Gott macht einen Schritt auf Adam zu und legt ihm eine Hand auf die Schulter.

»Adam, ich weiß nicht, wo dein Glück liegt.«

»Was?« Fassungslosigkeit macht sich auf Adams Gesicht breit. »Aber ... du bist mein Vater. Und noch dazu Gott.«

»Deshalb weiß ich doch nicht besser als du selbst, was für dein Leben das Richtige ist.«

»Nicht?«

»Nein. Hier musst du hinhören.« Gottes Hand gleitet von Adams Schulter herunter zu seinem Brustkorb, wo er verharrt. »In deinem Herzen ist alles, was du wissen musst.«

>> *Und Gott der HERR sprach:*
Siehe, Adam ist geworden
wie unsereiner und weiß,
was gut und böse ist.«

1. BUCH MOSE, KAPITEL 3, VERS 22

Adam fasst sich ans Herz und lauscht mit konzentriertem Gesichtsausdruck. Offenbar ohne eine zufriedenstellende Antwort zu erhalten, denn er lässt frustriert die Hand sinken.

»Ich höre nichts.« Eva hat es ihm gleichgetan, doch bei ihr scheint das Experiment geglückt zu sein. Sie strahlt.

»Ich schon.«

»Ehrlich?«

»Ja. Ich glaube, ein großer Teil meines Glücks wird darin liegen, Babys zu bekommen ...«

»Wirst du eigentlich auch manchmal noch über etwas anderes sprechen?« Adam verdreht die Augen.

»Du hast mich ja nicht ausreden lassen. Es wird mich auch glücklich machen, kreativ zu sein. Kleider zu machen. Und das Essen auf unterschiedliche Weise zu kombinieren. Einen Garten anzulegen mit bunten Blumen und Obstbäumen. Und ...«

»Ja?«

»Ach, noch tausend andere Sachen. Aber auf die Babys freue ich mich schon ganz besonders.«

»Können wir uns vielleicht erstmal in unserer neuen Umgebung einleben und schauen, was wir mit unserem Leben anfangen? Oder willst du etwa sofort Kinder haben?«

»Ja. Das will ich.«

»Ich aber nicht. Und deshalb werden wir damit warten!« Adam macht ein grimmiges Gesicht.

»Nein!«

»Doch!«

»Auf keinen Fall!«

Feindselig stehen sie einander gegenüber und schreien sich an, bis sie nach einer Weile selbst merken, dass sie so nicht weiterkommen. Fast zeitgleich wenden sie ihre Gesichter Gott zu, der ihnen nachsichtig lächelnd zugesehen hat.

»Dad, wie sollen wir es machen?«

»Ihr werdet euch schon einigen. Da bin ich ganz sicher.«

»Aber wie?«

»Ich möchte euch nur zwei Dinge mit auf den Weg geben, bevor wir Abschied nehmen.« Wie gebannt hängen sie an seinen Lippen. Und ich auch. Jetzt kommen sie also endlich, die zwei sogenannten *Vorschläge*, von denen Gott bei meinem vorletzten Besuch gesprochen hat.

»Erstens: Werdet glücklich.«

»Das hatten wir doch schon«, murmelt Adam halblaut.

»Und zweitens: Vertragt euch.« Eine Weile lang herrscht Schweigen im Paradies, dann erhebt Adam zaghaft Einspruch.

»Ist das nicht ein Widerspruch in sich?« Eva verdreht die Augen.

»Hör endlich auf zu fragen. Hast du es denn immer noch

nicht verstanden? Ab jetzt sagt Dad uns nicht mehr, was richtig und was falsch ist. Wir müssen das selber herausfinden und sehen, wie wir zurechtkommen. Darum geht es doch gerade. Jetzt, wo wir von zu Hause weg sind, machen wir unsere eigenen Regeln.«

»Das klingt echt schwierig.« Adam lässt die Schultern hängen.

»Einfach hatten wir es jetzt wirklich lange genug.« Gut gelaunt hakt Eva sich bei ihm unter. »Wir werden das schon schaffen.«

»Und Eva sprach«, sagt Gott salbungsvoll und zwinkert mir zu.

Nun ist es also tatsächlich so weit. Die Menschen verlassen das Paradies. Und ich bin, wenn auch nur als Zaungast, mit dabei. Mein Bild von der Vertreibung aus dem Garten Eden muss ich gründlich revidieren.

》》 *Und zum Weibe sprach er: Ich will dir viel Schmerzen schaffen, wenn du schwanger wirst; du sollst mit Schmerzen Kinder gebären; und dein Verlangen soll nach deinem Manne sein, und er soll dein Herr sein. Und zu Adam sprach er: Dieweil du hast gehorcht der Stimme deines Weibes und hast gegessen von dem Baum, davon ich dir gebot und sprach: Du sollst nicht davon essen, verflucht sei der Acker um deinetwillen, mit Kummer sollst du dich darauf nähren dein Leben lang. Dornen und Disteln soll er dir*

*tragen, und sollst das Kraut auf dem Felde
essen. Im Schweiße deines Angesichts sollst du
dein Brot essen, bis dass du wieder zu Erde
werdest, davon du genommen bist. Denn du
bist Erde und sollst zu Erde werden.«*

1. MOSE 3, VERS 16-19

Wer nur ist auf die Idee gekommen, dass wir in Schimpf
und Schande verstoßen wurden? Während wir uns gemeinsam dem Ausgang des Paradieses nähern, hat Gott es aufgegeben, seine Tränen vor uns verbergen zu wollen. Er
schluchzt, je einen Arm um Adam und Eva gelegt, herzzerreißend.

»Ich habe Dad gefragt, ob ich nicht mit den beiden mitge-
hen kann«, erzählt Jesus, während er neben mir herschlendert.
Obwohl wir ein Stück zurückgefallen sind, fährt Gott bei
diesen Worten zu uns herum. Mit rotgeweinten Augen sieht er
seinen Sohn an.

»Das kommt überhaupt nicht in Frage. Du kannst mich
nicht auch noch alleine lassen. Der Abschied fällt schon so
schwer genug.«

»Ist ja gut, Dad. Ich bleibe.« Er wartet, bis sein Vater sich
wieder umgewendet hat, um den schweren Weg fortzusetzen.

»Ich werde ihn schon noch umstimmen. Ganz bestimmt.
Irgendwann gehe ich auch mal auf die Erde.«

»Hmmmjaaa.« Zum Glück muss ich darüber nicht länger
nachdenken, denn nun sind wir am Rand des Paradieses angekommen. Vor uns steht ein wackeliger, alter Gartenzaun mit
einem maroden Türchen, hinter dem es heftig regnet und

stürmt. Wie durch eine unsichtbare Wand sind wir vor dem ungemütlichen Wetter geschützt.

»Wow«, haucht Eva ergriffen.

»Ja. Wow«, meint Adam nicht ganz so begeistert und zieht vorsorglich seinen Umhang schon mal fester um sich.

»Ihr könnt es euch noch einmal überlegen.« Gott sieht erbarmungswürdig aus, so, dass Jesus ihm den Arm um die Schultern legt.

»Nein, Dad. Das können sie nicht und das weißt du auch.« Der Angesprochene nickt tapfer.

»Hast ja recht, mein Sohn. Hast recht.« Er strafft die Schultern. »Außerdem ist es ja nicht für immer.«

»Richtig«, freut sich Eva, »wir kommen ja wieder.« Tatsächlich? Das war mir neu. Fragend sehe ich von einem zum anderen. »Na, wenn wir unser Leben gelebt haben«, beantwortet sie meine unausgesprochene Frage. »Wenn wir unser Glück gefunden haben. Und gearbeitet haben und viele Kinder und Enkel bekommen haben ...«

»Fängst du schon wieder damit an?« Sie beachtet Adams Einwand gar nicht.

»... dann kommen wir zurück hierher.«

»Ich hätte es nicht besser ausdrücken können.« Gott breitet seine Arme aus, in die Eva sich hineinstürzt. Sie vergräbt ihr Gesicht an seinem Hals, während er über ihre hüftlangen Haare streichelt. Plötzlich ertönt lautes Schluchzen. Tränenüberströmt löst sie sich von Gott, ein Ausdruck von Verblüffung in den Augen.

»Oh.« Sie wischt sich über das Gesicht und betrachtet ihre nasse Hand. »Ich weine. Ich bin so schrecklich bekümmert.« Und dann lacht sie. »Los, Adam. Sag Auf Wiedersehen. Es ist wirklich sehr traurig.« Zögernd leistet Adam ihrer Aufforderung Folge und auch er hat zumindest feuchte Augen, als er sich wieder von Gott löst. Dann kommt Eva zu mir und drückt mich fest an sich. »Lebwohl«, flüstert sie mir ins Ohr.

»Und Evi?«

»Ja?«

»Das mit dem Sex ist wirklich eine tolle Sache. Es macht richtig großen Spaß.«

»Das freut mich.«

»Und weißt du«, verschwörerisch zwinkert sie mir zu und fasst sich kurz an den Bauch, »ich bin mir fast sicher, dass schon ein kleines Menschlein in mir wächst. Es ist so ein Gefühl. Aber Adam sage ich lieber noch nichts davon. Das alles ist ein bisschen viel für ihn.«

»Da könntest du wohl recht haben.« Ich nicke und sie löst sich von mir.

»Ich glaube, es wird ein Junge.« Ich brauche eine Sekunde, bis die Nachricht einsickert. Starr vor Schreck sehe ich ihr hinterher, wie sie zu dem Gartentor geht, wo Adam bereits auf sie wartet.

> **»** *Da redete Kain mit seinem Bruder Abel. Und es begab sich, da sie auf dem Felde waren, erhob sich Kain wider seinen Bruder Abel und schlug ihn tot.«*

1. Buch Mose Kapitel 4 Vers 8

»Eva«, flüstere ich, während Adams Hand sich auf die Klinke des Türchens legt, um sie herunterzudrücken. Ich muss sie aufhalten. Zumindest warnen muss ich sie. Dass sie ihre Söhne voneinander fernhalten soll, sobald sie erwachsen sind. Oder Kain rechtzeitig dazu bringen, ein Anti-Aggressions-Training zu absolvieren. Ich mache einen Schritt nach vorne, strecke die Hand aus, um sie zurückzuhalten, da legt sich ein Arm um meine Schulter und zieht mich sanft zurück.

»Evi«, flüstert Gott mir ins Ohr, während er mit der anderen Hand über den Zaun hinüberwinkt, wo Adam und Eva im Regen stehen und sofort bis auf die Haut durchnässt sind, »du sollst doch nicht alles glauben, was du liest.«

Adam und Eva sind nur noch zwei winzige Punkte am Horizont, als wir endlich unsere Stellung aufgeben und uns auf den Rückweg machen. Die Stimmung ist gedrückt.

»Es wird ganz schön einsam hier werden ohne die beiden.« Lustlos kickt Gott einen Kiesel vor sich her.

»Na hör mal, was ist denn mit uns?« In gespielter Empörung stemmt Jesus die Hände in die Hüften. »Wir sind doch schließlich auch noch da. Evi und ich.« Er legt mir den Arm um die Schultern.

»Jetzt sei mal nicht gleich beleidigt, mein Sohn. Ich weiß deine Anwesenheit hier wirklich sehr zu schätzen.« Gottes Blick wandert weiter zu mir. »Aber Evi kann nicht hier bleiben. Sie muss wieder zurück in ihr Leben.« Natürlich. Über den Abschiedsschmerz habe ich meinen Unfall ganz vergessen. Und alles, was davor geschehen ist. Ein ungutes Gefühl macht sich in mir breit.

»Ich glaube, ich habe es gar nicht so eilig. Zu Hause erwartet mich das reinste Chaos.«

»Na hör mal«, mit der Hand deutet Gott in Richtung Horizont, wo sich mittlerweile Blitze und Donner zu dem

Platzregen gesellt haben. »Was sollen denn Adam und Eva sagen?«

»Aber die sind wenigstens nicht Schuld an der ganzen Misere«, gebe ich kläglich zurück. Plötzlich fühle ich mich ganz schwach. Die Beine sacken unter mir weg und ich lasse mich ins Gras fallen. »Ich habe alles kaputt gemacht. Alles.«

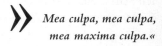

> *Mea culpa, mea culpa, mea maxima culpa.«*

»Ohne mich wäre das alles nicht passiert. Wenn ich nicht mit Benjamin rumgeknutscht hätte, wenn ich nicht den Umzug nach Heven vorgeschlagen hätte oder zur Therapie gegangen wäre, oder Alex diesen Vorschlag gemacht hätte ...«

»Oder wenn du nicht geboren wärest?« Abrupt stoppe ich meine Litanei und sehe Gott an, der sich neben mich setzt. Er streckt beide Arme nach mir aus und zieht mich an sich. Ganz warm fühlt es sich an, von ihm umarmt zu werden. Geborgen. Ich krieche noch tiefer hinein in diese Umarmung, alle Widerstände in mir scheinen sich aufzulösen, meine Muskeln entspannen sich. Ich gebe einen wohligen Laut von mir und wundere mich, dass meine Stimme so hell klingt. Dann sehe ich hinunter auf meine Hand. Sie kommt mir winzig vor und ist so weich, dass ich es mir nicht erklären kann. Der Nagel des kleinen Fingers ist lackiert. Lila mit funkelnden Glitzerpartikeln. So wie damals, als ich klein war. Gott wiegt mich sanft hin und her und murmelt etwas in einer Sprache, die ich nicht verstehen kann. Aber bei jedem seiner Worte wird mir leichter ums Herz. »Non est tua culpa. Non est tua culpa. Non est tua culpa.« Ich kuschele mich in Gottes Schoß und sehe zu ihm auf. »Es ist nicht deine Schuld«, sagt er, »dass du nicht sein leibliches Kind bist.«

Ich bin wieder acht. Mein schönstes Kleid habe ich angezogen, es ist rot mit weißen Punkten und hat eine Spitzenborte am Kragen. Heute möchte ich besonders hübsch sein, denn ich mache einen Ausflug mit meinem Vater. Und das mitten in der Woche. Sonst arbeitet er immer, aber an diesem Tag hat er sich freigenommen. Und ich muss nicht zur Schule gehen. Es ist eine Überraschung. Nicht einmal meine Mutter weiß etwas davon. Unser kleines Geheimnis. Verschwörerisch zwinkere ich ihm über meiner Schüssel mit Cornflakes zu und kann es kaum erwarten, dass Mama aus dem Haus und zur Arbeit geht. Wohin werden wir gehen? In den Zirkus? Vielleicht ins Kino? Oder auf den Jahrmarkt? Aufgeregt hüpfe ich an seiner Hand neben ihm her und löchere ihn mit Fragen, bis er es mir schließlich verrät.

»Wir gehen in den Zoo, in den Zoo, in den Zoo«, trällere ich vor mich hin. Aber vorher machen wir noch einen kurzen Abstecher.

»Es wird nicht lange dauern«, verspricht Papa. Er nimmt mich mit zu einem Arzt. Es ist nicht mein Kinderarzt Doktor Tillmann, sondern eine hübsche Frau mit langen blonden Haaren in einem weißen Kittel. Ich muss jetzt ganz tapfer sein, denn sie will mir Blut abnehmen. Papa sieht sehr blass aus. Wahrscheinlich macht er sich große Sorgen, dass sie mir wehtun könnte. Deshalb beiße ich mir auf die Unterlippe und lächele ihn an, während die Nadel in meinen Arm eindringt. Weil ich nicht geweint habe, bekomme ich einen Lolli von der Ärztin geschenkt.

Im Zoo ist es nicht lustig, noch nicht einmal bei den Affen. Mein Vater lächelt nicht ein einziges Mal, so dass ich Angst bekomme, ich könnte krank sein. Sehr krank. So krank, dass ich sterben muss.

Zwei Tage später kommt ein Brief. Ich liege in meinem Bett und kann meine Eltern streiten hören. Obwohl ich nicht verstehe, wovon sie sprechen, spüre ich, dass es mit mir zu tun hat. Und mit unserem Ausflug. Ich hätte das nicht tun dürfen, hinter Mamas Rücken. Mein Vater schreit, meine Mutter weint und dann fällt krachend die Haustür ins Schloss.

Deshalb also haben sich meine Eltern scheiden lassen? Weil meine Mutter nicht treu sein konnte? Weil ich ein Kuckuckskind war? Wieso habe ich das nicht gewusst? Wie konnte die Erinnerung an diesen Tag so lange in mir verschüttet sein?

Ein Kind schluchzt. Es klingt so verzweifelt, dass es mir das Herz zerreißt. Das Weinen verändert sich, wird zu einem Wutgeschrei, in dessen Takt meine merkwürdig kleinen Gliedmaßen mitstrampeln. Gott hält mich noch immer in seinen Armen. Nach einer Weile kommt Jesus zu uns heran und sinkt auf die Knie.

»Warum schreit sie denn so? Hör auf, Evi, beruhige dich«, sagt er.

»Ist gut, mein Sohn«, sagt Gott. »Sie braucht ein bisschen Zeit.«

»Evi. Wach doch auf. Warum weinst du so? Sie muss wahnsinnige Schmerzen haben. Sie muss aufwachen. Sie muss.« Jesus Gesicht ist jetzt ganz dicht an meinem, und er spricht sehr laut und eindringlich mit mir. Wenn ich es so recht bedenke, hört sich seine Stimme ganz anders an als sonst. Und dennoch kommt sie mir merkwürdig bekannt vor. »Sie muss aufwachen. Sie muss. Evi, komm schon.« Er hebt die Hand und versetzt mir eine Ohrfeige. Und dann noch eine. Und noch eine. »Aufwachen, aufwachen.«

»Sag mal, Junge, hast du sie noch alle?« Entrüstet geht Gott dazwischen und dreht seinen Körper so, dass er zwischen uns sitzt. Obwohl ich damit definitiv außerhalb seiner Reichweite bin, kann ich Jesus' Schläge auf meinen Wangen noch immer spüren. Klatsch. Klatsch. Klatsch. Ich will meine Hände heben, sie schützend vor mein Gesicht legen, aber sie verweigern mir den Dienst.

»Bitte, wach auf, Evi. Bitte wach doch auf!«, verlegt sich Jesus aufs Betteln.

»Aua! Lass das!«, schreie ich und schlage die Augen auf.

23.

Alex beugt sich über mich. Etwas Nasses tropft mir ins Gesicht.

»Gott sei Dank«, stößt er hervor. »Evi, Gott sei Dank. Tut es sehr weh? Du hast gerade so fürchterlich geschrien. Wie geht es dir?« Gut, will ich sagen. Alles in Ordnung. Doch ich komme nicht dazu. Als ich den Mund auch nur einen halben Zentimeter öffne, durchfährt ein scharfer Schmerz meine Lippe und ich stöhne gequält auf. Nach und nach machen sich weitere, offensichtlich lädierte Körperteile bemerkbar. Und von denen gibt es einige. Auf meiner Stirn scheint eine ziemliche Beule zu wachsen, bei jedem Atemzug sticht es in meinem Schlüsselbein. Und in meinem rechten Knie pocht es unangenehm.

»Hmmmphffaauuaa«, bringe ich mühsam hervor.

»Sag nichts. Bleib ganz ruhig liegen.« Er greift nach meiner Hand. Was ist eigentlich mit dem Wagen passiert? Irgendwie riecht es hier angekokelt. Und auch nach verbranntem Gummi. Kein gutes Zeichen. Vorsichtig lasse ich meine Augen herumwandern. Offensichtlich liege ich, in eine Decke gehüllt, auf dem Bürgersteig. Das Auto kann ich nicht sehen, dafür aber Aurora, Marley und Joshua, die kreidebleich auf meiner anderen Seite hocken. Aurora heult wie ein Schlosshund.

»Der Krankenwagen kommt gleich.« Alex versucht, seiner Stimme Ruhe und Zuversicht zu verleihen, aber das leichte Zittern kann er nicht verbergen. Ich schüttele den Kopf, und als keine weiteren Schmerzwellen über mich hereinbrechen, richte ich mich auf. Ein vierfacher Entsetzensschrei hallt durch das nächtliche Heven.

»Bleib liegen!«

»Bist du wahnsinnig?«

»Evi!«

»Was machst du denn?« Vorsichtig hebe ich den Arm. Auch das gelingt fast schmerzfrei. Also winke ich ab.

»Is schn gt. Mr gts gt.« Mit dem Aussprechen von Vokalen tue ich mich noch ein wenig schwer, denn ich möchte verhindern, dass meine dick angeschwollene Lippe noch mehr aufreißt.

»Du legst dich jetzt wieder hin.«

»Ch wß slbst ws fr mch rchtg st!« Verblüfft sieht Alex mich an. Ob er einfach nur Bahnhof versteht oder doch überrascht über meinen vehementen Widerspruch ist, jedenfalls nickt er zögernd.

»Wenn du meinst.« Ich bringe mich in eine aufrechte Position, aber fürs Aufstehen fühle ich mich dann doch etwas zu wackelig. Deshalb bleibe ich sitzen und schaue mich um. Auweia! Ich habe Alex' Volvo tatsächlich um einen Baum gewickelt. Oder ihn doch zumindest davorgefahren. Zum Glück war ich nicht besonders schnell. Dennoch ist die Motorhaube ganz schön eingedrückt und es dampft unheilvoll darunter hervor. Bei der alten Kiste könnte das sogar ein Totalschaden sein. Schuldbewusst schiele ich zu Alex herüber, der auch den Zustand seines Wagens zu begutachten scheint.

»Tt mr ld«, nuschele ich. »Wllt ch ncht.«

»Hauptsache, du bist in Ordnung.« Alex Stimme klingt ganz belegt. Dann gibt er seinen Platz neben mir auf und hält am Straßenrand Ausschau. »Verdammt, wo bleibt denn der verfluchte Krankenwagen?«

»Kommt dvon, wenn mn m Rsch der Welt wohnt«, versuche ich einen Scherz.

»Haha.« Er grinst pflichtschuldigst und erschaudert. Erst jetzt fällt mir sein unzureichender Aufzug auf. Er trägt nur ein Handtuch um die Hüften. Ja, stimmt, er war ja gerade duschen. Nachdem er mit Aurora … Erschöpft schließe ich die Augen. Mit einem Satz ist Alex wieder neben mir und berührt mich am Arm. »Alles okay?«

»Hmm.« Ich öffne die Augen. »Willst du nicht ml ws nziehn?« Er sieht an sich herunter. Dann läuft er knallrot an.

»Evi …« Ich winke ab. Können wir später drüber reden. Plötzlich steht Joshua hinter Alex und legt ihm seine Lederjacke um die Schultern. Das ist wirklich nett von ihm. Unsere Augen treffen sich. Ich schaue woanders hin. Und dann kommt der Krankenwagen.

Wenn man dem netten Sanitäter Glauben schenken kann, ist wohl soweit alles in Ordnung mit mir. Keine Knochenbrüche, nur ein paar Prellungen und die offene Wunde an der Unterlippe, die ich mir mit meinen eigenen Zähnen zugefügt habe.

»Glück gehabt, junge Frau. Das nächste Mal das Anschnallen nicht vergessen, ja?«

»Bestimm nich!« Ich beobachte ihn dabei, wie er seine Utensilien in den Koffer zurückpackt.

»Lassen Sie es ein paar Tage ruhig angehen. Und für die Schmerzen gebe ich Ihnen ein paar Tabletten.«

»Die gann ich nich nehm. Und Sie müssn miss midnehm. In Ihrm Grangnwagn. Für ein Uldraschall.« Trotz der geplatzten Unterlippe kommen die Worte nun relativ deutlich heraus.

»Wozu wollen Sie denn einen Ultraschall?«

»Um nachzushn, of mid'm Fafy alls gud iss.«

»Mit wem?« Ich schlucke schwer und versuche es erneut.

»Baby.«

»Sie sind schwanger? Ja, meine Güte, junge Frau, warum sagen Sie denn das erst jetzt?« Eine gute Frage eigentlich. Die Antwort ist ebenso einfach wie lächerlich. Weil ich mir das irgendwie anders vorgestellt habe, Alex von seiner Vaterschaft zu erzählen. Der steht mit offenem Mund da und klappt den Mund auf und zu wie ein Fisch auf dem Trockenen.

Wir sind schon eine merkwürdige Truppe, die zwanzig Minuten später in der Notaufnahme des Albertinen-Krankenhauses einfällt. Vor allem Alex mit seinem Handtuch und Aurora im Morgenmantel ziehen die Blicke auf sich. Mir ist das alles egal. Obwohl mir Jesus versichert hat, dass es meiner Tochter gut geht, bekomme ich es jetzt doch mit der Angst zu tun. Die Schwestern weisen mir einen Platz in einem dieser durch Vorhänge abgetrennten Abteile zu. Alex verspricht, sich von irgendwo eine Hose zu organisieren und dann gleich wiederzukommen. Joshua, Marley und Aurora wollen in der Krankenhauskantine einen Kaffee trinken. Jemand versorgt meine Lippe, damit ich wieder besser reden kann, und geht dann wieder. Nervös trommele ich mit den Fingern auf der Liege herum. Wo bleibt denn nur der richtige Arzt?

»Bitte, Schatz, melde dich, wenn du das hier hörst. Aaaahh. Entschuldige, ich habe mich falsch bewegt. Habe mir wahrscheinlich ein paar Rippen gebrochen.« In der Kabine neben mir telefoniert jemand lautstark mit dem Handy. Darf er das überhaupt? »Es geht mir gar nicht gut. Es wäre mir wirklich wichtig, dass du bei mir wärest«, jammert mein Nachbar weiter. »Ich denke die ganze Zeit an dich. Und … ich verstehe gar nicht, was eigentlich los ist. Seit Tagen versuche ich dich zu erreichen. Corinna, bitte, sprich doch mit mir.« Interessiert horche ich auf. »Da kommt der Arzt. Kann sein, dass ich operiert werden muss. Also, falls ich nicht drangehe, wenn du zurückrufst, dann … Vielleicht könntest du herkommen? Corinna, ja, bitte, komm her. Ich bin im Albertinen-Krankenhaus. Wir hatten hier um die Ecke ein Konzert.«

»Tach auch, junger Mann!«

»Ich muss auflegen. Falls ich gleich in den OP muss …« Ihm versagt die Stimme. »Corinna, ich liebe dich.«

»Na na, nun beruhigen Sie sich mal. Sie werden sie schon wiedersehen, Ihre Corinna.«

»Das sagen Sie …«

»Wenn Sie sich mal obenherum freimachen würden, bitte?« Mittlerweile klebe ich mit dem Ohr beinahe an dem Vorhang, der unsere Kabinen voneinander trennt. Kann das ein Zufall sein? Corinna, die sich seit Tagen nicht meldet? Ein Konzert in der Nähe des Krankenhauses? Wenn das mal nicht Möchtegern-Rockstar Mike ist. Dem wollte ich doch schon lange einmal die Meinung geigen. Mit einem Ruck ziehe ich den Stoff zur Seite.

»Nanu? Waren Sie in den gleichen Unfall verwickelt?« Den grauhaarigen Arzt mit den tiefen Ringen unter den Augen, dessen Namensschild ihn als Doktor Hermann ausweist, kann offenbar so leicht nichts aus der Ruhe bringen.

»Wie? Ach so, nein.« Mir fällt ein, dass ich ähnlich lädiert aussehe wie Mike, der auf seiner Pritsche liegt und mich aus großen Augen anstarrt. Genauer gesagt, aus einem großen Auge. Das andere ist blaurot verfärbt und bis auf einen Schlitz zugeschwollen. Seinen nackten Oberkörper zieren mehrere böse aussehende Hämatome. Mitleidlos blicke ich auf den Kerl herab, der meiner besten Freundin das Leben so schwer macht. Geschieht ihm ganz recht! Langsam weicht die Verwirrung dem Erkennen.

»Evi? Bist du das?«

»Erraten!«

»Hey. Was ist denn mit dir passiert? Alles in Ordnung?« Für eine Sekunde lang hat er mir den Wind aus den Segeln genommen. Anteilnahme ist das Letzte, was ich von dem Typen erwartet hätte.

»Ähm, ja, geht so, Autounfall«, murmele ich.

»Oh, das tut mir aber leid. Ich hoffe, du bist soweit okay?« Jetzt lächelt er mir auch noch aufmunternd zu. Naja, irgendwie muss er Corinna ja dazu gebracht haben, sich in ihn zu verlieben. Aber die Masche zieht bei mir nicht. Schadenfroh sehe ich dabei zu, wie Doktor Hermann nicht eben sanft auf seinen Blutergüssen herumdrückt und Mike dazu ziemlich unmännlich wimmert. Vielleicht sollte ich mein Handy hervorziehen und die Szene filmen? Für Corinna? Das würde ihr mit Sicherheit Vergnügen bereiten. »Aber es ist schön, dich zu sehen. Trotz der Umstände. Aaaah. Entschuldige. Weißt du zufällig, wo Corinna ist? Au!«

»Wieso?«, frage ich streng.

»Naja, ist sie im Urlaub oder so? Ich kann sie nicht … aaaahh … erreichen.«

»Tja, vielleicht will sie von dir einfach nicht mehr erreicht werden. Schon mal darüber nachgedacht?« Mein Tonfall ist so eisig, dass selbst der stoische Doktor Hermann den Kopf hebt und mich verwundert ansieht. »Vielleicht hat sie genug davon, eine unter vielen zu sein.«

»Wovon redest du denn?« Er schüttelt den Kopf, als wollte er seine Gedanken sortieren, hält dann aber stöhnend inne. »Aua. Ich weiß nicht, was ich falsch gemacht habe. Es war alles gut zwischen uns. Bis zu dem einen Abend, als meine Schwester mich besucht hat.«

»Na klar«, höhne ich, »das war also die dickbusige Schlampe mit der schlechten Blondierung auf deiner Facebook-Seite. Deine Schwester.« Sein Blick verfinstert sich.

»Was hast du gerade über meine Schwester gesagt?«

»Junge Dame, das macht man nicht«, kommt ihm sein Arzt zu Hilfe. Mir schwant Böses. Und wenn das jetzt wirklich seine Schwester war?

»Ähm, tut mir leid, das habe ich nicht so gemeint. Hab mir den Kopf wohl doller angeschlagen, als ich dachte.«

»So, Frau ... äh ... Blum? Was machen Sie denn da?« Meine Rettung! Eine junge Ärztin mit kurzem blonden Haar betritt mein Abteil. »Das machen wir mal wieder zu, nicht wahr?«

»Halt!« Mike richtet sich auf und wird vor Schmerz erst blass, dann rot. »Wir sind noch nicht fertig.«

»Doch, das sind Sie!« Sie schließt den Vorhang und hilft mir auf die Behandlungsliege. In diesem Moment taucht auch Alex auf. Noch immer in Lederjacke und Handtuch. Dafür mit einem riesigen, blauen, abgrundtief hässlichen Stoff-Dinosaurier in der Hand.

»Sie haben keine Hosen im Geschenk-Shop. Aber das hier. Ich dachte ...« Erbarmungswürdig schielt das Ungetüm mich an.

»Danke.« Ich greife erst nach dem Dino und dann nach Alex Hand. Die Ärztin schaltet ihr Ultraschallgerät ein und wenige Augenblicke später erscheint das Bild meiner Gebärmutter darauf.

»Hmm. Wie weit sind Sie denn?« Vor lauter Aufregung zerquetsche ich Alex beinahe die Hand, was dieser tapfer erträgt.

»Ganz am Anfang. Ich bin erst vier Tage überfällig.«

»Ach so.« Sie sieht erleichtert aus. »Dann ist es noch zu früh für Herztöne. Aber die Fruchthülle kann man schon deutlich sehen. Hier.« Sie zeigt auf einen dunkelgrauen Blob, und ich seufze verzückt. Es ist der schönste Blob, den ich je gesehen habe.

»Dann ist also alles in Ordnung?«

»Viel kann ich dazu nicht sagen. Aber ich denke schon. Wissen Sie, der Körper ist ein guter Airbag. Vor allem in diesem frühen Stadium.« Obwohl ich es nicht will, werfe ich Alex einen vorwurfsvollen Blick zu, den er sofort versteht.

»Ich kaufe mir ein anderes Auto. Mit Airbags. Und Kindersitz.« Zufrieden lasse ich mich zurück auf die Liege sinken.

»Also dann, herzlichen Glückwunsch und alles Gute.« Die Ärztin schüttelt uns die Hand und geht hinaus. Betretenes Schweigen breitet sich aus. Von außen sehen wir wahrscheinlich ganz normal aus, von Alex' Outfit jetzt mal abgesehen. Ein junges Paar, werdende Eltern, die gerade die gute Nachricht bekommen haben, dass mit dem Spross soweit alles in Ordnung ist. Aber zwischen uns ist so viel Unausgesprochenes. Aurora. Joshua. Diese ganze verquere Situation. Schutzsuchend ziehe ich den Dino zu mir heran.

»Es wird übrigens ein Mädchen.«

»Den gibt es auch in Rosa. Soll ich ihn umtauschen?«

»Nein, lass mal. Schon gut.«

»Evi …«, sagt Alex.

»Alex …«, sage ich gleichzeitig.

»Evi«, kommt es hinter dem Vorhang hervor und gleich darauf erscheint Mikes lädiertes Gesicht. »Entschuldigung. Ich habe gehört, dass ihr fertig seid.« Mit vorsichtigen Bewegungen schiebt er sich in unsere Kabine. »Herzlichen Glückwunsch übrigens. Das ist toll.«

»Dankeschön.« Warum ist der so nett? Das entspricht so gar nicht meiner Vorstellung von ihm.

»Jedenfalls, was ich sagen wollte«, er holt tief Luft, »ich bin bereit, dir zu verzeihen, was du über meine Schwester gesagt hast.«

»Wieso? Was hast du denn gesagt?« Alex schaut verwirrt von einem zum anderen. »Und wer ist das überhaupt?«

»Das ist Mike. Lass mich raten. Als Gegenleistung möchtest du, dass ich Corinna anrufe.«

»Würdest du das tun? Bitte!«

»Na klar.« Hätte ich auch von mir aus getan. Irgendwie habe ich das Gefühl, dass Corinnas Bild von Mike mit der Realität nicht so wahnsinnig viel zu tun hat. Ein bisschen wie bei mir und Joshua. Ertappt schiele ich zu Alex hinüber, der zum Glück keine Gedanken lesen kann. »Kannst du mir mal meine Handtasche reichen, bitte?« Ich drücke Corinnas Kurzwahltaste und warte auf das Freizeichen. Alex sieht Mike neugierig von der Seite an.

»Dein Auge sieht ja böse aus. Was hast du gemacht?«

»Stage diving.«

Ich hoffe mal, Corinna wird es mir nicht übel nehmen, wenn sie Mike aus dem Krankenhaus abholen wird − und nicht mich, wie ich ihr vorgemacht habe. Dem habe ich noch eingeschärft, unter keinen Umständen irgend so einen hässlichen Kram aus dem Geschenke-Shop zu kaufen, was mir einen scheelen Seitenblick von Alex eingebracht hat.

»Ich kann den auch wieder umtauschen.«

»Red keinen Quatsch. Er ist mir schon ans Herz gewachsen.« Ich drücke die Geschmacksverirrung an mich, dann wende ich mich wieder Mike zu. »Sag ihr, was du fühlst. Und dass du mit ihr zusammen sein willst.«

»Ich dachte, das wären wir längst«, jammert er. Ich lächele ihm aufmunternd zu.

»Vielleicht muss sie es einfach mal hören.« Insgeheim muss ich Dörthe recht geben. Beziehungen sind heute bedeutend komplizierter als früher. »Das wird schon. Viel Glück!«

In dem Großraumtaxi, das uns zurück nach Heven bringt, herrscht betretenes Schweigen. Nachdem ich mich gemeinsam mit Alex auf die hinterste Sitzbank gesetzt habe, wollte Joshua an meiner Seite dazu steigen, was ich durch ein mehr oder weniger unauffälliges Kopfschütteln unterbinden konnte. Schenkel an Schenkel mit ihm auf der einen und meinem Verlobten auf der anderen Seite. Nein, danke, darauf kann ich verzichten. Stattdessen hat sich allerdings auf der anderen Seite Aurora zu uns gesetzt, sodass Alex jetzt zwischen uns beiden eingeklemmt ist. Auch nicht besonders angenehm. Der so Eingekeilte hat jedenfalls seit zwanzig Minuten knallrote Wangen und eine ziemlich verkrampfte Körperhaltung. Mir geht es nicht anders, während Aurora natürlich mal wieder tiefenentspannt ist und gutgelaunt vor sich hin plappert.

»Es ist einfach toll, dass ihr ein Baby bekommt. Wundervoll. Ich freue mich sehr für euch.«

»Ja. Danke.« Ich war auch schon mal herzlicher.

»Echt richtig super.« Joshua und Marley drehen sich zu uns um. Sogar der Taxifahrer fühlt sich jetzt genötigt, mir zu gratulieren.

»Herzlichen Glückwunsch. Wann ist es denn soweit?«

305

»In neun Monaten«, sage ich knapp.

»Leute, das wird wunderbar. Wir haben nämlich auch eine Überraschung für euch.« Aurora macht ein geheimnisvolles Gesicht und zwinkert Joshua und Marley verschwörerisch zu. Ich werfe Alex einen unbehaglichen Blick zu. Was kommt denn jetzt? »Wir haben uns das eben in der Kantine ausgedacht. Eigentlich sind wir durch den schrecklichen Tee darauf gekommen. Naja, nicht wirklich. Aber er hat einfach grauenhaft geschmeckt, wisst ihr? Wenn ich Tee trinke, dann erwarte ich doch etwas Gesundes. Was meinem Körper gut tut. Stattdessen so eine Plörre.«

»Aurora, kein Mensch kann dir folgen.« Sanft legt Marley ihr die Hand auf den Unterarm. Er scheint wegen der Sache mit Alex überhaupt nicht sauer zu sein. »Außerdem kommst du vom Thema ab.«

»Richtig. Also, wir sprachen so ganz allgemein davon, wie schön es wäre, wenn man nur noch Sachen essen könnte, die man selber angebaut hat ...«

»... und dann hat Joshua uns von seinem Traum von einer Kommune erzählt«, fällt Marley begeistert ein. »Das ist genau das, was wir auch schon immer wollten. Nachhaltiges Leben in der Natur. In einer Gemeinschaft von Gleichgesinnten.«

»Und jetzt ist sogar schon Nachwuchs unterwegs.« Versonnen sieht Aurora auf meinen Bauch herunter, und ich kann sie mit einem scharfen Blick gerade noch davon abhalten, ihre Hand darauf zu legen. »Wir werden eine große Familie sein und ein glückliches, freies, nachhaltiges Leben führen. Mit vielen Kindern. Und auf den beiden Höfen mit dem vielen Land drumherum ist ja reichlich Platz.« Alarmiert hebe ich den Kopf und sehe Alex an. Der starrt auf die Fußmatten.

Es ist fast zwei Uhr in der Nacht, als das Taxi auf den Hof fährt. Irgendjemand, ich habe es in der Aufregung gar nicht mitbekommen, hat den Volvo vom Straßenrand weg und vor die Garage gefahren. Also ist er zumindest noch fahrtüchtig. Wenn auch nicht mehr besonders schön anzusehen. Das beruhigt mich etwas. Kaum habe ich den Hausflur betreten, legt sich eine bleierne Müdigkeit auf mich. Es könnte an der Schwangerschaft liegen. In Verbindung mit dem Unfall. Vielleicht schaltet mein Körper aber auch einfach nach diesem irre langen Tag ab, um sich nicht mit all dem befassen zu müssen, was passiert ist. Führen Alex und ich nun eigentlich eine offene Beziehung? Haben wir überhaupt eine Beziehung? Öffnen wir Heim und Hof für eine Spät-Hippie-Kommune? Habe ich mir so mein Familienleben vorgestellt?

»Leute, nehmt es mir nicht übel, ich bin vollkommen erledigt und muss ins Bett.«

»Na klar. Wir bleiben noch wach. Oder?« Fragend sieht Marley in die Runde. »Es gibt so viel zu planen.« Ich zucke mit den Schultern. Damit werde ich mich noch befassen. Aber nicht heute. Schließlich ist morgen auch noch ein Tag.

Kaum hat mein Kopf das Kissen berührt, bin ich auch schon eingeschlafen. Nur um gefühlt kurz darauf durch das Klingeln meines Handys wieder geweckt zu werden.

»Hallo?«

»Süße, hab ich dich geweckt? Das tut mir aber leid. Wollte ich nicht. Oder eigentlich wollte ich das doch.«

»Baby, es ist gleich halb vier. Sie hat doch einen Unfall gehabt«, höre ich Mike im Hintergrund flüstern.

»Stimmt.« Corinna gibt einen erschrockenen Laut von sich. »Evi, geht es dir gut? Ist alles okay?«

307

»Ja, alles bestens«, flüstere ich in den Hörer, um Alex nicht zu wecken. »Was gibt es denn?«

»Ich bin verlobt!« Sie brüllt es so laut, dass er jetzt mit Sicherheit sowieso wach ist. Und ich selber kann nach dieser Nachricht sowieso nicht mehr an mich halten.

»Das gibt es doch nicht«, jubele ich, »herzlichen Glückwunsch.« Ich taste nach der Nachttischlampe, knipse sie an und stelle fest, dass die Rücksichtnahme unnötig war. Alex liegt nämlich gar nicht in unserem Bett. Mein Mund fühlt sich plötzlich merkwürdig trocken an.

»… Doppelhochzeit nächstes Jahr, was hältst du davon?«

»Hmm«, mache ich abgelenkt.

»Und auf dem Weg nach Heven verfährt sich sowieso die Hälfte der Leute. Das macht's nochmal billiger. Hallo? Evi, bist du noch da?«

»Ja, ich bin da. Entschuldige. Ich war nur gerade im Tiefschlaf. Können wir vielleicht morgen in Ruhe telefonieren?«

»Natürlich. Schlaf weiter. Ich bin bloß so aufgeregt. Ein Heiratsantrag im Krankenhaus. Es war viel romantischer als es klingt.« Sie lacht. »Und er hat mir so einen Kinderring geschenkt. Von Lillifee, weißt du?« Aus dem Geschenkshop, schon klar. Ich werfe meinem einzigen Bettgefährten, dem blauen Dino, einen schiefen Blick zu.

»Das ist doch nur ein Stellvertreter. Du bekommst noch einen richtig schönen Ring«, erklingt Mikes Stimme im Hintergrund.

»Aber warum denn? Mir gefällt er. Und warum soll man einen Verlobungsring nicht am kleinen Finger tragen?«

»Weil die Leute sonst denken könnten, dass du noch zu haben bist. Und das möchte ich nicht.« Mikes Stimme ist näher an den Hörer herangerückt und jetzt höre ich eindeutige Schmatzgeräusche.

»Öhm, hallo?« Das Schmatzen wird lauter. Muss Liebe schön sein. »Okay, ich leg jetzt auf.« Ich bezweifle, dass es irgendwen interessiert. »Viel Spaß noch!«

Wie das Leben so spielt. Meine beste Freundin ist verlobt mit einem Mann, der offensichtlich doch nicht so beziehungsunfähig ist wie gedacht. Während mein doch angeblich so perfekter Lebensgefährte gerade MIA zu sein scheint. Missing in Action. Fragt sich nur, in welcher Aktion er sich gerade verliert. Das Blut sackt mir erst in die Füße, um sich gleich danach auf den Weg in meine Wangen zu machen. So hatte ich das doch alles nicht gemeint. Dass wir mit anderen schlafen sollte nicht zur Regel werden. Sondern eine absolute Ausnahme, wenn es gar nicht mehr anders geht. In Sekundenschnelle bin ich aus dem Bett. Dass mein Morgenmantel, der normalerweise an einem Haken an der Tür hängt, fehlt, macht mich wütend. Aurora könnte die Dinge, die sie sich von mir ausleiht, wenigstens nach Gebrauch wieder zurückbringen. Ich schnappe mir stattdessen einen Strickmantel aus dem Kleiderschrank und stapfe aus dem Schlafzimmer. Kaum stehe ich auf dem Flur, verlässt mich der Mut. Unschlüssig trete ich von einem Fuß auf den anderen. Das kommt davon, wenn man in so ein Riesenhaus zieht. Wo fängt man an zu suchen, wenn der eigene Mann abhanden gekommen ist? Widerwillig versuche ich es im Gästezimmer. Ich lege die Hand auf die Klinke, atme tief durch und wappne mich für den mich erwartenden Anblick. Dann öffne ich die Tür einen Spalt. Ein wahrer Kuddelmuddel aus Armen, Beinen und Köpfen liegt auf unserem Gästebett. Mit angehaltenem Atem trete ich näher und zähle.

Sechs Beine, vier davon männlich, aber keines gehört Alex. Das Gesicht von Marley taucht unter dem Deckenbett hervor und grinst mich an.

»Hey. Ist schon Morgen?«

»Nein. Schlaf weiter«, wispere ich. Einladend hebt er die Decke an.

»Willst du mit ins Bett? Wir könnten ein bisschen zusammenrücken.«

»Nein, danke.« Eine Hand legt sich von hinten um Marleys Oberkörper. Ziemlich groß ist sie und eindeutig behaart. Die Hand von Joshua. Er streichelt durch Marleys Brusthaare. Kurz bin ich irritiert.

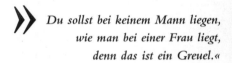

> *Du sollst bei keinem Mann liegen,*
> *wie man bei einer Frau liegt,*
> *denn das ist ein Greuel.«*

3. BUCH MOSE, KAPITEL 18, VERS 22

Anhand dieser Stelle hätte mir auch schon viel früher auffallen können, was die Bibel teilweise für einen Blödsinn verzapft. Gott hat recht, man soll nicht alles glauben, was man so liest. Ist doch völlig egal, wer es mit wem tut. Sofern es sie glücklich macht. Und sie sich vertragen. Im Hinausgehen höre ich, wie Aurora erwacht. »Schon wieder? Kann ich mitmachen?«

Leise schließe ich die Tür hinter mir, als plötzlich Alex wie aus dem Boden gewachsen vor mir steht.

»Was machst du denn hier?«

»Dasselbe könnte ich dich fragen.« Wollte er ins Gästezimmer? Oder nur aufs Klo? Misstrauisch beäugen wir einander. »Wieso bist du nicht ins Bett gekommen?« Er blickt auf seine Fußspitzen.

»Ich wusste nicht, ob du mich da haben willst.«

»Oooohh, jaaaa«, kreischt Aurora.

»Komm, wir reden woanders weiter«, schlägt Alex vor, »du solltest auch nicht barfuss auf dem kalten Boden stehen.« Meine Eispfoten sind mir gerade ziemlich egal, dennoch stimme ich ihm zu. »Geh ins Bett. Ich mache dir eine Wärmflasche.«

Zehn Minuten später liegen wir nebeneinander. Meine klammen Füße reibe ich an der Wärmflasche, das Schweigen zwischen uns ist beinahe mit den Händen greifbar. Endlich fasse ich mir ein Herz.

»Sollten wir vielleicht mal über den rosa Elefanten reden, der im Raum steht?« Verwirrt sieht Alex mich an.

»Elefant? Aber, warte, ich dachte, das ist ein Dinosaurier.«

»Haha. Witzig.«

»Nicht wahr?« Ich nehme ihm das Stofftier aus der Hand und ziehe es ihm dann, ohne zu wissen, was ich da tue, über den Schädel.

»Du hast mit Aurora geschlafen.« Der Dino ist ziemlich weich, also kann es nicht schaden, noch ein paar Mal damit zuzuschlagen. Irgendwie fühlt es sich richtig gut an. Alex ist zu verblüfft, um sich zu wehren. »Wie … konntest … du … das … tun?«

»Warte, aua, Moment mal. Du hast es doch erlaubt.«

»Na und? Du hättest wissen müssen, dass ich das nicht so gemeint habe. Wieso konntest du das einfach so? Ich …« Geistesgegenwärtig beiße ich mir auf die Zunge. Jetzt hätte ich

311

mich beinahe verplappert. Und ich halte es immer noch für keine gute Idee, Alex von der Sache mit Joshua zu erzählen.

»Ich könnte das nicht. Niemals!« Endlich bekommt Alex den Schwanz des Dinos zu fassen und entzieht ihn mir mit einem Ruck.

»Aber du wolltest doch die offene Beziehung.«

»Jetzt will ich etwas anderes.«

»Du bist ja vielleicht gut. So geht das aber nicht. Du kannst doch nicht heute dies und morgen das sagen.«

»Doch. Das kann ich. Ich bin eine Frau.« Mit verschränkten Armen und zusammengepressten Lippen sehe ich Alex an. Um seine Mundwinkel fängt es an zu zucken und sein Blick wird weich. Er hebt die Hand und streicht mir eine Haarsträhne hinter das Ohr.

»Ja. Du bist eine Frau. Du darfst das.« Sanft zieht er mich zu sich heran und gibt mir einen Kuss. Wirklich? So einfach ist das? Prima.

»Und schwanger bin ich außerdem«, fällt mir ein.

»Das ist die beste Nachricht überhaupt.« Er strahlt.

»Ja«, sage ich, plötzlich von diesem Wunder ganz ergriffen. »Es hat so lange gedauert.«

»Es tut mir leid, dass ich mit Aurora geschlafen habe.« Alex robbt ganz dicht an mich heran und legt die Arme um mich.

»Schon gut.« Ich kuschele mich an ihn. »Wir machen alle mal Fehler.« Und ich bin sogar richtig erleichtert, dass es Alex nicht anders geht als anderen Menschen. Oder mir armen Sünderin.

»Also machen wir es jetzt doch ganz spießig? Mutter, Vater, Kind?« Ich überlege einen kurzen Moment.

»Ja. Und vielleicht auch zwei Kinder.«

»Ich bin dabei.«

Das erste Mal seit ewiger Zeit breitet sich ein Gefühl von Zuversicht und Vertrauen in mir aus. Endlich fühlt sich mal wieder etwas richtig an in meinem Leben.

»Dann haben wir ja jetzt nur noch ein Problem.« Er grinst. »Wie bringen wir das den anderen schonend bei?«

Doch diese Sorge von Alex stellt sich als unbegründet heraus, als wir unseren Beinahe-Kommunen-Genossen über Bergen von Blaubeer-Pfannkuchen unsere Entscheidung mitteilen.

»Ihr steckt einfach noch in den Daumenschrauben der Gesellschaft«, kann sich Joshua zwar nicht verkneifen, doch Aurora schüttelt den Kopf.

»Überhaupt nicht. Ich glaube, dass die beiden sich das sehr gut überlegt haben. Und das finde ich richtig gut.« Sie schiebt sich einen Bissen Pfannkuchen in den Mund und schluckt ihn schnell hinunter. »Wir wollen euch schließlich unser Lebensmodell nicht aufdrängen. Das wäre genau so falsch, wie monogam zu leben, weil man das eben so macht. Es muss von hier kommen.« Sie legt eine Hand auf ihr Herz. »Aus innerster Überzeugung. Wichtig ist doch nur, dass ihr glücklich seid und euch vertragt.« Überrascht sehe ich sie an und sie zwinkert mir verschwörerisch zu. »Oder wie mein Vater immer sagte: Jeder soll nach seiner Fasson selig werden.«

»Ach was?« Eine von Joshuas Augenbrauen wandert ironisch in die Höhe. »Dein Vater war also Friedrich der Zweite?« Gelassen erwidert Aurora seinen Blick.

»Nicht ganz. Er hat es ein bisschen anders ausgedrückt.«

>> *Also lasset uns dem nachtrachten,*
was zum Frieden und der Erbauung
untereinander dient.«

RÖMER, KAPITEL 14, VERS 19

Obwohl es für die beiden nur ein Haus weitergeht, spüre ich fast so etwas wie Abschiedsschmerz, als ich unsere Gäste eine Stunde später zur Tür begleite. Aurora schließt mich fest in ihre Arme.

»Vielen Dank für alles«, flüstert sie in mein Ohr. »Und ich hoffe, du nimmst es mir nicht übel? Das mit Alex?« Ich schüttele den Kopf.

»Nein, nein. Ist schon gut.«

»Vielleicht hat es auch sein Gutes. So kann er dir die Sache mit Benjamin nie wieder vorwerfen. Ihr seid quitt.« Da hat sie eigentlich recht. Moment mal. Woher weiß sie überhaupt von der Sache mit Benjamin? Noch bevor ich sie danach fragen kann, fährt sie fort. »Es gibt da ein Zitat, das die Leute meinem Vater andichten. Warte, wie heißt es noch gleich? Irgendwas mit Zähnen.« Ich halte den Atem an.

>> *Auge um Auge, Zahn um Zahn,*
Hand um Hand, Fuß um Fuß,
Brand um Brand, Wunde um Wunde,
Beule um Beule.«

2. BUCH MOSE, KAPITEL 21, VERS 24 – 25

»Genau. Ist aber sowieso egal. Das stammt nicht von meinem Dad. Er schwört, dass er etwas völlig anderes gesagt hat.« Sie zuckt lachend die Schultern. »Nicht so wichtig. Seit ich von zu Hause weg bin, mache ich meine eigenen Regeln.« Genau diese Worte hat Eva gesprochen, als sie mit Adam das Paradies verlassen hat. Das kann doch alles kein Zufall sein. Unschuldig lächelt Aurora mich an, während sie sich mit einer lässigen Bewegung einen rot glänzenden Apfel aus der Obstschale angelt. Spitzbübisch zwinkert sie mir zu und beißt herzhaft hinein.

8 Monate später

Und? Bin ich jetzt eine andere? Bin ich immun geworden gegen die Verlockungen eines markanten Kinns oder knackigen Männerkörpers? Habe ich nur noch Augen für Alex? Jagt mir der Gedanke, mein Leben lang nur noch mit einem Mann zu schlafen, keine Angst mehr ein? Wurde ich von Doktor Schäfer als geheilt entlassen? Nein. Nein. Nein. Und Nein.

Ich bin immer noch in Therapie. Die Hypnosesitzungen haben wir jedoch nicht fortgeführt. Stattdessen arbeite ich mein Trauma auf, ein Kuckuckskind zu sein. Das könnte noch eine Weile dauern, aber schon jetzt habe ich einiges gelernt und verstanden. Ich bin nicht verantwortlich für die Fehler meiner Eltern und muss sie auch nicht wiederholen. Ich bin nicht schuld am Unglück der Welt. Und ich bin nicht perfekt. Gut, das war nichts Neues. Überraschend aber: Alex ist es auch nicht. Die Gedanken sind frei. Das Gras ist auf der anderen Seite eben nicht viel grüner. Und das Leben wird niemals aufhören, kompliziert zu sein.

Eingekuschelt in eine Wolldecke liege ich auf der Hängematte, die Alex passenderweise zwischen zwei unserer Apfelbäume im Garten aufgespannt hat, und lasse mir die Aprilsonne ins Gesicht scheinen. Ich lege beide Hände auf meinen prallen Bauch und bekomme prompt einen Tritt von meinem Sohn in die Handfläche verpasst. Jawohl. Es ist ein Junge. Jesus hat sich geirrt. Aber das ist ja bekanntlich nur allzu menschlich.

»Hey, Evi, alles klar?« Von drüben winkt Joshua mir zu und

macht sich an die Behauung des Steinklotzes, der mitten in seinem Garten steht.

»Alles bestens. Danke.« Versonnen sehe ich zu ihm hinüber. Er trägt eine blaue Latzhose auf nackter Haut, sein blondes Haar schimmert golden in der Sonne und schon nach wenigen Minuten beginnt der Schweiß an seinen Schläfen und dem Nacken herunterzufließen. Die Erinnerung, mit ihm auf seiner Schmuddelmatratze zu liegen, ist längst verblasst. Der Frühlingswind weht den Duft seiner Pheromone zu mir herüber. Ich stecke mir die Kopfhörer meines iPods in die Ohren und wähle einen Track aus. Eine warme Männerstimme erklingt.

»Dein Atem geht ruhig und gleichmäßig. Verfolge den Weg des Atems durch deinen Körper. Du spürst, wie dein Bauch sich hebt und senkt. Du entspannst dich mehr und mehr. Deine Augenlider werden schwer und du lässt sie sanft zufallen. Vor deinem inneren Auge erscheint eine Treppe. Die Treppe hat zehn Stufen. Du siehst jetzt diese Treppe und während ich nun langsam von zehn an rückwärts zähle, gehst du diese Stufen hinunter. Zehn … neun … acht …

Ich öffne die Augen und erhebe mich aus der blühenden Sommerwiese. So leichtfüßig habe ich mich schon lange nicht mehr bewegt. Zufrieden lasse ich die Hände über meine schmale Taille gleiten.

»Hallo Evi. Ich hab dich vermisst.« Ich blicke auf. Lässig lehnt Jesus am Baum der Erkenntnis und lächelt mir erwartungsfroh entgegen.

Jana Voosen

»Jana Voosen schreibt zum Wegschmeißen komisch.« *Prisma*

»Kaum eine Autorin schreibt so gefühlvoll und romantisch wie Jana Voosen, immer mit einem kleinen Augenzwinkern und immer ein bisschen überraschend.« *Kerstin Gier*

978-3-453-41013-8

Er liebt mich …
978-3-453-40122-8

Zauberküsse
978-3-453-58037-4

Mit freundlichen Küssen
978-3-453-40571-4

Allein auf Wolke Sieben
978-3-453-40658-2

Prinzessin oder Erbse
978-3-453-40841-8

Liebe mit beschränkter Haftung
978-3-453-40917-0

Pantoffel oder Held
978-3-453-41013-8

Leseproben unter: **www.heyne.de**